Dieses Buch ist ein Roman. Die Handlung und ihre Darsteller sind frei erfunden. Ähnlichkeiten mit wirklichen Personen oder Handlungen wären reiner Zufall. Die Pension ‚Schlossruine' gibt es in der Wirklichkeit nicht. Auch das Restaurant ‚Zum gammeligen Höllenhund' existiert ebenso wenig wie das erwähnte Gericht ‚vorletzte Henkersmahlzeit'.

Günter-Christian Möller

Der letzte Chip

Kriminalroman

© 2017 Günter-Christian Möller
Autor: Günter-Christian Möller
Umschlag, Illustration: Ingeborg Geib
Lektorat, Korrektorat: Dr. Nicola Peczynsky

Verlag: tredition GmbH, Hamburg

ISBN:978-3-7439-4403-9 (Paperback)
ISBN:978-3-7439-4404-6 (Hardcover)
ISBN:978-3-7439-4405-3 (e-Book)

Printed in Germany

1
Tante Amalie

Tobias Leuchtner blickte über die Nasenspitze hinunter auf den Ball. Er hielt den Golfschläger zum Chippen locker in seinen beiden Händen. Erst einen kleinen Probeschwung, ohne den Ball zu berühren. Dann ein Stückchen nach vorn heran an den Ball. Irgendwie störten die langen Gräser. Tante Amalies Rasen ist einfach zu lang, dachte er. Er müsste mal wieder gemäht werden. Seine Gedanken schweiften ab. Leider war die Tante tot. Seit Kurzem. Die Ärmste war gerade erst pensioniert worden, als sie einem Herzinfarkt erlag, obwohl sie kaum über gesundheitliche Probleme geklagt hatte.

Sie hatte kurz nach Ende ihres Pädagogikstudiums Gerhard Jacobsen geheiratet. Ein Bankkaufmann, der dem Gerede zufolge vor fast dreißig Jahren mit Börsenspekulationen etliche Millionen gescheffelt hatte, angeblich mit Insiderinformationen. Als die Finanzbehörde glaubte, diese Gerüchte überprüfen zu müssen, war Gerhard vorsichtshalber ins Jenseits verschwunden. Ebenfalls ein Herzinfarkt. Kurz zuvor waren die Steuerfahnder auf eine erhebliche Summe gestoßen, die sich auf einem seiner Konten befunden hatte. Sie fanden, dass einige Ungereimtheiten bezüglich dieses Geldbetrages geklärt werden müssten. Doch da Gerhard keine Auskünfte mehr darüber geben konnte, blieb die Sache undurchsichtig. Denn Amalie hatte von seinen Geschäften keine Ahnung gehabt. Jedenfalls war das ihre Darstellung der damaligen Ereignisse.

Wenn es die Millionen jemals gegeben hatte, so blieben sie unauffindbar für die Erben. Wo hatte der alte Jacobsen sie bloß versteckt? Seine Witwe schien jedenfalls nichts von dem Geld zu wissen, denn sie unternahm nichts, um die Löcher im Dach des Strohdachhauses reparieren zu lassen. Ein Sturm vor einigen Wochen hatte dann ein Übriges getan. Nun regnete es auch noch durch, was Tobias erst letzte Nacht wieder unsanft zu spüren bekommen hatte. Denn mittlerweile gehörte das Haus in Schleswig ihm. Die Tante hatte es ihm vermacht.

Bei der Testamentseröffnung vorgestern hatte er sich noch darüber gefreut. Er war sogar erstaunt gewesen, dass ausgerechnet er es geerbt hatte. Denn die einzigen Dinge, die ihn mit der Tante verbanden, waren neben einigen gemeinsamen Vorfahren nur das Golfspielen und vielleicht noch die Tatsache, dass sie eine seiner Taufpatinnen gewesen war. Tobias hatte sie hin und wieder besucht und war mit ihr bei diesen Gelegenheiten über den wirklich sehr schönen Golfplatz bei Güby in der Nähe von Schleswig gelaufen. Mit Amalies Talent war es nicht weit her gewesen. Ihm war es ein Rätsel, wie sie jemals die Erlaubnis für die Nutzung des Golfplatzes bekommen hatte, nachdem sie ihm erklärt hatte, dass ihr Handicap bei 53 liege. Das war gerade eben mal ein Schlag besser als die Platzreife. Er selber hatte es immerhin auf ein Handicap von 30 gebracht.

Wegen der Schäden im Dach hatte er sofort einen Termin mit einem Makler ausgemacht. Der hatte sich das Haus angesehen und gemeint, es sei eigentlich abrissreif. Alles andere wäre Geldverschwendung. Tobias zweifelte dann aber an seiner Kompetenz, als er versuchte, ihm einen Bauunternehmer aufzuschwatzen, der das große Grundstück zu einem „sehr anständigen Preis" erwerben wollte.

Im Testament waren noch Tobias Schwester Brunhilde und sein Bruder Tristan mit einigen verwandtschaftlichen Gemeinheiten bedacht worden. Brunhilde hatte die umfangreiche Briefmarkensammlung bekommen, weil sie so selten Briefe an die Tante geschrieben und sie auch kaum besucht hatte. Nun habe sie genügend Marken, las der Notar Amalies letzte Worte vor, um sich besser um ihre Familie zu kümmern.

Tristan hatte das gesamte alte Porzellan und einige handbemalte Strandmuscheln geerbt, um seinen geschichtlichen Studien etwas mehr Niveau zu verleihen. So die Begründung im Testament. Amalie hatte es ihm offensichtlich nie verziehen, dass er ihr als zwölfjähriger Junge zum Geburtstag bemalte Muscheln in das kuschelige Bett gelegt hatte.

Ihrem Bruder Hartmut hatte Amalie den sechsundzwanzig Jahre alten VW Golf vermacht, der schon allerlei Altersbeschwerden hatte. Ebenso bekam er Gerhards alte Modelleisenbahn, die seit langer Zeit in vierzig Umzugskartons in der Garage des Strohdachhauses einstaubte. Hartmut hatte diese Offenbarung des Notars zunächst mit stummem Kopfschütteln kommentiert. Dann entfuhren ihm einige gemurmelte Worte, die nach „Pest" und „Schweinerei" klangen. Tobias erinnerte sich daran, was Amalie einmal über ihren Bruder gesagt hatte. „Er kann so gut Fahrräder reparieren, aber nie hat er meines repariert", hatte sie geklagt. „Wenn ich mal sterbe, schenke ich ihm was zum Reparieren."

Elfriede, Hartmuts Frau und Amalies Schwägerin, war als Nächste an der Reihe. Sie bekam die ganzen noch vorhanden Wertpapiere und strahlte übers ganze Gesicht, als der Notar diese Passage vorlas. Sogar ein tiefer Seufzer entfuhr ihr, bis der Rechtsgelehrte die Anweisung kommentierte: „Nach dem derzeitigen Kursstand der Fonds beläuft sich der Inhalt des Depots auf etwa fünftausenddreihundert Euro, Tendenz abnehmend." Elfriedes Gesicht lief rot an, der Kopf drohte zu platzen.

Sehr vorausschauend hatte der Notar vor der Testamentseröffnung allen Anwesenden einen Schnaps eingeschenkt. Hartmut hatte seinen bereits geleert, jetzt deutete er zögernd auf das Glas vor Elfriedes Platz.

Inzwischen fuhr der Notar fort: „Das Barvermögen in Höhe von etwa dreißigtausend Euro soll für eine angemessene Beerdigung samt verziertem Eichensarg verwendet werden. Amalie möchte neben ihrem Ehemann Gerhard liegen. Sollte danach noch etwas übrig sein, dann bekommt ein Kinderhilfswerk dieses Geld. Haben Sie noch Fragen?"

„Ist das alles?", schnaubte Tristan.

„Wo sind die Millionen?", fragte Elfriede wütend. „Haben Sie die hier in ihrem Schreibtisch gebunkert? Oder was!"

Der Notar guckte Elfriede beleidigt an, dann ergriff er ihr Glas und nahm nun selber einen Schluck. Er seufzte noch einmal tief, bevor er auch seiner Gehilfin einen Schluck einschenkte, die nur vorsichtig an dem Schnaps roch und ihn weit von sich schob.

„Ich wünschte, es wäre so", bemerkte der Rechtsgelehrte hochnäsig. „Sie können alle meine Schränke durchsuchen, aber sie werden dort nichts finden."

Er genehmigte sich noch einen Schluck. Dann erhob er sich und ging zu einem kleinen Schrank. Er holte ein Schlüsselbund aus einer Schublade hervor und gab ihn Tobias.

„Ich glaube, Sie haben das Beste aus dem Erbe bekommen, nämlich das alte Strohdachhaus, Herr Leuchtner. Keine Ahnung, warum. Halt, jetzt erinnere ich mich wieder: ‚Tobias ist der einzige, der mit mir Golf spielt.‘ Ja, das waren ihre Worte."

Nach einer kleinen Pause fügte er hinzu. „Ach ja, und einen kleinen mir völlig unerklärlichen Passus gibt es noch. Er lautet wie folgt: ‚Solltet ihr in eurer Habgier mein Haus oder meine Sachen durchwühlen und noch irgendwelche Vermögenswerte finden, von denen ich nichts wusste, dann gehören diese Tobias Leuchtner. Er kann damit machen, was er will, denn er ist der Einzige, der nicht völlig selbstsüchtige Absichten damit verfolgen wird.‘"

Tobias nahm die Schlüssel für das Haus verlegen entgegen, stand zögernd auf und verließ seine Verwandten, von denen niemand großes Interesse an seiner Gesellschaft hatte. Tobias hatte noch eine Halbschwester in Kiel, Suse. Seine Mutter Heike, auch eine Schwester von Amalie, lebte in Norwegen. Aus Gründen, die er nicht kannte, war sie im Testament nicht erwähnt und deshalb vom Notar auch gar nicht erst eingeladen worden. Es musste da wohl ein dunkles Familiengeheimnis geben.

So hatte sich die Testamentseröffnung vorgestern abgespielt. Tobias hatte noch lange über den Passus „Solltet ihr noch mehr finden ..." gegrübelt. Er musste auch immer wieder an Amalies Selbsteinschätzung denken. Sie meinte, dass sie den Charakter einer alten diebischen Elster habe. Wenn sie etwas Geklautes verstecken müsste, vor Verwandten oder Feinden, dann würde sie es nach Möglichkeit im eigenen Nest unterbringen.

Tobias hatte daraufhin das ganze Haus nach weiteren wertvollen Dingen durchsucht. Aktenordner, private Schatullen, Behälter, Alben und Dosen, alles hatte er durchwühlt, aber nichts gefunden, außer einer Glasperlenkette, einer Sammlung alter DDR-Münzen und gut hundert alten Fünfzigpfennigstücken. Dann hatte er die Nase voll. Die Umzugskartons mit der Eisenbahn wollte er sich nicht mehr antun. Amalie hatte immer geklagt: „Diese Bahn hat schon gestunken, als sie noch in Betrieb war, und jetzt ist es nur noch schlimmer geworden."

Zudem war die Aussicht, etwas Wertvolles zu finden sehr gering, weil Amalie nach Gerhards Tod bereits Hartmut gebeten hatte, die Kartons nach Geld zu durchsuchen. Nach drei Tagen hatte dieser ratlos mit den Schultern gezuckt. Seitdem hatte niemand mehr die Kartons geöffnet.

Tobias blickte wieder auf den Golfball und ging etwas in die Knie. Er peilte den Holzpfahl für die Wäsche als Loch an. Kurz ausgeholt, ein sanfter Chip und schon hob der Ball ab. Ideal getroffen, dachte er. Zehn Zentimeter neben dem Pfahl blieb der Ball liegen. Etwa dreißig andere Bälle lagen bis zu fünf Meter um den Pfahl herum. Tobias blickte auf den Boden vor sich. Noch sechs Bälle lagen in einer Reihe vor ihm. Er konzentrierte sich auf den nächsten, holte aus und ...

Verdammt, getoppt! Der Ball sauste am Pfahl vorbei in die Hecke, hinter der ein Gehweg lag. Und dahinter das Grundstück einer stets schlecht gelaunten alten Dame, begrenzt von einer weiteren Hecke. Es bestand die Gefahr, dass der Ball dort gelandet war. Als er mit Tante Amalie vor einem halben Jahr gespielt hatte, war ihm das gleiche Missgeschick passiert. Damals hatte sich Susanne Greuter fürchterlich aufgeregt.

Ihre Gesundheit war zwar nicht mehr die beste, aber ihr Mundwerk konnte immer noch sehr unangenehm werden. Als Tobias Amalie von dieser Begebenheit erzählte, meinte diese, dass das bestimmt nur eines der kleineren Probleme ihrer Nachbarin sei.

Er suchte zunächst den Weg ab. Als er den Ball nicht finden konnte, schaute er über die Buchenhecke und sah ihn tatsächlich auf dem Rasen der Nachbarin, direkt neben einem Blumenbeet. Vielleicht war es am einfachsten, sich durch die Hecke zu zwängen. Es gab dafür eine günstige Stelle, an der eine der Buchen abgestorben und durch eine neue Pflanze ersetzt worden war. Tobias entschied sich für einen Versuch. Hoffentlich schläft der alte Drache, dachte er. Doch kaum hatte er den Rasen erreicht und bückte sich, um den Ball aufzuheben, da ertönte ein zischendes Räuspern in seinem Rücken.

„Das ist ja wohl der Gipfel der Frechheit. Erst schießen Sie ihre Bälle in meinen Garten, und dann pflücken sie meine Astern ab. Sie haben wohl kein Geld, um sich eigene Blumen zu kaufen. Ich werde Sie anzeigen und verklagen", schimpfte der Drache. Sie hielt einen Krückstock in der Hand und drohte damit in seine Richtung.

Tobias schaute auf das Blumenbeet. Die Alte hatte recht, da waren tatsächlich einige gekappte Stengel, so als ob jemand Blumen abgeschnitten hatte.

„Das war ich nicht", sagte er sofort abwehrend. Doch der alte Quälgeist war nicht so leicht zu überzeugen.

„Gestern Abend war noch alles in Ordnung und Sie sind der Einzige, der sich hier in meinem Garten herumtreibt", schnarrte sie. Erneut drohte sie mit dem Stock.

„Brauchen Sie Hilfe, Frau Greuter?", mischte sich da ein großer bärtiger Mann ein. Zwei Augen funkelten Tobias über die Hecke an.

„Endlich habe ich den Blumenräuber erwischt, Herr von Tatten", sagte Frau Greuter wütend. „Endlich! Wir müssen ihn nur noch festnehmen und der Polizei übergeben."

Ein zweiter Mann räusperte sich nun und fragte: „Gibt es ein Problem?"

„Der da klaut meine Blumen", schimpfte die alte Frau und zeigte mit dem Stock auf Tobias.

Dieser hatte das Gefühl, dass ihm bald der Kragen platzen würde.

„Das ist ja wohl die Höhe! Ich habe aus Versehen meinen Ball etwas zu weit geschlagen und alles, was ich will, ist, ihn wieder zurückzuholen. Nun konstruieren Sie daraus einen Blumendiebstahl. Suchen Sie sich ihren Blumendieb, wo Sie wollen, aber lassen Sie mich gefälligst in Ruhe!"

„Vielleicht hat ja ein Reh die schönen Astern abgefressen", erwog nun eine Frau, die ebenfalls hinter der Hecke aufgetaucht war. Neben ihr erschien der riesige Kopf einer Dogge, die langen Vorderbeine suchten vergeblich Halt in den vielen Zweigen. Der Hund fing an zu kläffen. „Aus, Felix!" ertönte das Kommando der Frau. Doch es fehlte die nötige Strenge und so ließ die Dogge nun ein tiefes Knurren hören.

Tobias griff nach dem Ball und kehrte mit energischen Schritten zurück zur Straße. Von dort betrat er wieder die Golfübungswiese in seinem Garten. Währenddessen vertieften die vier Nachbarn über die Hecke hinweg ihre Diskussion, ob es sich bei dem Blumenklau um einen juristischen Tatbestand und, wenn ja, um welchen handelte.

Erregte Worte klangen an Tobias Ohren, als er die Bälle auf dem Rasen einsammelte und sich wütend schwor, nie wieder im Garten mit dem Sand-Wedge zu üben. Er brachte die Bälle und den Schläger zurück in den Geräteschuppen neben den Rasenmäher. Sie hatten Amalie gehört und offenbar brachte es Unglück, mit fremder Leute Sachen zu spielen.

Er ging ins feuchte Haus, schaltete den Fernseher ein und mischte sich ein Glas mit Cola und Whiskey. Beide Getränke hatte die Tante zum Glück immer vorrätig gehabt. Die beiden Flaschen standen vorne im Schrank. Dahinter befand sich ein Wermut, den er ungenießbar fand, und eine leider schon fast leere Flasche Rum. Für außergewöhnliche Notfälle.

Da klingelte plötzlich das Telefon. Sein Bruder war am Apparat. Bevor dieser jedoch sein Anliegen vorbringen konnte, schimpfte Tobias schon über seine unangenehme Begegnung mit der Nachbarin Frau Greuter los. Am Ende hatte er sich abreagiert und Tristan war gar nicht recht zu Wort gekommen. Immerhin hatten sie sich für den nächsten Tag zum Essen verabredet.

Als es anfing zu regnen, kontrollierte Tobias die sieben Töpfe, die er im Dachgeschoss zum Auffangen der Feuchtigkeit aufgestellt hatte, und drehte die Sicherung heraus. Vorsichtshalber schlief er im Erdgeschoss.

~~~

Am nächsten Morgen erwachte er davon, dass die Couch, auf der er geschlafen hatte, sich feucht anfühlte. Unwillig richtete er sich im Bett auf und bemerkte, dass seine Haare ebenfalls etwas nass waren. Beim Versuch, die Ursache für diese Nässe zu finden, prallte ein dicker Tropfen auf seine Nasenwurzel. Wütend stand er auf und machte sich auf den Weg, die Töpfe zu überprüfen. Kurz darauf stellte er im Dachgeschoss fest, dass vier davon übergelaufen waren. Ein Blick aus dem Fenster zeigte ihm, dass es in der Nacht reichlich geregnet hatte. Jetzt reicht's, dachte er, ich muss den alten Kasten loswerden. Und er beschloss, die nächste Nacht in einem Hotel in der Stadt zu verbringen.

Um halb elf klingelte es an der Tür. Der Architekt, der sich das Haus anschauen sollte, stand davor und strahlte ihn an. Gemeinsam schritten sie durch die Räume und inspizierten Wände, Türen und Fenster.

„Das Problem mit dem Denkmalschutz kenne ich. Sie werden nicht so leicht eine Abrissgenehmigung bekommen. Das hat ihre Tante auch schon versucht. Warum restaurieren sie das Gebäude nicht? Für siebzigtausend können Sie ein herrliches Einfamilienhaus daraus machen. Es gibt viele Leute, die sich die Finger nach so was lecken. Dafür bekommen Sie mindestens zweihunderttausend oder mehr, bei knapp tausend Quadratmeter Grundstück. Und dann die ruhige Lage. Das mit der Genehmigung kann allerdings eine langwierige Sache werden. Und wenn sich einer der Nachbarn querstellt, dann kann das sogar noch länger dauern."

Tobias dachte an Frau Greuter und ihm wurde klar, dass selbst eine finanzielle Bestechung bei ihr nichts ausrichten würde.

„Wie lange?", fragte Tobias.

„Sehr lange. Kürzer natürlich, wenn Sie Beziehungen zum Bürgervorsteher haben oder jemand Wichtigen aus der Gemeinde kennen."

So ein Mist!, dachte Tobias. Dem Architekten gegenüber sagte er jedoch, er wolle es sich überlegen.

Zum ersten Mal hatte er den Eindruck, dass er das Erbe vielleicht doch besser hätte ausschlagen sollen. Deshalb war Tobias sehr froh, dass er gleich Tristan zum Essen traf. Welch eine willkommene Ablenkung!

Sie trafen sich um eins im Restaurant „Zum gammeligen Höllenhund" und aßen ein Steak mit dem verheißungsvollen Namen „Vorletzte Henkersmahlzeit". Der Kellner warb mit einer schaurigen Geschichte für dieses Gericht. Demnach hätten in früheren Zeiten zum Tode verurteilte Delinquenten nach dem Verzehr dieser Mahlzeit die Welt angeblich zufrieden und friedlich verlassen, denn auf dem Galgenberg, wo das Urteil vollstreckt wurde, hatte sich niemals jemand gesträubt, wenn der Henker ihm das Seil um den Hals legte. Viele verzichteten an ihrem letzten Abend sogar auf ihr Wunschgericht. Einige Beobachter hatten dies einigen besonderen Zutaten zugeschrieben, die damals im Herzogsgarten extra für diese Anlässe gezüchtet wurden. Es handele sich um eine französische Pilzsorte, vermischt mit Nelken, munkelten die Gutgläubigen. Böse Zungen dagegen hielten es für ein heidnisches Kraut aus dem Morgenland, das einen teuflisch betörenden Geruch hatte.

Die beiden Brüder stimmten überein, dass das Essen ganz famos geschmeckt hatte. Sie erwogen noch einen Abstecher in den „Globus" zu machen, das älteste Planetarium der Welt aus dem 17. Jahrhundert, das heute ein Museum war. Doch mit der vorletzten Henkersmahlzeit im Bauch, die eine wohlige Müdigkeit verursachte, schafften sie es nur bis zum Schloss Gottorf und nicht mehr bis zum alten Barockgarten, wo dieses berühmte Bauwerk stand.

Tobias erzählte Tristan von dem Gespräch mit dem Architekten. Er habe die Absicht, die alte Ruine namens Strohdachhaus zu verkaufen, schloss er. Dann trennten sich ihre Wege. Um zwei war Tobias wieder zu Hause.

Er fühlte sich immer noch schläfrig, als er durch die Haustür trat. Deshalb legte er sich auf das Sofa im Wohnzimmer und machte ein kleines Nickerchen. Danach befand er sich in einem Stimmungshoch und beschloss, wieder einige Bälle zu schlagen. Da er das Sand-Wedge nicht finden konnte, nahm er das Pidging-Wedge. Er legte dreißig Golfbälle vor sich auf den Rasen. Bevor er begann, schärfte er sich ein, dass er vorsichtig schlagen musste. Erst den dreiundzwanzigsten Ball toppte er. Leider zischte auch dieser Ball wieder mit viel Rasanz durch die Hecke.

Tobias wusste, was das bedeutete. Er ging erst einmal ins Haus und mischte sich einen Drink. Dieses Mal etwas Cola mit dem letzten Rest Rum. Nachdem er die Hälfte ausgetrunken hatte, stand sein Plan fest: Dieses Mal würde er sich nicht wie ein Dieb auf das Grundstück von Frau Greuter schleichen. Er wollte klingeln und sofort Klartext mit ihr reden, wenn sie die Tür aufmachte. Dann würde er sich den Ball holen und weg war er.

Die Türglocke der alten Dame läutete erneut. Tobias wartete, aber wieder passierte nichts. Er klingelte ein weiteres Mal. Die Frau war anscheinend schwerhörig. Sehr gut, dachte er. Dann würde er sich den Ball eben so holen. Er ging um das Haus herum und sah ihn wieder vor dem Asternbeet liegen. Als er ihn aufhob und schon umkehren wollte, bemerkte er, dass die Terrassentür einen Spalt breit offen stand. Seltsam, dachte er und, ohne dass er wusste warum, bewegte er sich darauf zu. Ob Frau Greuter eingeschlafen war und die Tür versehentlich offen gelassen hatte? Eine Windböe drückte mit einem Mal die Tür ganz auf. Als Tobias hineinsah, streckten sich ihm zwei Füße entgegen. Jemand lag auf einer Couch. Das musste die alte Dame sein. Er ging durch die Tür und schaute sich um. Die Couch stand vor einem langen Heizkörper. Eine Decke war bis über die Arme der alten Frau ausgebreitet. Den Kopf bedeckte ein großer Hut. Die Stille im Raum wirkte unheimlich, bedrückend. Irgendetwas stimmte nicht. Und dann fiel es ihm auf: Frau Greuter schnarchte nicht, sie atmete überhaupt nicht. Und jetzt irritierte ihn auch ihre starre Bewegungslosigkeit.

„Frau Greuter? Alles in Ordnung?"

Nichts passierte. Tobias sah sich im Wohnzimmer um. Die Jalousie und ein großer Vorhang verbargen das meiste Licht. Er ging um die Couch herum und zwängte sich an einem niedrigen Tisch vorbei. Seine Augen gewöhnten sich langsam an das matte Licht.

„Frau Greuter? Alles in Ordnung?" Seine Stimme war nun lauter und Angst lag in ihr.

Langsam bewegten sich Tobias Hände auf den Hut zu. Er nahm ihn hoch und sah entsetzt in die leeren, toten Augen der Frau. Sein Herz fing an zu rasen. Er wollte den Hut wieder zurück auf das Gesicht legen, doch dann sah er die dunklen Flecken auf der Stirn. Sie ließen den Kopf unwirklich erscheinen. Und nun bemerkte er auch, dass die Schläfe irgendwie eingedrückt war. Tobias wollte gerade den Hut angeekelt auf den Tisch legen, da sah er die dunklen Flecken auf dem Teppich hinter dem Tisch. Noch mehr Blut, schoss es ihm durch den Kopf. Er spürte, wie ihm der Schweiß langsam von der Stirn auf die Augenbrauen lief. Dann berührte er mit dem Zeigefinger die Schläfe und spürte kalte, bewegungslose Haut. Sie ist tot, dachte er und wünschte, er hätte sie nicht angerührt. Nein, er wünschte, dass er sie niemals kennengelernt hätte. Er brauchte jetzt unbedingt einen weiteren Schluck Alkohol. Und trotzdem setzte Tobias ihr den Hut wieder auf den Kopf. Als er auf seine Uhr schaute, war es fünf nach drei.

~~~

Kriminalhauptkommissar Heiner Sommerdorf war sich nicht ganz sicher, wie er das alles bewerten sollte. Es lag ganz offensichtlich ein Mord vor. Ausgeschlossen, dass die alte Frau sich diesen tödlichen Schlag selbst zugefügt haben konnte, sich dann den Hut aufgesetzt hatte und zu guter Letzt das Mordwerkzeug spurlos verschwinden ließ.

Er hatte bis jetzt nur Tobias Leuchtner, der das Opfer gefunden hatte, und zwei weitere Nachbarn befragt. Es hatte sich herausgestellt, dass der junge Mann am Tag zuvor einen dummen, lächerlichen Streit mit der alten Frau wegen eines kleinen Golfballes und einiger verschwundener Astern gehabt hatte. Nichts, weshalb ein zivilisierter Mensch einen Mord begehen würde.

Der Pathologe hatte ihm außerdem berichtet, dass sie schon am Tag zuvor umgebracht worden sein musste, also am Tag des Streits. Er würde den Todeszeitpunkt noch genauer bestimmen, jedoch vermutete er eine Tatzeit zwischen sechs Uhr abends und Mitternacht. Für diese Zeit hatte Tobias Leuchtner kein Alibi, wie Sommerdorf wusste. Also hätte er die Gelegenheit gehabt und als Motiv kam vielleicht doch die aufgestaute Wut nach dem Streit mit der alten Frau infrage. Wer weiß, was es noch alles an nachbarschaftlicher Zwietracht gegeben hatte?

Leuchtners Atem hatte bedenklich nach Alkohol gerochen, doch er hatte möglicherweise wegen der

Entdeckung der Leiche etwas getrunken. Insgesamt machte der junge Mann einen besonnenen und umsichtigen Eindruck, wie der Kommissar sich eingestehen musste. Aber bis jetzt wusste er auch noch nicht viel über ihn: Er war wegen eines Testamentes hergekommen und hatte das Nachbarhaus geerbt. Ein schönes Haus, fand Sommerdorf, wären da nicht die vielen Löcher im Strohdach gewesen. Leuchtner hatte er nach Hause geschickt. Er wollte ihn später noch einmal verhören.

Der Kommissar betrachtete den Tatort und dachte an die Mordwaffe. Er musste sie unbedingt finden. Ein stumpfer Gegenstand, vielleicht ein Hammer oder Golfschläger, hatte der Arzt gesagt, als er die erste Untersuchung beendet hatte. Daraufhin hatte er seine Leute ausgeschickt, um Leuchtners Grundstück nach einem solchen Gegenstand zu durchsuchen. Leuchtner selbst war mit dieser Maßnahme einverstanden gewesen. Er habe nichts zu verbergen, so seine Worte. Im Gartenschuppen hatten seine Männer zwar ein Dutzend Golfschläger gefunden, doch keiner schien das fragliche Instrument zu sein. Vielleicht hatte er das Tatwerkzeug versteckt? Man würde sehen. Zunächst wollte er die vier anderen Verwandten befragen, die entweder noch in der Stadt waren oder in einem kleineren Dorf in der Nähe wohnten. Auch die Befragung der Nachbarn war noch im Gange. Zwei Tage, dann wüsste er mit Sicherheit, ob es Leuchtner war oder nicht.

Im Moment beschäftigte ihn jedoch noch ein anderes Thema. Das geerbte Anwesen von Tobias Leuchtner hatte ihn wieder daran erinnert: die schwierige Suche nach einem Haus für sich und seine hochschwangere Frau. Bald waren sie zu dritt und im Augenblick hatten sie nur ein winziges Reihenhaus mit drei Treppen. In jedem Stockwerk ein Zimmer. In Leuchtners Haus dagegen gab es nur eine Treppe zum Dachgeschoss, wenn man den Keller nicht mitzählte.

Er hatte Herrn Leuchtner gebeten, die Befragung wegen der anstehenden Tatortsicherung in seinem Haus vornehmen zu dürfen, und der hatte eingewilligt. Vermutlich, weil er hoffte, dann schneller von diesem ganzen Prozedere erlöst zu sein. Deshalb hatte Heiner Sommerdorf einen ersten Eindruck von dem Anwesen bekommen.

Der Kommissar kehrte in Gedanken zu Leuchtners Haus zurück. Das Grundstück war für Kinder ein Traum. Vor allem lag es ideal zum Kindergarten und zur Grundschule, die nur ein paar hundert Meter entfernt waren, und das Gymnasium war ebenfalls einfach zu erreichen. Sein jetziges Domizil befand sich weit draußen in einem entlegenen Dorf, weit und breit kein Gymnasium und die Grundschule im fünf Kilometer entfernten Nachbardorf. Nichts für eine Familie mit kleinen Kindern. Aber dieses Haus hier war echt toll.

Da ging die Tür auf und sein Assistent Klaus Drochtersen betrat mit verschwörerischer Miene das Zimmer. Er hielt einen großen Plastiksack in der Hand.

~~~

Tobias hatte die Nase gestrichen voll. Erst dieses blöde, verfallene Haus, das er geerbt hatte, und dann dieser vermaledeite Mord. Warum ließ ihn der Kommissar nicht endlich in Ruhe und verschwand mit seinen unfähigen Leuten? Nachdem sie den Tatort über zwei Stunden untersucht hatten, rannten diese Idioten nun in seinem Haus herum.

Es war Mitte September und kurz vor halb acht. Draußen dämmerte es schon. Bereits wiederholt hatten sie ihn zur Auffindung der Leiche und zum gestrigen Abend befragt hatten. Offenbar wollten sie ihm den Mord anhängen und sahen sich nun nach der Tatwaffe um.

Das hatte er durch Zufall herausgefunden, als sie ihn ins Schlafzimmer geschickt hatten. Tante Amalie hatte eine Telefonanlage, mit der man vom Wohnzimmer, vom Arbeitszimmer und eben von hier oben telefonieren konnte. Vor lauter Anspannung hatte er den Hörer abgenommen und nach einigem, gedankenlosen Herumdrücken auf dem Apparat festgestellt, dass es da eine Mithörtaste gab. Nervös belauschte er nun die Gespräche der Polizisten im Wohnzimmer. Meistens war der Kommissar still, aber manchmal redete er doch. „Mal schauen, was die Idioten sich jetzt wieder mitteilen", sagte er sich und drückte die Taste.

„Dieser Plastiksack war im Kompost neben dem Schuppen versteckt. Ein Golfschläger, ein sogenanntes Sand-Wedge. Das ist zum Chippen da, also für kurze Entfernungen. Ich habe es selbstverständlich nicht angefasst", betonte Klaus Drochtersen selbstsicher. „Am Schlägerblatt unten klebt etwas Dunkles, das wie Blut aussieht, und dann sind da noch diese grauen Haare. Sie könnten der alten Frau gehören."

Er deutete auf einige feine Härchen, die der Kommissar interessiert betrachtete.

„Hm", hörte Tobias jetzt die Stimme von Sommerdorf. „Also gut. Wir nehmen ihn mit aufs Revier und verhören ihn dort etwas ausführlicher. Das übernehmen Sie, Drochtersen, zusammen mit Plessendorf. Ich habe jetzt keine Zeit mehr, weil meine Frau gerade angerufen und über Schmerzen geklagt hat. Ich muss zu ihr und weiß nicht, wie lange es dauern wird."

An dieser Stelle machte er eine kleine Pause, bevor er fortfuhr.

„Wir gehen jetzt noch mal gemeinsam die Fragen durch, die Sie Leuchtner dann Schritt für Schritt stellen. Wiederholen Sie das Verhör mindestens drei Mal! Wenn er nur einmal von seiner Version abweicht, dann treiben Sie ihn damit so lange in die Enge, bis er die Nerven verliert. Auch wenn er nichts gesteht, dann behalten Sie ihn bis morgen früh da. Nehmen Sie seine Fingerabdrücke! Und der Schläger muss heute noch ins Labor. Wenn darauf Spuren von ihm sind, dann ist er fällig. Das Motiv kriegen wir noch heraus."

Er machte eine Pause.

„Etwas ist noch wichtig: Die alte Frau hat den Täter in ihr Haus gelassen und sich nicht gewehrt. Sie muss den Täter also gekannt haben. Der Täter hat zweimal zugeschlagen. Einmal davon an ihre Schläfe rechts oben, er ist also Linkshänder."

Wieder folgte eine Pause.

„Der Arzt glaubt, dass wir von einem Mord ausgehen sollten, denn der zweite Schlag war mit Wucht ausgeführt und absolut tödlich. Aber ich weiß nicht. Es gäbe auch eine andere Erklärung als diesen Ablauf. Vielleicht hat der Täter zunächst ja aus einem plötzlichen Wutausbruch heraus zugeschlagen und der zweite Schlag war dann nur noch die logische Folge dieser Wut, die sich zur Raserei gesteigert hatte."

Tobias hatte genug gehört. Panik ergriff ihn. Wenn das Sand-Wedge, das er am Nachmittag nicht hatte finden können, die Mordwaffe war, dann versuchte jemand, ihn in die Pfanne zu hauen. Und offensichtlich war dieser Jemand dabei sehr schlau vorgegangen. Er wollte den beiden Polizisten nicht ihre eigenen Hirngespinste oder die Motive eines ihm völlig unbekannten Idioten erklären müssen. Und auch nicht als Versuchskaninchen für schlaue Erklärungen dienen. Leider war er Linkshänder, hatte kein Alibi, aber ein Motiv, zumindest eins für einen Totschlag. Und auf diesem dummen Golfschläger waren seine Fingerabdrücke. Er schaute aus dem Fenster zur Südseite des Grundstücks. Kein Polizist war dort zu sehen. Schnell entschlossen öffnete er leise die Tür zum Flur und schlich die Treppe hinunter. Durch die Scheibe der Flurtür konnte er die Silhouette des Polizeiwagens auf der Straße erkennen, doch niemand konnte von dieser Stelle aus die Südseite des Hauses einsehen.

2
Der Sprung ins kalte Wasser

Es war eigentlich ganz einfach gewesen. Tobias hatte das Fenster des kleinen Raumes auf der Südseite aufgemacht, war vorsichtig hinausgeklettert und im Garten durch die Hecke gekrochen. So gelangte er zu einem kleinen Verbindungsweg und von dort zur Straße. Dann war er unbemerkt zweihundert Meter einen Fußgängerweg zum See gegangen. Der sogenannte Brautsee, an dem es einen Bootsanleger gab. Er hatte Glück, denn eines der Boote war nur mit einem Seil am Steg befestigt. Schnell machte er es los, sprang hinein und ruderte davon.

Als er den See fast überquert hatte, schallte das erste Martinshorn herüber. Sein Verschwinden war offensichtlich bemerkt worden. Dann hörte er kurz nacheinander drei weitere Polizeiwagen, die aus der Innenstadt ins Wohnviertel fuhren. Er steuerte das Boot ins Reet, beim Verlassen bekam er nasse Füße. Auch das noch.

Auf dieser Seite des Sees befand sich eine wenig genutzte Zufahrtsstraße zur Stadt. Die war sein Ziel. Doch als er den Hang zur Fahrbahn emporklettern wollte, hörte er, wie ein Polizeiwagen in die Straße einbog. Tobias hielt inne und überlegte. Er musste die Straße nicht überqueren, er konnte auch den kleinen Tunnel nutzen, durch den ein Bach darunter hindurch floss. Seine Schuhe waren ja sowieso schon nass. Also bückte er sich und watete durch das dreckige Wasser. Auf der anderen Seite des Damms verlief eine stillgelegte Bahntrasse parallel zur Straße. Sie hatte den Vorteil, dass sie bis auf einen schmalen Weg fast vollständig von Büschen und Bäumen zugewachsen war.

Das Polizeiauto kam nun mit hoher Geschwindigkeit, aber ohne eingeschaltetes Martinshorn wieder zurück. Tobias sah den blau-weißen Wagen auf der Straße kurz durch die Bäume neben sich aufblitzen. Diesen Weg hatte er früher ein paar Mal für Spaziergänge genutzt, wenn er Tante Amalie besucht hatte. Ein paar hundert Meter noch, dann gab es links einen Feldweg, der zum Klärwerk führte. Vielleicht sollte er dort die Dunkelheit abwarten? Als er den Nebeneingang erreichte, setzte er sich erschöpft hin. Eine Viertelstunde noch, dann war es ganz dunkel.

Sofort meldete sich sein Verstand. Das ist falsch, mahnte eine energische Stimme in seinem Kopf. Du musst die Initiative behalten, forderte eine andere. Ohren zuhalten ging nicht. Der Streit zwischen Müdigkeit und Aktionismus tobte in seinem Inneren. Erschöpft schaute er sich um. Was tun, wenn die Polizisten auch hier auftauchten? Das war nur wahrscheinlich, wenn sie das leere Boot im Reet am Seeufer entdeckten. Zum Glück wurde es fast vollständig von der langen Leitplanke aus Stahl, die die Böschung begrenzte, verdeckt. Die Polizisten müssten schon an der richtigen Stelle aussteigen und auf den See hinunterblicken.

Plötzlich hörte Tobias, wie ein Wagen von der Straße in den kleinen Feldweg zur Kläranlage einbog, an dessen Ende er versteckt hinter einem Busch auf der Erde hockte. Er konnte das blaue Licht auf dem Weg blitzen sehen. Sein Herz fing an zu rasen. Er traute sich nicht, sich zu bewegen. Wenn die Wageninsassen eine Wärmebildkamera hatten, durfte nicht einmal seine Nase aus den Büschen hervorschauen. Hier boten ihm jedoch zahlreiche Zweige und das dichte, grüne und feuchte Laubwerk der Büsche einen ausreichenden Schutz. Tobias schaute sich ängstlich um. Nur ein paar Meter entfernt entdeckte er ein kleines Loch im Knick, in das er zur Not hineinkriechen konnte. Da hörte er, dass der Polizeiwagen gestoppt hatte. Er musste sich dort befinden, wo die alte Eisenbahntrasse den Feldweg kreuzte. Ja, das machte Sinn. Wahrscheinlich glaubten die Beamten, dass er sich irgendwo dort versteckt hielt, womöglich auf einer der beiden Bänke, die dort standen. Dann setzte der Wagen zurück und verschwand wieder.

Zum ersten Mal begann er, über seine vermaledeite Situation nachzudenken. Frau Greuter muss ihren Mörder gekannt haben! Dieser Satz raste andauernd durch seine Gedanken. Vielleicht hatte sich sogar Amalie mit der Nachbarin gut verstanden, überlegte er. Er musste mehr über Frau Greuters Verhältnis zu den Nachbarn herausfinden, insbesondere auch zu Amalie. Mit wem konnte er darüber reden? Doch er kam nicht dazu, in Ruhe weiter darüber zu grübeln. Du musst hier weg, klagte die besorgte Stimme in seinem Innern. Je weiter du vom Tatort weg bist, desto geringer wird die Chance, dass die Polizei dich schnappt.

Er beschloss, sofort weiter in Richtung Innenstadt zu fliehen. Seine Geschwister Brunhilde und Tristan hatten sich in der Pension „Zur alten Schlossruine" eingemietet. Die mussten ihm helfen. Doch halt! Vielleicht steckte einer von den beiden hinter all dem. Eins war klar: Wenn einer seiner Geschwister ihn an die Polizei auslieferte, dann hatte er sich diesen raffinierten Plan ausgedacht, der ihn so in Schwierigkeiten gebracht hatte. Tristan war der klügere von beiden, aber angeblich war er ohne Auto angereist. Und wer immer diese Sache ausgebrütet hatte, der brauchte ein Auto. Wie und wann hatte er die alte Frau ermordet? Unsinn!, dachte er dann. Warum sollte Tristan eine völlig fremde Frau umbringen? Verdächtigungen und Zweifel rasten durch seinen Kopf. Er beschloss trotzdem, zu seinen Geschwistern zu gehen. Sie würden ihm am ehesten weiterhelfen, hoffte er.

Tobias hatte Glück. Auf seinem Weg in die Stadt kam er unbemerkt an einer kleinen, alten Siedlung vorbei und erreichte danach das neu gebaute dänische Gymnasium. Ein halbes Dutzend Autos standen trotz der fortgeschrittenen Zeit davor. Fleißige Lehrer, die Zahlen und Wörter dressierten. Im Hintergrund war die nahe gelegene, silbern schimmernde Schlei zu erkennen. Ein Gewässer, das sich über viele Kilometer von der Ostsee bis ins Landesinnere hinein erstreckte.

Kein Polizeiwagen war weit und breit zu sehen. Dafür erweckte ein überdachter Abstellplatz mit zwei langen Reihen Fahrradständern Tobias Interesse. Gut zwanzig Fahrräder standen dort noch. Er verließ die Deckung der Büsche und ging wachsam um sich blickend zu den Fahrrädern hinüber. Mindestens jedes zweite Rad hatte einen Platten. Keines schien so recht brauchbar zu sein, bis auf eines. Aus eigener Erfahrung wusste Tobias, dass das Knacken des Zahlenschlosses, mit dem es angeschlossen war, eine Sache von ein paar Minuten war.

Kurze Zeit später war er mit dem Fahrrad auf dem Weg zur Pension seiner Geschwister. So, jetzt hast du dich vom unschuldigen Mörder zum Fahrraddieb hochgearbeitet, dachte er. Was mochte wohl als nächstes kommen? Er fuhr durch ein paar Gassen der Altstadt und erreichte den Rathausmarkt. Ein sehnsüchtiger Blick zur Gaststätte „Senatorkroog". Der Durst nach einem kühlen Bier wurde fast übermächtig. Zu gerne wäre Tobias dort jetzt eingekehrt. Dann kam er am Dom vorbei. Dort stieg er ab und blickte zum Turm hinauf. Nur einen Moment später tauchte hinter ihm ein Polizeiwagen auf. Er konnte gerade noch so mit dem Rad in einer dunklen Einfahrt verschwinden. Dort wartete er darauf, dass der Wagen vorbeifuhr und sich wieder entfernte. Erleichterung, als er endlich weg war. Nur noch eine breite Straße musste er überqueren, dann war er auf dem Weg zu den Königswiesen.

Ein paar Energiesparlampen tauchten den Weg in eine schummerige Beleuchtung. Tobias schob das Fahrrad über den breiten Gehweg, der links und rechts von Wassergräben gesäumt wurde. Jetzt war es nicht mehr weit. Schließlich kam er an eine Bank. Er wollte sich setzten und etwas verschnaufen, doch die Bank war schon besetzt. Ein ungepflegter Mann hatte es sich dort gemütlich gemacht. Aus zwei riesigen Plastiktüten lugten einige halb verborgene Bierdosen heraus. Ein Obdachloser, dachte Tobias.

„Haben Sie mal einen Euro, mein Herr?", sprach der Mann ihn an.

Tobias holte zwei Münzen aus seinem Portemonnaie hervor. Er hatte immer noch riesigen Durst. „Krieg ich ein Bier?"

„Sie können gerne ein Tuborg haben, das kostet aber zwei Euro."

Er reichte dem Obdachlosen die Münzen. Der holte eine Dose hervor, die sich Tobias gierig griff. Er öffnete sie und im Nu war die Dose leer.

„Wollen Sie vielleicht noch einen Schluck?", fragte der Mann freundlich.

Er war kurz davor, Ja zu sagen. Da tauchte plötzlich in der Ferne ein blaues Blitzlicht auf. Ohne lange nachzudenken, sprang Tobias in den Wassergraben hinter der Bank. Sein Kopf verschwand im Schilf. Der Polizeiwagen kam schnell näher und hielt neben dem Obdachlosen. Die Beifahrerfensterscheibe war heruntergekurbelt und der Polizist fragte:

„Haben Sie einen Mann gesehen, fünfunddreißig Jahre alt, etwa einsachtzig groß?"

„Nein", war die einsilbige Antwort.

„Wem gehört denn das zweite Rad?"

„Meinem Sekretär."

„Und wo ist der im Moment?"

„Im Reet. Er erleichtert sich gerade."

„Wie heißen Sie?"

„Johann Friedrich Alfred Hubertus von Runzelburg."

„Und woher kommen Sie?"

„Vom Hesterberg. Station drei, null, achteinhalb. Alkoholisches Forschungsprogramm des Familienministeriums", lallte der Mann nun.

„Das ist ein Verrückter aus dem Landeskrankenhaus", sagte der Fahrer halblaut zu seinem Kollegen. Die Fensterscheibe bewegte sich nach oben und das Auto fuhr weiter.

Eine tropfende Gestalt kletterte aus dem Graben.

„Also meine Sache wäre das nicht. Einfach so in den Graben zu springen. Dort ist es doch kalt", nuschelte der angeblich Verrückte.

Da hast du recht, dachte Tobias. Der Schreck und ein Kälteschock steckten ihm in den Knochen. Kaltes Wasser floss aus der Hose über die genauso nassen Socken und Schuhe. Nasser als nach dem Duschen, fuhr es ihm durch den Kopf. Er setzte sich wieder auf die Bank und spürte, wie die Kälte begann, in seinen Körper zu kriechen. Immer deutlicher.

„Hast du vielleicht 'nen Schnaps?"

Der Verrückte zog eine Flasche aus der anderen Plastiktüte. Dann sah er jedoch Tobias misstrauisch an.

„Haben Sie vielleicht einen Schnaps, bitteschön? Immer schön höflich. Ja, ich habe einen Schluck, aber der kostet einen Euro!"

Tobias zog sein triefendes Portemonnaie hervor und fischte zitternd eine Euromünze raus, legte sie auf die Bank und nahm die Flasche entgegen. Ein tiefer Schluck, keuchen und husten, und schon wurde es wärmer. Das Zittern hörte auf. Er schaute zu dem Obdachlosen und reichte ihm die Flasche.

„Könnten Sie mir vielleicht bis morgen Ihren Mantel leihen?", fragte er Herrn von Runzelburg betont höflich. Er sehnte sich nach einem trockenen Kleidungsstück, auch wenn es nur dieser schmuddelige Mantel war.

„Das kostet aber zwanzig Euro", antwortete dieser nach kurzem Überlegen.

„Wunderbar", sagte Tobias glücklich und zerrte einen durchweichten Geldschein aus dem Portemonnaie. Er nahm den Mantel entgegen, stand auf und zog ihn nach kurzem Zögern an. Eins musste er diesem Kerl lassen. Er war ziemlich geschäftstüchtig und auch sehr hilfsbereit.

„Morgen Nachmittag bring ich ihn zurück, einverstanden?"

„In Ordnung!"

„Dann also bis morgen, Herr von Ratzelberg."

„Graf Johann Friedrich Alfred Hubertus von Runzelburg, bitteschön. So viel Zeit muss sein."

Tobias hörte noch, wie hinter ihm eine weitere Dose Bier geöffnet wurde. Der Adel war auch nicht mehr das, was er früher mal war, dachte er. Er stieg auf das geklaute Fahrrad und fuhr los. Nach fünf Minuten war er fast da. Vor ihm konnte er das Schloss Gottorf, das hell erleuchtet war, sehen. Er bog in die Straße zum Bahnhof ein. Richtig. Da war das Schild „Zur alten Schlossruine". Das Licht im Schild mit dem Namen des Hotels flackerte und vier Buchstaben fehlten. Auf der Suche nach einer Bedrohung spähte Tobias in alle Richtungen. Die Luft schien rein zu sein und so ging er am Eingang vorüber. Er schob das Fahrrad drei Häuser weiter in eine Hofeinfahrt, wo noch einige andere standen. Wenn er nicht auffallen wollte, dann brauchte er jetzt unbedingt neue Klamotten. Tristan war genauso groß wie er und hatte eine ziemlich ähnliche Statur. Wenn jemand ihm weiterhelfen konnte, dann sein Bruder. Er ging zurück zur Pension.

Als er die Eingangstür öffnete, roch es nach angebrannter Milch. Jemand fluchte. Ihm wurde kurz übel, denn der Geruch aus der Küche war noch schlimmer als der aus seinen Klamotten. Am Empfang war niemand. Er beugte sich über die Theke und sah einen blinkenden Bildschirm, auf dem „Virus alert" stand. Ein bestimmt fünfzehn Jahre altes Betriebssystem kämpfte erbittert gegen neue hochmoderne Softwarekrankheiten an. Hinter der Theke gab es zwei Reihen mit Schlüsseln. Eins bis vier und fünf bis acht. Die Schlüssel „Sieben" und „Acht" fehlten. Die niedrigen Zahlen für die Zimmer im Erdgeschoss, die höheren für oben, vermutete er. Er beschloss, nicht zu warten, sondern gleich die Treppe hinaufzugehen. Der Geruch von Mottenkugeln und Desinfektionsmitteln wurde stärker. Die Sieben hatte bestimmt Brunhilde genommen. Sie hatte früher Kurse für spirituelle Erlebnismeditation an der Volkshochschule gegeben. Tobias blieb vor Nummer acht stehen und klopfte. Die Tür ging auf, Tristan sah ihn erst erstaunt und dann genervt an.

„Was willst Du um diese Zeit hier? Außerdem riechst Du wie eine Jauchegrube. Sind in Amalies Haus die Rohrleitungen für Zu- und Abwasser vertauscht worden?"

Tobias überging diese Nettigkeit. Er glaubte, es sei ein gutes Zeichen, dass Tristan ihn so lax behandelte und fragte:

„Ich würde gern bei Dir duschen, Tristan. Und hast du eventuell frische Klamotten für mich? Ein Nachbar hat mich zum Angeln auf dem Brautsee eingeladen, doch leider ist das Boot gekentert. Und in Amalies Haus gibt es tatsächlich Probleme mit dem Wasser", log er.

Der Bruder trat zur Seite und schaute spöttisch lächelnd an Tobias herunter.

„Das warme Wasser ist kaputt, aber Du kannst gerne kalt duschen."

„Das ist doch schon was", sagte Tobias betont fröhlich.

„Die Dusche ist auf dem Flur. Handtücher gibt's im Schrank neben der Treppe. Da sind übrigens auch einige Mülltüten. Ich würde dir eine davon für deine Klamotten empfehlen."

„Danke", sagte Tobias und sah, wie Tristan einen Koffer von der Erde aufs Bett hievte. Er holte einige Kleidungsstücke daraus hervor und reichte sie seinem Bruder, der sie erleichtert entgegennahm. Im Weggehen hörte er noch, wie Tristan ihm irgendetwas hinterher brummte. Er freute sich sehr auf die Dusche, auch wenn sie kalt sein sollte. Mit dem Handtuch aus dem Schrank und einer blauen Mülltüte ging er in den winzigen Duschraum. Das Licht flackerte, aber es blieb immerhin hell.

Als er in das Duschbecken steigen wollte, sah er einen kleinen Zettel auf dem Boden liegen. Er nahm ihn hoch und sah, dass es eine Busfahrkarte war. Gestern abgestempelt, um 19:15 Uhr. Das war der Abend des Mordes gewesen! Tobias versuchte, die Bushaltestelle zu entziffern, doch das ging aus den Zahlenzeichen nicht hervor. Er steckte das Ticket in die Hose, die ihm Tristan gegeben hatte und stieg in die Dusche.

Er drehte beide Hähne voll auf. Das Wasser war nicht kalt, sondern lauwarm, Tendenz kälter werdend. Nach zwanzig Sekunden war es ganz kalt. Damit hatte sich seine Freude aufs Duschen erschöpft. Tobias spritzte etwas kaltes Wasser über seinen Körper. Ein winziges Stückchen Seife löste sich langsam in seiner Hand auf und er war eifrig bemüht, den Schaum über seinen ganzen Körper zu verteilen. Genervt stellte er diese Arbeit schließlich ein und schaute die beiden Wasserhähne vor sich an. Nach ein paar Augenblicken, in denen er tief ein- und ausatmete, drehte er sie wieder voll auf. Erstaunt nahm er wahr, dass das Wasser immer wärmer wurde. Als er unter den Strahl trat, war es so heiß, dass er den warmen Hahn fluchend zudrehte. Nun rieselte nur noch ein dünnes Rinnsal kalter Feuchtigkeit an seinem Körper hinunter. Schließlich entschied er, beide Hähne wieder voll aufzudrehen und das Handtuch mit heißem Wasser zu fluten. Nach zehn Minuten hatte er es geschafft. Die Seife war vollständig vom Körper abgespült. Zum Abtrocknen besorgte er sich ein zweites Handtuch im

Flur. Danach verstaute er seine Kleidung in der Mülltüte und kehrte zu Tristan zurück.

„Die Dusche ist echt gefährlich", kommentierte er wütend sein Erlebnis bei Tristan im Zimmer.

„Nicht nur die Dusche. Vielleicht könntest du mich bei Amalie übernachten lassen?"

Diese Bemerkung freute Tobias sehr, denn sie zeigte, dass Tristan von seinen Schwierigkeiten noch nicht mal etwas ahnte.

„Auf dem Friedhof ist kein Platz mehr, Tristan, Gerhard liegt doch schon da. Oder hast du einen komfortablen Sarg mit Dusche, WC und Frühstücksbuffet in deinem Koffer?"

„Ich meine, in ihrem Haus, nein, in deinem Haus. Oder ist es wirklich so schlimm mit den Löchern im Dach?"

„Es ist wirklich so schlimm, aber du kannst es dir ja selber mal anschauen. Wenn ich hier schlafen kann, dann bekommst du den Schlüssel."

„Einverstanden", sagte Tristan lächelnd. „Du schläfst hier und ich bei Amalie."

„Gut", sagte Tobias und stellte die Frage, die ihm wirklich wichtig war.

„Sag mal, weißt du, ob Frau Greuter Streit mit den Nachbarn hatte, vielleicht sogar mit Amalie?"

„Mit ihren Nachbarn?" Tristans Miene verdüsterte sich. „Wieso fragst du?"

„Ich habe mich gestern mit einem Nachbarn unterhalten und der meinte, Frau Greuter habe sich kurz vor ihrem Tod mit jemandem fürchterlich gestritten", log Tobias aufs Geratewohl.

„Mit Amalie womöglich?", fragte Tristan erstaunt.

„Ja", sagte Tobias nun mehr als nur neugierig. „Weißt du etwas darüber?"

Jetzt erst kehrte Tristans Blick zu Tobias zurück, dann blickte er wieder, scheinbar nachdenklich, an die Decke. Den bohrenden Blick seines Bruders ignorierte er.

„Es gab da wohl jemanden, aber ich kann mich beim besten Willen nicht mehr an den Namen erinnern."

Betrübt schaute er nun seinen Bruder an. Er will es nicht sagen, dachte Tobias wütend.

Einen Moment wartete er noch, dann hielt er Tristan den Schlüssel fürs Haus hin, der ihn seufzend ergriff. Gerade, als sein Bruder die Tür öffnete, kroch ein riesiges Insekt an der Schrankwand empor.

„Gibt es hier etwa Wanzen?", fragte Tobias erschrocken.

Tristan hatte bereits den Schlüssel in seine Hosentasche gesteckt und grinste jetzt hämisch: „Im Schrank findest Du noch weitere Biester."

Mit den letzten Worten dieser Erklärung verschwand sein Bruder durch die Tür. Donnerwetter, der hat es aber eilig, dachte Tobias. Eins war jedoch auch klar. Er wusste offensichtlich nichts von seinen Schwierigkeiten mit der Polizei. Da fiel Tobias noch etwas ein. Geistesgegenwärtig öffnete er die Zimmertür und rief seinem Bruder hinterher:

„Sag mal, bist du mit deinem Auto hier?"

„Vergiss es, Tobias. Mein Auto brauch ich selber. Ist mit deiner Karre etwas nicht in Ordnung?"

„Nein, nein. Ich wollte nur wissen, ob du mich nicht … ", versuchte Tobias es erneut.

„Ich wünsch dir auch eine schöne Nacht, Tobias", unterbrach ihn Tristan kopfschüttelnd. An der Treppe hielt er jedoch kurz inne.

„Ich würde morgen gerne noch was mit dir besprechen", sagte er und blickte seinen Bruder abwartend an.

„Und was?"

„Erzähl ich dir morgen", sagte Tristan nun lächelnd und verschwand.

Seltsam diese Geheimniskrämerei, dachte Tobias. Er entschloss sich, Brunhilde danach zu befragen.

Kurz nachdem er an die Tür des Zimmers mit der Nummer sieben geklopft hatte, wurde geöffnet. Ein enttäuschtes Gesicht voller Sorgen blickte ihm entgegen. Tobias ignorierte den Kummer seiner Schwester und kam gleich zur Sache.

„Ich habe mit dem Strohdachhaus etwas Pech, weil es immer durch das Dach regnet. Im Grunde genommen ist es unbewohnbar. Deshalb habe ich gerade versucht, in der Stadt eine günstige Unterkunft zu bekommen. Leider ist nichts zu machen und das Zimmer von Tristan ist voller Wanzen, echt eklig. Wohnen Hartmut und Elfriede noch immer in ihrem Häuschen in Damendorf?"

„Ja sicher, aber ich weiß nicht, ob die beiden über deinen Besuch zu dieser Uhrzeit erfreut wären."

„Ist mir egal, ich versuch es trotzdem. Sag mal, Brunhilde, war Tristan gestern Abend hier?

„Gestern Abend? Ja, er ist so um halb acht zurückgekommen. Angeblich hatte er im Schloss Gottorf einen Bekannten getroffen, im Schlosskeller. Du weißt ja, Geschichte ist seine Leidenschaft." Sie schien zu überlegen. „Aber in Wirklichkeit kam er aus der Stadt. Ich hab ihn nämlich abends aus dem Bus steigen sehen. Es war die Linie, die aus St. Jürgen kommt und durch die ganze Stadt fährt."

Das fand Tobias merkwürdig. Warum fuhr sein Bruder mit dem Bus, wenn er doch mit dem Auto hätte fahren können?

„Aber es ist doch gar nicht so weit zur Stadt. Warum geht er die kurze Strecke nicht zu Fuß?"

„Vielleicht hat er versucht, dich in Tante Amalies Haus zu besuchen, und dich verpasst? Er hat gestern gesagt, dass er noch was mit dir bereden wolle." Zum ersten Mal entspannten sich Brunhildes Gesichtszüge ein wenig.

„Was denn?", fragte Tobias neugierig.

„Es hatte irgendwas mit dem Testament zu tun. Irgendwas Wichtiges sei unerwähnt geblieben, meinte Tristan."

Tobias bekam ganz spitze Ohren. „Und um was ging es dabei?"

„Keine Ahnung. Irgendjemand hatte ihn wohl darauf aufmerksam gemacht. Ich verstehe auch nicht, wieso er wegen solcher Fragen zu irgendjemandem geht. Aber wenn sich jemand mit Familienstreitigkeiten oder Ähnlichem auskennt, dann ist es Elfriede", grinste Brunhilde.

Mehr war leider nicht aus seiner Schwester herauszubekommen. Als er noch einmal nachfragte, wiederholte sie nur das, was sie bereits gesagt hatte. Deshalb fällte er schnell seine nächste Entscheidung: Er musste mit Elfriede reden. Wenn es ein Familiengeheimnis gab, das mit seiner Tante und Susanne Greuter zu tun hatte, dann wusste sie mit Sicherheit davon. Aber dafür brauchte er ein Auto! Vielleicht konnte er Brunhilde ihre alte Karre abschwatzen.

„Kannst du mir eventuell dein Auto leihen? Meins springt nicht an und ich müsste dringend mit Hartmut und Elfriede reden."

„Was? Mein Auto? Das brauche ich selbst! Ausgeschlossen!", wehrte Brunhilde ab.

„War ja nur so ‚ne Frage", meinte Tobias versöhnlich und kleinlaut.

Seine Schwester sah ihn prüfend an, dann fragte sie: „Für wie lange denn?"

„Nur bis morgen früh."

Sie seufzte ergeben, holte den Schlüssel aus ihrer Jacke und gab ihn ihm. Er schaute Brunhilde in die Augen.

Kurz darauf ging er mit dem Müllsack, in dem seine nassen Sachen steckten, die Straße entlang und suchte Brunhildes Fahrzeug. Eine echte Rostlaube! Nach dem siebenten Startversuch wollte er schon aufgeben, als ein Polizeiwagen vorbeifuhr und ein Stückchen von ihm entfernt parkte. Zwei Beamte stiegen aus und verschwanden in der Pension „Zur alten Schlossruine". Es macht nicht mehr viel Sinn, jetzt noch ihr Auto zu benutzen, dachte er. Es bestand die Gefahr, dass Brunhilde den Polizisten erzählte, dass sie ihrem Bruder den Autoschlüssel gegeben hatte. Er ließ den nutzlosen Schlüssel stecken. Sein Gefühl sagte ihm zwar, dass seine Schwester ihn nicht verraten würde, aber sicher war das nicht.

Tobias stieg aus und ging zu seinem gestohlenen Fahrrad. Er schob es aus dem Hof heraus auf den Bürgersteig. An der ersten Nebenstraße stieg er auf und fuhr, so schnell es ging, davon. Nach fünf Minuten war er an der Schnellstraße und entschloss sich, einen Seitenweg an der Schlei entlang zu fahren und dann einen Weg nach Süden zu wählen, an der Museumssiedlung Haithabu vorbei. Er erinnerte sich an zwei Dorfnamen: Ascheffel und Hütten. Irgendwo dort in der Nähe war Damendorf, knapp zwanzig Kilometer

entfernt. Nach einer Viertelstunde begann es zu nieseln. Bald darauf regnete es richtig. Es war kurz nach
halb zehn.

Er überlegte, ob ihn wohl Elfriede und Hartmut bei
sich übernachten ließen? Sonst hatte er nur noch seine
Halbschwester in Kiel, mit der er sich zwar gut verstand. Sie hatte aber fünf Kinder und ihr Mann war ein
gesetzestreuer Rechtsanwalt. Und vor allem hatte
Tobias keine Lust, noch zwei Stunden im Regen mit
dem Fahrrad nach Kiel zu radeln.

3
Eine neue Bleibe

Ein Wald aus gelbem Bambus versperrte Tobias die Sicht. Nein, es waren gelbe Halme. War es Stroh? Richtig, jetzt fiel es ihm wieder ein. Er hatte sich gestern Abend auf dem Weg nach Damendorf in den Hüttener Bergen verfahren. Weil es angefangen hatte zu regnen, hatte er in einem Schuppen im Wald eine Pause gemacht. Er hatte sich dort auf die Strohballen gesetzt und dem Regen gelauscht, der kein Ende nahm. Nach einer Weile hatte er sich hingelegt und den Mantel des Obdachlosen über sich gezogen. Dann musste er wohl eingeschlafen sein.

„Bood, bood, bood", wisperte da ein kleines, helles Wesen. Kaum einen halben Meter von ihm entfernt erschien ein Hühnerkopf im Stroh und beäugte ihn argwöhnisch. Was macht das Huhn hier?, dachte er. Da rüttelte etwas an seiner Schulter. Erschrocken fuhr sein Kopf hoch und drehte sich halb um. Gegen das helle Licht einer offenen Tür sah er eine dunkle Gestalt vor seinem Schlafplatz stehen. Leider konnte er sie nicht genau erkennen. Irgendwo musste doch seine Brille sein. Seine Finger tasteten die Umgebung ab. Plötzlich baumelte das Gestell vor seiner Nase hin und her. Dünne, knochige Finger hielten es fest. Entschlossen griff er danach, murmelte ein Danke und setzte sie umständlich auf. Eine alte Frau mit einer dreizackigen Forke in den Händen sah ihn misstrauisch an. Ob sich Neptuns alt gewordene Tochter aus Versehen in das zweithöchste Gebirge von Schleswig-Holstein verirrt hatte?

„Was machen Sie in meinem Hühnerstall? Sie haben meine Hennen verscheucht."

Die Frau hatte recht. Was machte er hier? Ach herrje und dann wurde er ja auch noch von der Polizei gesucht. Er brauchte jetzt unbedingt eine glaubhafte Ausrede. Suchend blickte er sich im Schuppen um.

„Sie haben recht, misstrauisch zu sein. Ich kam hier gestern spät abends mit dem Fahrrad an, weil es so stark regnete und ich mich verfahren hatte. Ich war hundemüde und wollte mich nur ein bisschen ausruhen. Dabei muss ich wohl eingeschlafen sein."

Die Frau sah ihn weiterhin voller Argwohn an. Sie hielt die Forke immer noch kampfbereit in ihren Händen. Tobias wurde ein bisschen mulmig zumute. Er musste jetzt irgendwie ihr Mitleid erregen, das war ein sicherer Ausweg. Mühsam stand er auf und lehnte sich ächzend gegen einen hölzernen Stützpfeiler.

„Vorsicht mit dem Stützbalken! Der ist nicht richtig fest. Wenn der umfällt, dann kommt der ganze Dachboden, auf dem die frischen Heuballen liegen, runter", sagte die Alte.

Erschrocken löste sich Tobias von dem Streben, schaute kurz hinauf und fing dann an zu erklären.

„Ich bin nämlich mit meinem Wagen auf der Autobahn liegen geblieben, direkt an der Abfahrt bei Owschlag. Und da mein Handy leer war, hab ich mein Fahrrad vom Gepäckträger runtergenommen und bin vorsichtig losgefahren. Ich wollte meine Verwandten in Damendorf besuchen. Also nahm ich die Abkürzung durch den Wald und hab mich dabei verfahren. Tut mir leid! Ich wusste nicht, dass das Ihr Schuppen ist."

„Hm", sagte die alte Frau immer noch misstrauisch. Da ertönte Gegacker von der Tür. „Da seid ihr ja, meine Lieben", wurden die Hennen liebevoll begrüßt. Die Bäuerin holte einen Beutel mit Hühnerfutter aus ihrer Umhängetasche. Sie war nun deutlich friedlicher gestimmt und hatte Mitleid mit dem jungen Mann.

„Ich heiße Helga von Staudacker. Und Sie, mein Junge?"

Tobias klopfte sich etwas Stroh von der Kleidung. Irgendwie juckte seine Haut.

„Tobias Leuchtner. Software-Entwicklung aller Art. Computer-Administrator. Privatdetektiv zur Erforschung von privaten Informationslücken und Wahrheitsfindung."

Er hatte schon eine Karte aus seinem Portemonnaie geholt und steckte sie nun verlegen wieder zurück. Die Frau hatte ihren kleinen Beutel mit Futter für die Hühner geleert, jetzt drehte sie sich wieder um. Sie strahlte ihn an.

„Sie sind ein hübscher junger Mann, Tobias. Ich mache mir allerdings nichts aus Problemen aller Art und Wahrheitsfindung mit Softdings. Aber Sie können ein Frühstück bekommen, wenn Sie etwas für mich machen."

Verdattert sah er sie an. Arbeit! Landarbeit womöglich. Schreckliche Aussichten! Wo war der große Baum, den er zersägen sollte? Als sie zusammen den Schuppen verließen, sah er das Haus. Ein altes Strohdachhaus, gut fünfzig Meter entfernt, unter zwei riesigen Buchen versteckt. Ach herrje, dachte er. Es ähnelte dem von Tante Amalie enorm. Jetzt wusste er, was er für das Frühstück machen musste: wahrscheinlich die Löcher im Dach stopfen. Als ihm gerade eine unverschämte Bemerkung über alte, verfallene Gebäude auf den Lippen lag, kam ihm Helga zuvor.

„Das Dach ist völlig in Ordnung. Liegt an den beiden alten großen Buchen, die das ganze Regenwasser vom Haus abhalten. Ich habe sozusagen ein Doppeldach. Nur die Regenrinne muss ich immer sauber machen lassen. Die vielen Blätter, wissen Sie, deshalb läuft sie an einer Stelle immer über. Aber im Haus sieht es toll aus. Ich habe ein sehr schönes Wohnzimmer mit einer sehr gesprächigen Wanduhr. Sie werden schon sehen."

Widerwillig ging Tobias hinter der Alten her. Also die Regenrinne sauber machen, dachte er, das ist ja eine tolle Aussicht. Neben dem Haus konnte er einen kleinen Garagenschuppen erkennen, in dem zwei Autos hintereinander standen. Irgendein Oldtimer und davor ein moderner, roter Kleinwagen. Vielleicht könnte er sich den leihen und damit zu Onkel Hartmut und Tante Elfriede fahren. Den musste er der Alten abschwatzen. Er folgte Helga von Staudacker ins Haus.

„Meine Enkelin ist zu Besuch. Ich weiß allerdings nicht, ob die schon auf ist", flüsterte sie. Es roch nach Kaffee, verführerisch. Eine Tür zweigte vom Flur in einen großen Wohnraum ab, in dem eine junge Frau an einem Tisch saß.

„Ach, du bist schon auf, Yvonne. Warum ist der Tisch noch gar nicht aufgedeckt?", tadelte die alte Frau.

„Ich bin noch nicht dazu gekommen", sagte die junge Frau, die an einem Tisch saß und in ein Kreuzworträtsel vertieft war.

„Ein anderes Wort für Liebe mit „e" am Ende. Was könnte das sein, Omi?"

„Amore", sagte Tobias. Erschrocken drehte die junge Frau sich um und er blickte in ein bildhübsches Gesicht, das langsam rot wurde.

„Darf ich dir Tobias Leuchtner vorstellen, Yvonne. Er ist auf Problemlösungen aller Art spezialisiert. Ich habe ihn zum Frühstück eingeladen. Vielleicht könnt ihr beiden euch um die Eier und die Brötchen kümmern und ich decke dann den Tisch und mache den Rest."

„Aber Omi, du weißt doch, dass ich ... ", stotterte die schöne, junge Frau.

„Ein paar Schritte können dir gar nicht schaden, Yvonne."

Eine sprachlose Wut überzog kurz das Gesicht mit dem hübschen Schmollmund, der Tobias fesselte. Sie richtete sich gegen Oma Helga, die jedoch soeben einen kleinen Raum hinter der Küche betrat. Einige Küchenutensilien waren dort zu erkennen, die nun scheppernd benutzt wurden. Yvonne war aufgestanden und humpelte auf Tobias zu. Sie streckte ihm schüchtern eine zierliche Hand entgegen. Als Tobias sie sanft ergriff, hatte er das Gefühl, als ob da ein Funken übergesprungen wäre. Sie fühlt sich gut an, dachte er und hielt die Hand fest, die Yvonne schon wieder zurückziehen wollte. Ein schöner sanfter Wärmestrom floss nun in seinen Arm. Er strahlte sie an und blickte für einen Moment auf ihre Füße. Einer war unnatürlich weiß, wie ihm auffiel.

„Ich hatte einen Unfall. Der Knöchel ist angebrochen", erklärte Yvonne etwas verlegen.

Der Gips hatte schon einige dunkle Stellen bekommen. Zwei der Zehen zuckten hin und wieder, als ob sie sich gegenseitig Witze erzählten. Oder lachten.

Tobias hielt es für besser, nicht weiter nach dem Unfall zu fragen, der den Gipsfuß zur Folge hatte.

„Was müssen wir tun, um an Eier und Brötchen zu kommen?", versuchte er, die wechselseitige Verlegenheit zu durchbrechen.

Tatsächlich kehrte das alte Temperament zurück und Yvonne antwortete grinsend:

„Eier gibt es im Hühnerschuppen und Brötchen in der Bäckerei unten im Dorf."

„Im Hühnerschuppen kenne ich mich aus", erwiderte Tobias nun lachend. „Ich habe mich gestern Nacht hierher verirrt und dort übernachtet. Ihre Oma hat mich da vorhin aufgeweckt."

Kurz darauf wusste Yvonne auch von dem erlogenen Auto auf der Autobahn und Onkel Hartmut und Tante Elfriede in Damendorf. Dann machten sie sich gemeinsam zum Schuppen auf. Alle notwendigen Frühstückseier waren rasch eingesammelt. Nun fehlten nur noch die Brötchen und so fuhren sie mit Yvonnes schnittigem Wagen noch schnell zur Bäckerei im Dorf Ascheffel. Auf dem Rückweg einigten sie sich darauf, vom Sie zum Du zu wechseln.

Später am Frühstückstisch verständigte er sich auch mit Oma Helga auf einen persönlicheren Umgangston. Die alte Dame fragte nach dem Anlass von Tobias Reise und er klärte sie kurz darüber auf, dass er ein etwas marodes Strohdachhaus in der Stadt geerbt habe. Ausführlich erzählte er von dem Wassereinbruch im Dachgeschoss.

„Ein Strohdachhaus am Stadtrand von Schleswig ist sicherlich eine Menge wert. Dann bist du ja eine richtig gute Partie, mein Junge", lobte ihn nun die alte Dame und sah ihre Enkelin listig an, die ihrer Oma einen wütenden Blick zuwarf. Tobias sah die Alte ebenfalls wütend an und hätte am liebsten geschrien, dass er im Moment ganz andere Sorgen habe und mit einem Bein schon im Knast stehe. Stattdessen blickte er demonstrativ an die Decke, schwieg und suchte vergeblich nach feuchten Flecken, über die er hätte meckern können.

„Was hast du denn jetzt vor, Tobias?", fragte Helga schließlich.

„Als Erstes muss ich zu meinen Verwandten nach Damendorf und sie bitten, mir ihr Auto zu leihen. Dann fahre ich zu einer Werkstatt und lasse den Wagen abschleppen und schließlich hole ich mir vom Notar die restlichen Schlüssel für das Haus. Vielleicht schaffe ich es auch noch, zwei Makler zu kontaktieren. Mal sehn", log er.

„Omis uralter Wagen ist seit ein paar Wochen kaputt. Es ist ein Oldtimer und sie will ihn einfach nicht verkaufen", meinte Yvonne nun lächelnd. „Wenn du willst, dann könnte ich dir heute mein Auto leihen. Du müsstest dann aber einige Besorgungen für uns machen."

„Yvonne, du bist ein dummes Plappermaul", rügte sie die Oma.

„Ist doch wahr, Omi. Mit deinen achtundachtzig Jahren brauchst du ein verlässliches Auto."

„Alles Unsinn! Ich komme noch blendend zurecht."

Yvonne schüttelte nur den Kopf und Tobias schwieg. Irgendwann zog sie die Autoschlüssel aus der Tasche und hielt sie Tobias hin. Einen kurzen Moment zögerte er, dann griff er danach. Er schaute sich noch einmal unauffällig im Wohnzimmer um, konnte aber keinen Fernseher und auch kein Radio entdecken. Es war nicht unwahrscheinlich, dass die Polizei heute

Abend die Bevölkerung um Mithilfe bei der Fahndung nach ihm bitten würde.

Bevor er sich auf den Weg machte, bat er Helga um die Erlaubnis zu duschen. Eine halbe Stunde später standen sie dann vor Yvonnes Auto. Er hatte einen Zettel mit Dingen bekommen, die er in der Stadt einkaufen sollte.

„Du kannst hier auch gerne ein paar Tage übernachten, wenn du willst. Ich habe meine Oma schon gefragt und sie ist einverstanden."

Zum ersten Mal taten Tobias die ganzen Lügen leid, die er den beiden Frauen aufgetischt hatte. Doch es ging nicht anders.

„Ich bleibe gerne für eine Nacht, aber länger geht es nicht", sagte er und biss die Zähne zusammen.

Er hätte sie zu gerne eingeweiht in seine Sorgen und ihre Meinung dazu gehört. Leider brauchte er dieses marode Kartenhaus aus Lügen, wenn er hier übernachten wollte. Also fuhr er ohne ein Wort davon. Yvonne winkte hinter ihm her, als Helga von der Tür zu ihr herüberkam.

„Irgendwas ist mit diesem Kerl nicht in Ordnung, Yvonne. Ich rieche es, wenn jemand lügt und der Kerl stinkt. Auch wenn er bildhübsch aussieht und dich anstrahlt mit seinen glitzernden Augen."

„Sein Portemonnaie hat gestunken, Omi. Aber er hatte alles dabei: Personalausweis, Heiratsurkunde und den Gerichtsbescheid über seine Scheidung vor drei Jahren. Er ist frei und wohnt in Hamburg nur wenige Kilometer von mir entfernt. Ist das nicht toll? Und er hat eine eigene Firma und verdient sein eigenes Geld mit Softwarekursen. Ich habe mir seine Adresse gemerkt."

„Wann hast du das denn alles herausgefunden?"

„Als er nach dem Frühstück geduscht hat, Omi. Nutze den Tag! Das hast du mir beigebracht."

Die alte Dame beobachtete aufmerksam ihre Enkelin. Dann sagte sie:

„Geld ist nicht alles, Yvonne! Du bist hier in den Silberbergen. Der Wald mit seiner Schönheit ist unser Reichtum."

Yvonne wiegte ihren Kopf hin und her. „Ich weiß, aber Schönheit ist auch nicht alles", erwiderte sie.

Helga hatte noch einen anderen Einwand:

„Und wenn er schwul ist?"

„Der nicht. Ich hab ihn an der Angel. Er hat mich die ganze Zeit mit Blicken vernascht. Ist das nicht toll?"

Yvonne sah verträumt den Weg hinunter, wo ihr Auto mit Tobias verschwunden war. Helga seufzte voller Anerkennung, doch Zweifel blieben:

„Hoffentlich stimmt wenigstens das mit dem Strohdachhaus."

Sie schüttelte bei dem Gedanken an Tobias Beruf nur mit dem Kopf: Privatdetektiv und fester Job, Kurse geben mit diesem Softdings. Also sowas!

~~~

Tobias kam keine zehn Minuten später in Damendorf an. Wo war sie nur, die kleine ehemalige Bäckerei? Kurz darauf stand er vor dem kleinen Häuschen seiner Verwandten. Um nicht in eine Falle der Polizei zu laufen, war er am Haus zunächst vorbeigefahren und hatte den Wagen zur Sicherheit in einer anderen Straße geparkt.

Onkel Hartmut öffnete die Tür und sah ihn erstaunt an. Dann blickte er schnell links und rechts die Straße hinunter und winkte ihm, ins Haus zu kommen. Als sein Neffe nicht sofort reagierte, zog er ihn ins Haus.

„Die Polizei hat uns gestern noch angerufen. Du wirst verdächtigt, eine Nachbarin von Amalie umgebracht zu haben. Ist das wahr? Bei uns kannst du immer mit Hilfe rechnen, wenn du in Schwierigkeiten bist. Das weißt du doch."

„Wer ist denn da, Hartmut?", fragte Elfriede aus dem Wohnzimmer.

„Na, wer wohl? Unser Verwandter, den der Kommissar so dringend sucht", antwortete Hartmut strahlend.

„Lass mich doch erstmal Luft schnappen", wiegelte Tobias ab.

Hartmut war früher einmal mehrere Monate arbeitslos gewesen und hatte in dieser Zeit dunkle Geschäfte getätigt. Schließlich war er wegen Betruges zu einer Haftstrafe auf Bewährung verurteilt worden. Es ging damals um einige Autos, die Hartmut verkauft hatte. Sie waren wohl älter, als es die Papiere vermuten ließen, und auch ein bisschen mehr herumgekommen, als man es dem Tachostand ablesen konnte. Seitdem war Hartmuts Verhältnis zur Polizei etwas gestört.

Kurze Zeit später saßen sie zu dritt im Wohnzimmer des kleinen Hauses bei einer Tasse Kaffee zusammen. Es dampfte aus der Kaffeekanne und drei winzige Vollkorn-Haferkekschen lagen mutlos auf drei kleinen Tellerchen. Ein Happs und Tobias Teller war leer. Er sah, dass Hartmut seine Tasse in der rechten Hand hielt und versuchte mit allen Kräften, sein übermüdetes Gehirn durch Gähnen wiederzubeleben.

„Ich habe den Herren Polizisten heute Morgen alles erklärt. Denen fallen ständig die gleichen Fragen ein, die sie jedes Mal anders formulieren oder anders betonen. Sind ein bisschen zerstreut, die Herren Kommissare", berichtete Tobias. Er fuhr dann mit einer wichtigen Frage fort:

„Sag mal, Hartmut, habt ihr Amalie eigentlich noch einmal vor ihrem Tod gesehen?"

Hartmut sah Elfriede an und die schaute an die Decke über sich, die weiß und stumm herunterblickte und schwieg. Elfriede rührte grüblerisch in ihrer Kaffeetasse. Doch Hartmut fing nun an zu reden.

„Wir haben sie vor vier Wochen mal besucht. Da war sie noch quietschfidel. Sie meinte, sie habe sogar beinahe irgendeinen Preis mit ihrer Golferei gewonnen. Nur ein paar Punkte hätten ihr gefehlt."

Tobias schaute Hartmut irritiert an, weil Amalie mit den beiden über Golf geredet hatte. Er versuchte, sie auf das richtige Thema zu lenken.

„Brunhilde hat mir gesagt, dass Frau Greuter mit irgendeinem Nachbarn Streit gehabt habe." Nach einer kurzen Pause mutmaßte er: „Es ging wohl um eine größere Summe Geld." Elfriedes Gejammer über Amalies verschwundene Millionen klang ihm dabei noch in den Ohren.

„Hatte Susanne Greuter wirklich Streit mit einem Nachbarn, Elfriede?", fragte Hartmut erstaunt.

„Nein. Wenn, dann hatte sie Streit mit einer Nachbarin und zwar mit Amalie. Amalie hatte Susanne Greuter früher immer die Hausschlüssel gegeben, damit sie im Urlaub die Blumen goss und sich um die Post kümmerte. Dann verschwand einmal ein Aktenordner, in dem einige unwichtige Papiere gewesen sein sollen. Aber das ist natürlich noch lange kein Grund, dass Amalie einen solchen Streit vom Zaun bricht. Bestimmt hatte sie selbst den Aktenordner verbaselt."

Elfriede schaute Tobias verschwörerisch an und sagte leise:

„In Wirklichkeit ging es gar nicht um den Aktenordner. Es ging um ein paar Dokumente, die irgendwo von Gerhard deponiert worden waren und die irgendwann spurlos verschwanden."

Sie schwieg einige Momente, setzte sich entspannt hin, griff zu ihrem Strickzeug, das auf dem Tisch lag, und redete weiter:

„Es muss etwas mit dem Geld zu tun haben, das Gerhard früher einmal bei Spekulationen verdient hatte. Angeblich sollen es fast vier Millionen Mark gewesen sein."

Elfriede blickte von ihrer Strickerei zu Tobias, der sie ungläubig anstarrte. Sie fuhr grinsend fort:

„Amalie hätte sich in ihren letzten Jahren einfach intensiver mit dem Verbleib dieser Dokumente beschäftigen müssen. Wenn sie sie gefunden hätte, dann hätte es den Streit mit Susanne nie gegeben und wir alle hätten keine finanziellen Sorgen mehr."

„Das hab ich damals auch zu Amalie gesagt", meinte Hartmut nun. „Amalie, wenn dir mal was passiert, dann muss womöglich das Sozialamt für deinen Unterhalt einspringen. Und dann reicht das Geld auch nur bis zur Mitte des Monats."

Tobias lehnte sich nachdenklich zurück. Die verschwundenen Dokumente könnten ein Motiv für einen Mord an Frau Greuter gewesen sein, falls sie sie besessen hatte. Aber wer hatte davon gewusst und dann diesen Mord begangen? Amalie konnte es nicht gewesen sein, so viel stand fest.

Bis jetzt war nur sicher, dass es einen Streit zwischen Amalie und Susanne Greuter gegeben hatte. Aus guten Nachbarinnen waren mit der Zeit böse Feindinnen geworden, womöglich wegen dieses versteckten Geldes. Und jemand war nun auf Amalies Fußspuren gewandelt und hatte von der alten Frau die Dokumente zurückgefordert. Oder vielleicht auch jene Millionen, von denen Elfriede gesprochen hatte. Und nun versuchte dieser Jemand, ihm den Mord in die Schuhe zu schieben.

„Und was hat sie gesagt?", fragte Tobias erwartungsvoll.

„Das Geld sei sicher angelegt, hat sie gesagt. Ganz sicher", murmelte sein Onkel. „Aber was hat sie damit gemeint? War doch gar nichts mehr übrig, oder Elfriede?"

Elfriede, die immer über jeden alles wusste, schüttelte genervt den Kopf. „Das mit dem sicher angelegten Geld hat Gerhard vor seinem Tod gesagt, nicht Amalie", wandte sie jetzt ein.

Hartmut murmelte ein „Ach so" und Elfriede fuhr fort:

„Gerhard meinte, dass da hunderttausend Euro wären, die bei seinem Tod in jedem Fall an Amalie gingen." Nach einer Pause erzählte sie weiter. „Vor zwanzig Jahren, also kurz nachdem Gerhard gestorben war, hat Amalie allerdings angedeutet, dass es fast vier Millionen Mark wären, die sie bekommen würde. Ich hab mich erkundigt. Die Wertpapiere, die jetzt noch fünftausend wert sind, sind in dieser Zeit nur um den Faktor zehn gefallen. Es fehlen also noch fast 98 Prozent von dem Geld, was angeblich mal da war. Kann man mit Golf spielen in fünf Jahren fast zwei Millionen Euro verplempern? Ist das möglich, Tobias?"

Tobias dachte nach. Trainerstunden waren teuer, aber 7000 Trainerstunden im Jahr traute er Tante Amalie nicht zu. Ihr Ehrgeiz hatte sich in Grenzen gehalten. Auf die Frage, was ihr am Golfen am besten gefalle, hatte sie ihm immer erklärt, dass es so schön wäre, über diesen wunderbaren grünen Rasen zu laufen. Außerdem gebe es im Golfclub so viele nette junge Leute. Er selbst war mit ihr einige Male eine Neunerrunde gelaufen und es war ihm ein Rätsel geblieben, wie sie die Platzreife geschafft hatte. Vielleicht durch ein hohes Bestechungsgeld an den Trainer?

„Nein, das Geld ist bestimmt nicht beim Golfspiel versickert, dazu war sie viel zu schlecht. Es muss woanders geblieben sein."

Hartmuts Augen wurden nun gierig.

„Ich habe es gewusst. Aber wo ist das Geld? Du musst es unbedingt herausfinden, Tobias." Sein Onkel machte eine Pause und dachte nach. Dann sagte er: „Es gibt da vielleicht noch eine andere Möglichkeit. Gerhard hat früher immer mit ein paar Leuten Skat gespielt. Da ging es auch um Geld, allerdings nur um kleine Beträge. Gerhard war gut im Skat, hat Amalie gesagt. Er hat meistens gewonnen. Vielleicht waren seine Mitspieler darüber verärgert und haben herausgefunden, wo das Geld versteckt ist. Sie kamen nur nicht ran an den Zaster. Oder doch?"

Tobias war irritiert. Offenbar war auch Hartmut davon überzeugt, dass Gerhard und Amalie tatsächlich sehr viel Geld besessen hatten. Eine Frage drängte sich ihm auf: „Wussten denn die Skatbrüder von dem Geld, das Gerhard bei Spekulationen verdient hatte?"

„Also einer aus der Skatrunde, der Rechtsanwalt Franz Wortschneider, hat mir mal gesagt … "

„Du bist ein altes Plappermaul, Hartmut!", fuhr Elfriede dazwischen. Hartmut zuckte zusammen und schwieg.

„Der Wortschneider war immer nur ein dummer Angeber", nörgelte seine Frau.

„Ich habe in der Runde auch hin und wieder mitgespielt", verteidigte sich Hartmut. „Deshalb weiß ich, dass dort viel über Geld gestritten wurde. Einige meinten, Gerhard habe das Geld oder die Dokumente zu Hause ... "

„Unsinn", fiel ihm nun Elfriede ins Wort. „Gerhard hätte das Geld niemals zu Hause versteckt. Dazu war er zu schlau."

Seine Tante hielt mittlerweile einen Knäuel Wolle in der Hand und strickte mit mehreren Nadeln daran herum. Die Löcher in dem Gebilde wurden immer zahlreicher. Sie seufzte und griff zur Kaffeetasse.

„Gerhard war zwar schlau, aber jeder macht mal Fehler", erwog Hartmut. „Seine Skatbrüder waren doch alle Hungerleider, bis auf den Arzt."

Das dumme Geschwafel über die Skatbrüder ging Tobias auf die Nerven. Er wollte etwas über Susanne Greuter und Amalie herausfinden und nun bekam er nur diesen Unsinn über Gerhards Mitspieler zu hören. Vielleicht wollten die beiden aber auch von ihrem schlechten Verhältnis zu Amalie ablenken? In diesem Moment stellte Elfriede eine unangenehme Frage.

„Sag mal, Tobias, was will der Kommissar denn so Dringendes von dir wissen? Er kam gestern Abend hier ganz aufgeregt vorbei und suchte dich. Angeblich, um dich als Zeugen in einem Mordfall zu vernehmen. Susanne Greuter ist tot aufgefunden worden."

Gespannt sah sie ihn an. War da nicht ein Hauch von Schadenfreude in ihren Augen? Hartmut hatte sich inzwischen locker zurückgelehnt und schlürfte gerade einen Schluck Kaffee, der ihm aus irgendeinem Grund in den falschen Hals geriet, denn er fing an, fürchterlich zu husten. Elfriede klopfte ihm auf den Rücken und sagte vorwurfsvoll:

„Du sollst nicht so gierig trinken, Hartmut."

Als er sich beruhigt hatte, hatte Tobias die passende Antwort gefunden. Entspannt meinte er: „Ich hab dem Kommissar gesagt, dass das nur ein läppischer Streit wegen einiger umgeknickter Astern war und ich deswegen doch keinen Mord begehen würde."

„Der Kommissar meinte, du seist einfach abgehauen", sagte sein Onkel grinsend.

„Unsinn, der hat euch nur einen Bären aufgebunden, damit ihr mich in die Pfanne haut. Er hat euch doch bestimmt auch die Frage gestellt, wo ihr vorgestern Abend wart, oder etwa nicht?"

Hartmut atmete tief durch und sagte mit fester Stimme:

„Vorgestern Abend waren wir im Supermarkt im Einkaufszentrum Nord in Schleswig. Wir haben sogar die Quittung dafür."

Er hatte sich aufgesetzt und blickte während dieser Ausführungen intensiv auf den Teppichboden vor sich.

„Da gibt es alles. Alles, was das Herz begehrt, außer Geld."

Tobias war sprachlos. Die beiden waren am Abend des Mordes in der Stadt gewesen. Vom Einkaufszentrum Nord konnte man in fünf Minuten zu Amalies Haus fahren. Nur fünf Minuten vom Tatort entfernt. Sie hätten also auch in dem Wohnviertel sein können, wenn sie von dem Streit zwischen ihm und Frau Greuter erfahren hatten. Damit hatten sie also auch die Gelegenheit gehabt, einen Mord zu begehen. Und sie waren zu zweit, sie konnten sich also gegenseitig ein Alibi geben. Ihm lag die Frage auf den Lippen, warum sie zum Einkaufen nicht nach Rendsburg gefahren waren, aber er wusste jetzt schon, dass Hartmut sagen würde, der Kaffee sei im Einkaufszentrum Nord billiger.

Die Gedanken in seinem Kopf formten eine Theorie. Bis zur Testamentseröffnung hatten Hartmut und Elfriede offenbar gehofft, einen größeren Geldbetrag zu erben. Als daraus nichts wurde, wollten sie mit ihm, ihrem Neffen, noch einmal über den möglichen Verbleib des Geldes reden. Doch dann wurden sie irgendwie Zeuge des Streits zwischen ihm und der Nachbarin und entschieden sich, diese am nächsten Tag umzubringen, um ihn auf diese Weise zu belasten. Sobald er im Knast saß, hatten sie freie Bahn, sich in dem Haus umzuschauen und einen Hinweis für den Verbleib des Geldes zu finden. Aber dafür hatten sie doch seit dem Tod Amalies eigentlich jede Menge Zeit gehabt. Den Haustürschlüssel hätten sie sich vorher bei einem Besuch beschaffen können. Oder hatten sie das schon längst versucht, nichts herausgefunden und glaubten nun, dass er, Tobias, mehr Glück haben würde? Oder hatte Frau Greuter etwas herausgefunden und musste beseitigt werden, damit sie den verborgenen Geldsegen nicht selbst nahm oder an jemanden verriet? Doch auch seine beiden Geschwister hätten etwas Genaueres über diesen Schatz wissen können und für den Fall, dass Frau Greuter etwas darüber wusste, ein Motiv gehabt, sie aus dem Weg zu räumen.

Tobias war sich jetzt sicher, dass irgendjemand intensiv und rücksichtslos nach dem Geld in Amalies Haus suchte. Es gab deshalb nur eine Möglichkeit für ihn, den Mordverdacht gegen ihn zu entkräften: Er musste das Geld vor dem Täter finden und der Täter musste das bemerken. Versuchte der Täter, ihm das

Geld abzunehmen, dann konnte er ihn hoffentlich auch des Mordes an seiner Nachbarin überführen.

Ein simples kriminologisches Experiment. Die Polizei würde ihm nicht helfen, so viel war klar. Sie hatte schon einen passenden Täter, den sie festnageln konnte, nämlich ihn. Tobias stand vor einer der wichtigsten Entscheidungen seines Lebens. Bekannte er sich schuldig für etwas, was er nicht getan hatte, dann wäre er vor dem Mörder in Sicherheit. Oder er lief weiterhin weg und suchte das Geld. Wenn er es finden sollte, brächte er es zur Polizei und könnte so hoffentlich beweisen, dass er unschuldig war. Aber vielleicht glaubten sie ihm nicht und er wanderte trotzdem ins Gefängnis. Oder er fand das Geld und stellte dem Mörder eine Falle. Ob das gut gehen würde? Eine ziemlich schwierige Aufgabe für einen Mordverdächtigen, fand er.

4
Ungeahnte Unterstützung

Am besten erledigte er erst einmal die Einkäufe für die beiden Frauen im Wald, sagte sich Tobias. Dabei konnte er auch erkunden, ob schon mit einem Bild nach ihm gefahndet wurde. Also fuhr er ins große Einkaufszentrum im Norden von Schleswig. An einem Kiosk stellte er fest, dass noch keine der Tageszeitungen ein Bild von seinem Gesicht veröffentlicht hatte. Dann besorgte er sich einen Einkaufswagen und fuhr durch die Reihen des großen Supermarkts. Plötzlich tauchte die Spielzeugabteilung auf. Einige Halloween-Artikel zum Verkleiden fielen ihm auf. Tobias kam eine Idee. Er sah sich nach Schnurrbärten und Masken um. So etwas könnte unter Umständen ganz nützlich sein, dachte er und warf eine Verkleidungsgarnitur in seinen Wagen. Eine Sonnenbrille benötigte er natürlich auch noch, die würde er sich später besorgen. Und außerdem kaufte er sich ein neues Handy. Sein eigenes war in seinem Auto, das bestimmt die Polizei beschlagnahmt hatte. Zu blöd, dass er keine Sim-Karte dafür hatte. Er verliebte sich auch noch in ein kleines Stofftierchen, das er auf einem Grabbeltisch sah: Ein kleines Kätzchen, winzig klein. Als er es am Nacken berührte, quietschte es. Das gab den Ausschlag. Er nahm es mit.

Dann kaufte er die Sachen für Helga und Yvonne. Anschließend holte er Geld aus einem Geldautomaten. Zum Glück war das Konto noch nicht gesperrt, was bedeutete, dass die Spuren auf seinem Golfschläger noch nicht ausgewertet waren. Wie lange würde er für die Suche nach dem Geld und dem Mörder brauchen? Er hatte höchstens eine Woche Zeit, dann war er am Ende. Nervlich und körperlich und wahrscheinlich auch finanziell. Länger hielt er das nicht durch. Im Einkaufszentrum gab es sogar noch ein altes funktionierendes Münztelefon. Er rief Tristan an.

„Hallo Tristan." Er sagte nichts weiter als das und wartete. Eine lange Pause folgte.

„Ja." Tobias atmete tief durch. Keine Vorwürfe, nur einfach ein Ja. War das ein gutes Zeichen?

„Können wir uns in einer Viertelstunde bei Abels Grab treffen?" Es war ein Ort in der Nähe des Tiergartens, an dem der Sage nach vor langer Zeit der tote König Abel im Moor versenkt worden war. Er hatte zuvor seinen Bruder in eine tödliche Falle tappen lassen und war 1252 beim Kampf gegen die Friesen dann selber umgekommen.

Wieder folgte eine lange Pause.

„Ja, gut." Dann legte Tristan auf. Es war der Klang der beiden Worte, die in seinen Ohren widerhallten und ihm sagten, dass Tristan keine bösartigen Absichten hegte. Andererseits hatte er aus seinen Worten auch eine gewisse Wut herausgehört. Egal, er musste mit ihm reden.

Er ging zu seinem geliehenen Auto und beeilte sich, zum Treffpunkt zu kommen. War Tristan in der Schlossruine, dann musste er zu Fuß gehen. Tobias würde in diesem Fall ein paar Minuten vor seinem Bruder eintreffen, denn bis zum Königsgrab waren es vom Einkaufszentrum nur fünf Minuten. Tatsächlich wartete er ein paar Minuten auf Tristan.

Wutschnaubend setzte sich sein Bruder neben ihm auf die Parkbank.

„Na, du hast vielleicht Nerven! Du bist der Hauptverdächtige in einem Mordfall. Den Schlüssel für Amalies Haus musste ich gestern Abend dem Kommissar geben. Ich bin ihm direkt in die Arme gelaufen. Zwei Stunden hat mich dieser widerliche Idiot verhört. Er wollte vor allem wissen, wo du bist und wer deine Freunde sind. Danach hat er mich zurück in meine Ungezieferzelle geschickt. "

Sein Bruder schimpfte noch ein paar Minuten so weiter. Insgeheim freute sich Tobias darüber, weil ihm das zeigte, dass Tristan anscheinend mit dem Mord nichts zu tun hatte. Außerdem hoffte er, dass er ihm behilflich sein würde, dem Kommissar eins auszuwischen. Doch er antwortete:

„Ich habe niemanden ermordet. Jemand versucht, mir den Mord in die Schuhe zu schieben."

„Erzähl nicht mir das, sondern der Polizei! Morgen kommt bestimmt ein Fahndungsfoto von dir in die Zeitungen und ins Fernsehen."

Ein kurzer Blick von Tristan zu seinem Bruder. War das etwa Besorgnis, die da in seinen Augen flackerte? Oder Angst vor irgendetwas Verborgenem?

„Besser, du stellst dich, Tobias."

Eine Pause folgte. Dann sagte Tobias. „Ja, mach ich."

Erleichterung blitzte in Tristans Augen auf. Und auch Ungläubigkeit. Wieso glaubte ihm sein Bruder nicht? Hatte er vielleicht Angst? Oder wusste er gar von jemandem, der es auf ihn abgesehen hatte, und wollte ihn so schützen?

„Ich werde mich stellen, aber erst, wenn ich weiß, wer der Mörder ist. Das bin ich Frau Greuter schuldig, Tristan."

Das hatte Tristan nicht erwartet. Eine Pause folgte, die zu lange dauerte. Sein Bruder schaute zu Boden. Er strich mit einem Finger langsam über seine Stirn, als ob er versuchte nachzudenken, etwas neu einzuschätzen.

„Erzähl das dem Kommissar", zerbrach sein Bruder schließlich die Stille. Er schaute immer noch auf den Boden.

„Ab morgen bin ich dann für eine Weile in Dänemark. Das ist meine einzige Chance, wenn sie mich hier mit einem Foto suchen", sagte Tobias. „Vielleicht kannst du den Polizisten davon erzählen, damit sie auch in andere Richtungen ermitteln."

Nun sah sein Bruder ihn völlig ungläubig an, dann biss er sich auf die Unterlippe. Es gefällt ihm nicht, dachte Tobias. Damit hat er nicht gerechnet. Tristan blickte an ihm vorbei. Er schien zu überlegen. Wieso war er so unsicher und schaute ihm nicht mehr in die Augen? Tobias war, als hätte er mit dieser Aussage einen Plan zerstört.

„Na, hoffentlich haben die Dänen mehr Humor als der Kommissar hier", sagte Tristan schließlich kopfschüttelnd. Er stand auf und schickte sich an zu gehen. Ein kleines Handy blieb dort liegen, wo er eben auf der Bank gesessen hatte. Gespannt beobachtete Tobias seinen Bruder. Er sah, dass seine Schritte plötzlich langsamer wurden und er sich wieder umdrehte. Dann stand er vor ihm und bot ihm das Handy an.

„Vielleicht kannst du es gebrauchen. Ich habe es immer im Auto dabei. Nur für den Notfall." Tristan nannte ihm die Geheimnummer. „Ich mach das nur, weil ich an deine Unschuld glaube, Bruder. Und mit diesen Kommissar als Chefermittler hast du echt keine Chance."

Damit wandte sich Tristan um und ging gemächlich den Weg zurück zur Straße. Er glaubt an meine Unschuld, dachte Tobias erstaunt, griff nach dem kleinen Handy, nahm die SIM-Karte heraus. Er tat sie ins Portemonnaie und steckte auch das Handy ein. Und er will unbedingt weiter mit mir Kontakt halten, dachte er. Seltsam nur, dass das alles war. Brunhilde meinte doch, er wollte noch wegen etwas Wichtigem mit mir sprechen. Warum jetzt nicht mehr?

~~~

Kurze Zeit später war Tobias wieder auf dem Weg zu Helga und Yvonne Staudacker. Er hatte sich überlegt, dass es ganz sinnvoll wäre, wenn er den Namen der Werkstatt nennen konnte, in die er seinen Wagen gebracht hatte. Falls sie danach fragen sollten. Belle-Emirs, eine französische Autowerkstatt – das hatte ihm gefallen. Und dann hatte er es nicht für möglich gehalten, als es eine Werkstatt dieses Namens tatsächlich gab. Auch noch dicht an der Autobahnabfahrt.

Als er bei den Staudackers eintrat, durfte er zunächst den Dank für all die beschwerlichen Einkäufe genießen, die er für die beiden Frauen erledigt hatte. Dann gab es mitfühlende Fragen nach dem Zustand seines defekten Autos. Tobias fand es ganz gemütlich bei den Staudackers und beschloss, dort zu bleiben.

„Die Werkstatt braucht zwei Ersatzteile, die sie bestellt hat. Eins davon ist nicht sofort lieferbar. Übermorgen am Nachmittag soll alles fertig sein."

„Du Ärmster, du kannst hier gerne zwei Tage bleiben. Nicht wahr, Helga?" Yvonne strahlte ihn mit ihren Augen an und ihre Oma nickte gelassen.

„Ja, sicher", sagte sie, während Yvonnes Wangen sich röteten. Es sah bezaubernd aus, fand Tobias. Fast schon etwas lustvoll. Er bekam gar nicht mit, dass er sie anstarrte und sich ihre Lippen langsam in einen Schmollmund verwandelten.

„Kinder, Kinder", ließ sich Helga vernehmen und die beiden jungen Leute fuhren zusammen, wie zwei Teenager, die man bei etwas Unerlaubtem ertappt hatte.

„Ich kann ja mal versuchen, mich nützlich zu machen", meinte Tobias nun arbeitswillig.

Vielleicht kann ich dir dabei helfen", unterstützte ihn Yvonne.

„Besonders mit Holz kann ich richtig gut umgehen. Oder gibt es vielleicht ein loses Elektrokabel? Das krieg ich wieder hin", protzte er.

„Schaut euch doch ruhig mal zusammen um. Außerdem sollte sich jemand um die Regenrinne kümmern. Ich mache in der Zwischenzeit das Mittagessen", meinte Helga.

Nachdem Tobias die Leiter aus dem Schuppen geholt und sie zusammen mit Yvonne aufgestellt hatte, kletterte Yvonne als erste zwei Sprossen hinauf. Dann fiel ihr ein, dass ihr Gipsbein ein Sicherheitsrisiko darstellte. Unsicher trat sie eine Stufe nach unten. Dann bat sie Tobias, sie hinunterzuheben. Das wunderschöne Kleid, das sie trug, rutschte dabei etwas hoch. Angesichts diese Anblicks trieb es Tobias den Schweiß auf die Stirn. Schnell setzte er sie wieder auf festem Boden ab. Doch der halb geöffnete Schmollmund schien ihn anzuflehen, sie noch weiter festzuhalten. Er spürte, dass Yvonnes Hände ihn festhielten, von seinen Hüften Besitz ergriffen hatten. Dann drückte sie ihre weichen Lippen auf seinen Mund. Seine Zunge ertastete zärtlich ihre oberen Zähne. Er hatte das Gefühl, dass seine Atmung gleich versagen müsste. Ihr Atem streifte seinen Hals und ihr Körper schien immer heißer zu werden. Oder waren es doch nur seine Hände? Es war zu viel! Heiser krächzte er einige Worte:

„Ich schau mal, wie es da oben in der Regenrinne aussieht, Yvonne."

Daraufhin ließ sie seine Hüften los, erstaunte Augen streiften ihn. Doch sie sagte nur:

„Gute Idee. Wahrscheinlich sind jede Menge Blätter da oben."

Enttäuscht humpelte sie nach diesen Worten davon. Ihm war klar, dass er etwas Falsches gesagt hatte, aber er wollte auch nicht zu ihrem willenlosen Automaten werden. Es war schon gefährlich, auf Leitern zu steigen und Blätter aus einer Regenrinne zu klauben. Aber Gefühle waren noch viel, viel gefährlicher. Er hätte eben fast den Boden unter den Füßen verloren und dabei brauchte er gerade in seiner Situation dringend seinen Verstand.

Kurz darauf war Yvonne wieder zurück und reichte ihm ein paar Plastikhandschuhe. Er stieg die Leiter hinauf. Tatsächlich moderten viele Blätter in der Dachrinne vor sich hin. Er streckte sich nach dem feuchten Matsch und warf eine Handvoll nach der anderen herunter. Plötzlich nahm er den Moormodergeruch, der aus dem Laub aufstieg, wahr. Er zupfte ein einzelnes Blatt heraus, roch auch an ihm und hielt es an sein Ohr. Die Geräusche der Umgebung veränderten sich. Es wurde still, bis er das Blatt fallen ließ.

Nach einem wunderbaren Mittagessen, das Helga gekocht hatte, machten Tobias und Yvonne einen kleinen Spaziergang. Im Schneckentempo wanderten die jungen Leute durch ein Stückchen Wald und trösteten sich gegenseitig mit ihren Sorgen. Unbemerkt fanden sich dabei ihre Hände und mit strahlenden Gesichtern kehrten sie heim.

Tobias hatte Yvonne überredet, ihr am Abend noch einmal das Auto zu leihen. Er wollte in seinem geerbten Strohdachhaus nach dem Rechten schauen. Sein Bruder wolle auch mitkommen, hatte aber erst am Abend Zeit, erklärte er. Ob sie ihm auch eine Taschenlampe leihen könne. Im Dachgeschoss sei es wegen der Feuchtigkeit zu gefährlich, das Licht einzuschalten. Yvonne sagte natürlich zu.

~~~

Yvonne hatte eine LED-Taschenlampe vorne im Handschuhfach des Autos. Tobias fuhr zurück in die Stadt und parkte den Wagen in der Dunkelheit fast hundert Meter vom Grundstück entfernt. Er erinnerte sich, dass Amalie einen Ersatzschlüssel für die Haustür erwähnt hatte, der unter einem Blumentopf im Garten deponiert war. Nach kurzem Suchen fand er ihn und ging ins Haus.

Wenn es wirklich etwas Wertvolles im Haus gab, dann gab es auch die Möglichkeit, dass jemand von den Verwandten das wusste und ihn deshalb aus dem Weg haben wollte. Tristan spielte kein Golf, aber Hartmut hatte früher eine Zeitlang diesen Sport betrieben. Bis er arbeitslos wurde und jeden Pfennig dreimal umdrehen musste. Er wusste also, wie man mit einem Golfschläger, der vermeintlichen Tatwaffe, umging und einen Mord traute er ihm am ehesten zu.

Tobias wühlte eine Stunde lang vergeblich in zahlreichen Kartons in einem kleinen Dachzimmer herum. Sie enthielten nur alten Plunder, angefangen von kaputten, alten Weckern bis zu verrostetem, altem Werkzeug. Es gab noch einen uralten Koffer, doch der enthielt auch nur Hunderte von staubigen Briefen, die fein säuberlich nach Jahrgängen verschnürt waren. In der Garage standen noch mehr Kartons, es waren aber einfach zu viele, um sie alle zu durchsuchen. Außerdem glaubte er, dass sich der Schlüssel zum Rätsel um den Verbleib des Geldes irgendwo im Haus und nicht in der Garage befand. Das sagte ihm sein Gefühl. Aber wo? In den Schränken im Arbeitszimmer war nichts, absolut gar nichts zu finden. Nur Bücher, Aktenordner, Rechnungen, Fotoalben und Dokumente. Wahllos zog er eine Schublade auf, die eine kleine Schatulle mit siebzehn alten Schlüsseln enthielt. Vom winzigen Kofferschlossschlüssel bis zum riesigen zweihundert Jahre alten Schlüssel für eine Seemannstruhe. Er machte sich sogar die Mühe, über eine Leiter auf den Dachboden zu steigen und die Truhe zu öffnen. Sie war völlig leer. Deshalb kehrte er ins Arbeitszimmer zurück, setzte sich auf Gerhards Schreibtischsessel und überlegte. Da fiel sein Blick auf die fünf Bibeln und das Gesangbuch, die neben den Aktenordnern standen. Nein, Gerhard war nicht sonderlich religiös gewesen, aber Amalie.

Nachdenklich stand Tobias auf und ging auf die Bücher zu. Er zog eine Bibel heraus, weil sie beschädigt aussah. Sie entpuppte sich als Protokollbuch, das nur zwischen die Buchdeckel einer alten Heiligen Schrift eingefügt worden war. Gerhard hatte darin fast vierzig Jahre lang all seine Finanztransaktionen festgehalten. 1995 endete das Buch abrupt, denn einige Seiten am Schluss waren herausgerissen worden. Das musste in etwa die Zeit sein, als er seine letzten Transaktionen getätigt hatte, bevor er gestorben war. Wer mochte diese Seiten wohl an sich genommen haben? Tante Amalie womöglich? Oder Gerhard selbst, als die Finanzbehörden auf ihn aufmerksam wurden?

Plötzlich fuhr ein Auto vor. Tobias schloss eilig den Schrank. Er nahm die Schlüssel und das Buch mit den Finanztransaktionen mit und stieg aus dem Fenster im

Arbeitszimmer. Es war der Kommissar. Doch der machte keine Anstalten, das Strohdachhaus von Tante Amalie zu betreten, sondern ging ins Haus der Nachbarin.

Bewegungslos stand Tobias hinter einer beschatteten Hausecke und beobachtete den Polizisten. Dann schlich er um die Garage herum zur Straße und wartete dort im Auto. Er parkte in einer Einbahnstraße. Wenn der Kommissar wegfuhr, dann musste er hier vorbei. Zehn Minuten später sah er im Rückspiegel, wie der Kommissar wieder ins Auto stieg. Er schien etwas in der Hand zu haben. Also hatte er etwas Interessantes gefunden, schlussfolgerte Tobias. Er musste herausfinden, was es war. Deshalb ließ er den Motor an und folgte dem Kommissar bis zur Ampel. Von dort ging es zum Kreisel und weiter in Richtung Kappeln. Tobias hielt so viel Abstand, dass er gerade noch die Rücklichter des Wagens vor ihm sehen konnte. Bei einer kleinen Ortschaft bog der Kommissar ab und parkte schließlich vor einem Reihenhausblock.

Als der Kommissar im beleuchteten Hauseingang verschwand, hatte er wieder etwas in der Hand. Es sah aus wie ein Aktenordner. Tobias parkte in einiger Entfernung vor dem kleinen Hausblock und überlegte unentschlossen, was er noch machen könnte. Nach einigen Minuten öffnete sich die Haustür erneut und der Kommissar stieg wieder in sein Auto und fuhr weg, den Ordner hatte er anscheinend nicht mehr dabei.

Ob er Dokumente aus dem Haus der Nachbarin mitgenommen hatte? Wenn ja, dann waren sie mit Sicherheit wichtig. Tobias stieg aus und ging zum Haus des Kommissars. Ein Blick in diesen Aktenordner könnte nicht schaden, überlegte er. Wer mochte wohl noch im Haus sein? Vielleicht seine Frau? Oder war sie schon im Krankenhaus? Er wollte unbedingt diesen Aktenordner. Falls die Frau des Kommissars noch im Haus sein sollte, dann stellte sie auf jeden Fall keine große Gefahr dar, denn sie war ja schwanger.

Die Vordertür war natürlich abgeschlossen, aber vielleicht gab es einen Notschlüssel. Vor dem Haus stand ein kleiner Schuppen, dessen Tür offen war. Richtig, unter einem unscheinbaren Brett fand er mit seiner kleinen Taschenlampe einen Sicherheitsschlüssel und der passte tatsächlich für die Haustür! Doch statt gleich hineinzugehen, beschloss Tobias, zunächst die Rückseite des Hauses zu erkunden, um festzustellen, ob noch jemand im Haus war. Kein Licht in irgendeinem der Fenster. Also war die Frau des Kommissars vermutlich schon im Krankenhaus. Er kehrte zur Vorderseite zurück, steckte den Schlüssel ins Schloss und drehte ihn vorsichtig. Die Tür ging auf! Leise trat er ein und ließ sie einen Spalt offen. Kein Geräusch. Es herrschte totale Stille. Er horchte angestrengt, doch niemand schien im Wohnzimmer oder der Küche zu sein. Doch dann nahm er im Flur in der ersten Etage ein mattes Nachtlicht wahr. Ich muss mich unbedingt beeilen, schoss es ihm durch den Kopf.

Die erste Tür war nur angelehnt. Er öffnete sie vorsichtig. Der Geruch von Essen schlug ihm entgegen, also war dies die Küche. Ein schneller Blick. Hier war kein Aktenordner zu sehen. Der nächste Raum war das Wohnzimmer. Tobias blickte sich auch hier kurz um. Dann horchte er erneut ins Treppenhaus, doch noch immer herrschte Totenstille. Wahllos öffnete er eine andere Tür, Toilettengerüche lagen hier in der Luft. Deshalb entschied er sich dafür, das Wohnzimmer noch einmal genauer zu durchsuchen. Er ging zurück und leuchtete noch einmal mit seiner LED-Lampe durchs Zimmer. Ein kleiner Schreibtisch mit Rollstuhl, ein Regal mit Büchern, eine Couch mit vielen großen Kissen und ein runder Tisch mit einem Aktenordner darauf. Das ist er!, dachte er. Er schritt darauf zu, als ihn eine Stimme fast zu Tode erschreckte.

„Wer sind Sie?"

Eine unendlich lange Schrecksekunde lähmte seinen Kopf und sein gesamtes Denken. Eine Frauenstimme kam von der Couch, aber dort war doch nur ein Haufen unförmiger Kissen. Das konnte nicht sein! Erneut leuchtete er dorthin.

„Warum machen Sie nicht das Licht an?" fragte die Stimme. Angst klang nun aus ihr heraus.

Jetzt bloß nicht durchdrehen, ermahnte er sich selbst. Er durfte sie auf keinen Fall erschrecken. Manchmal war es hilfreich, nicht die Wahrheit zu sagen, überlegte er weiter. Die Wahrheit durfte nur Stück für Stück preisgegeben werden.

„Guten Abend, Frau Sommerdorf. Es tut mir leid, ich wollte Sie nicht erschrecken. Deshalb habe ich auch kein Licht gemacht. Ich bin ein Kollege von Ihrem Mann und soll ihm diesen Aktenordner bringen." Tobias griff danach und atmete innerlich erleichtert auf. Das Wichtigste war geschafft.

„Äh, was? Ich kenne Sie gar nicht." Frau Sommerdorf klang ungläubig und nervös.

„Ich gehöre noch nicht lange zum Team Ihres Mannes. Mein Name ist Meier, Tobias Meier."

Er beobachtete, wie eine Hand nach dem Schalter der Stehlampe tastete. Dann wurde das Licht angeknipst, es wurde hell. Die Couch quietschte und knarrte bedrohlich, ein Kissen fiel auf den Boden. Schnaufend und stöhnend drehte sich eine enorm dicke Frau zu ihm um. Müde und ängstlich schaute sie ihn an. Tobias sah sie ebenso ängstlich an, während seine Augen fasziniert und abgeschreckt zugleich ihren Körper abtasteten. Die Frau war nicht nur schwanger, sie war ja schon fast ...

„Was starren Sie mich so an?", sagte Frau Sommerdorf nun reserviert und legte ihre Hände schützend vor ihren riesigen Bauch. Ihr Blick wurde feindselig.

„Bitte erschrecken Sie nicht, Frau Sommerdorf", erwiderte Tobias und hob abwehrend seine Handflächen in ihre Richtung, um klar zu machen, dass er friedliche Absichten hatte. „Ich wollte wirklich nur diesen Aktenordner für Ihren Mann holen."

„Wenn Sie ein Kollege von Heiner wären, dann hätten Sie gewusst, dass es morgen oder übermorgen soweit ist", zischte sie wütend und durchbohrte Tobias mit Blicken. Dieser bedauerte es längst, sie so angestarrt zu haben. Er brauchte jetzt unbedingt eine gute Erklärung, die sie nicht anzweifeln konnte.

„Ich weiß natürlich, dass sie schwanger sind", stammelte Tobias in einem hilflosen Versuch. „Nur manchmal sind die Dinge nicht so, wie sie scheinen. Manchmal sind sie kompliziert, sehr kompliziert."

„Ach! Und wie kompliziert sind die Dinge denn diesmal?", fauchte sie erneut.

„Die Wahrheit ist, dass ich derjenige bin, den Ihr Mann wegen Mordes sucht", gab Tobias resigniert das Lügen auf.

„Oh mein Gott!" Die Frau des Kommissars schnappte nach Luft. Vor Schreck war sie ganz bleich geworden.

Ich muss sie irgendwie beruhigen, dachte Tobias verzweifelt. Deshalb sagte er: „In Wirklichkeit bin ich aber gar nicht der Mörder, sondern jemand anderes hat es getan."

„Oh mein Gott!", wiederholte die Frau nun etwas lauter. Es hörte sich für Tobias wie die Vorstufe zu einem hysterischen Anfall an. Er musste sie beruhigen, unbedingt.

„Ich bin völlig harmlos! Am besten gehe ich jetzt wieder. Kein Problem." Er wandte sich zur Tür. Die Hand schon auf der Klinke ließ ihn eine energische Anweisung innehalten.

„Bleiben sie hier!", krächzte Frau Sommerdorf eindringlich und mit greller Stimme. Ein Schwall von Flüssigkeit ergoss sich über die Couch.

Oh nein, schwangere Frauen sind unberechenbar, durchfuhr es Tobias. Wenn jetzt etwas Schlimmes passierte, würde man ihm dieses Unglück auch noch in die Schuhe schieben. Tobias drehte sich unsicher wieder um.

„Mist! Wo ist mein Handy?", herrschte sie ihn heftig an. „Es sollte eigentlich auf dem Beistelltisch sein. Können Sie mir BITTE mein Handy suchen!"

Frau Sommerdorf strahlte nun Wut und Furchtlosigkeit aus. Hoffentlich fängt sie nicht an zu schreien, dachte er inständig. Hektisch suchte Tobias auf dem Tisch, auf dem Schreibtisch und schließlich sogar hinter der Couch. Warum hilfst du ihr eigentlich?, sagte eine gehässige innere Stimme, du hast ganz andere Probleme.

Doch die Frau riss ihn mitleidlos aus seinen Gedanken:

„Hören Sie mir jetzt gut zu: Meine Fruchtblase ist geplatzt, also muss ich auf schnellstem Weg ins Krankenhaus, Herr Meier. Deshalb rufen Sie mir bitte einen Krankenwagen oder ein Taxi! SOFORT!"

„Aber mein Handy ist leer", log er instinktiv. Er wollte nicht im Haus des Kommissars geortet werden.

„Dann müssen Sie mich eben selbst ins Krankenhaus bringen."

„Ich habe aber nur einen Leihwagen", argumentierte er ausweichend.

Doch Frau Sommerdorf war unerbittlich. „Das ist mir egal! Wenn sie mich stützen, dann schaffe ich es zu meinem eigenen Wagen auf der anderen Straßenseite. Sonst kommt zum Mord auch noch unterlassene Hilfeleistung dazu."

Diese Frau ist auch noch voller juristischer Tücken, schoss es Tobias durch den Kopf. Irgendwie musste er sie wieder los werden, und zwar schnellstens. Aber wie? Er konnte sie schließlich nicht einfach umbringen, er hatte überhaupt keine Erfahrung damit. Außerdem sah sie ihn mit solch flehenden Augen an, dass er schließlich ihre Hand ergriff.

Sie rollte die Beine von der Couch und hängte sich an seinen Arm. Er ging in die Knie und stemmte sich mit aller Kraft hoch. Früher hatte er es geschafft, achtzig Kilo vom Boden hochzuheben, aber diese Frau wog gefühlt mindestens das Doppelte. Wie schwer konnten ein Baby und seine Mutter werden? Mühselig zog sie sich an ihm hoch und kam langsam auf die Beine. Sie schnaufte, doch dann lächelte sie stolz. Hoffentlich bricht sie jetzt nicht zusammen, sonst muss ich die Feuerwehr anrufen, dachte Tobias verzweifelt. Ihm rann der Schweiß von der Stirn. Hoffentlich, hoffentlich schafft sie den Weg bis zum Auto!

Fünf Minuten später saß die Frau des Kommissars auf dem Beifahrersitz ihres winzigen Kleinwagens. Als

Tobias befriedigt feststellte, dass das Auto nur schwere Schlagseite hatte und noch nicht gekentert war, rückte sie mit einer neuen Hiobsbotschaft heraus:

„Ich habe den Autoschlüssel vergessen. Er ist im Schlüsselkasten neben der Tür."

Tobias hatte keine Wahl. Tür auf und los! Sie hatte recht, er fand den Autoschlüssel im Schlüsselkasten und eilte zum Auto zurück. Eine Minute später rasten sie durch das Dorf.

„Nicht so schnell, mir wird schlecht."

Er drosselte das Tempo. Frau Sommerdorf lehnte sich stöhnend zurück im Sitz und dachte eine Weile nach. Dann sagte sie:

„Sie müssen meinem Mann eine Chance geben. Wenn Sie kein Mörder sind, dann wird er das bestimmt herausfinden."

In ihrer Stimme lagen Überzeugung und Loyalität, doch seine Zweifel blieben.

„Ich habe den Aktenordner vergessen", dachte Tobias und überlegte, was er tun sollte. „Ich muss wieder umkehren", sagte er laut. Der Wagen wurde langsamer.

Die Frau des Kommissars schien seine Gedanken gelesen zu haben, denn sie sagte: „Vergessen Sie den Aktenordner, Herr Meier! Da sind nur private Unterlagen von Ihrer Tante drin, für die Versicherung und so." Nach kurzem Zögern fuhr sie fort: „Angesichts der außergewöhnlichen Situation finde ich, dass wir uns duzen sollten. Ich bin Elisabeth. Und jetzt weiter ins Krankenhaus!"

Ein kurzer Blick in ihr Gesicht zeigte ihm, dass sie keinen Widerspruch dulden würde.

„Ist gut", sagte er. Der Aktenordner war also völlig wertlos für ihn. Das zumindest wollte sie ihn glauben machen, aber er hatte im Moment keine Wahl.

„Heiner wird bestimmt den richtigen Mörder finden und verhaften." Und sie quälte ihn weiter. „Meine Schwangerschaft war für uns beide sehr aufregend."

Erneut sah er sie von der Seite an. Elisabeth saß unbeeindruckt neben ihm und schien schon wieder etwas Neues auszuhecken. Sie redet mit mir, als ob ich zur Familie gehöre, dachte er. Dabei war er im Moment nur ein unwilliger Helfer mit ungewisser Zukunft, der am liebsten geflohen wäre. Er erklärte ihr, dass sein richtiger Name Tobias Leuchtner sei, und hoffte auf diese Weise wieder eine gewisse Distanz zu ihr zu schaffen, doch damit irrte er sich gründlich.

„Ich habe eine Idee: Ich bin sehr gut im Lösen von Kriminalfällen, weil ich Schwingungen und Gedanken wahrnehmen kann. Heiner glaubt mir das nicht, er besteht auf wissenschaftliche Methoden. Ich werde ihm eine Wette vorschlagen, dass ich den Mörder schneller finde als er. Wie findest Du das?" Sie lächelte ihn an. „Du wirst schon sehen: Ich werde Heiner etwas helfen und dann bist du von heute auf morgen wieder ein freier Mann."

Nach einem abschätzenden Blick auf ihn ergänzte sie: „Wir Frauen haben dafür eine gewisse Intuition und du bist nicht der Typ für einen Mord." Eine Träne lief ihr aus einem Auge, der ein paar weitere folgten. „Du hast so schöne, treue Hundeaugen."

Tobias hatte Zweifel und sprach sie ganz deutlich aus.

„Hoffentlich sehen der Staatsanwalt und der Richter das auch so optimistisch. Wir wissen doch, wie das läuft: Ich war im Besitz der Tatwaffe und hatte die

Gelegenheit. Das Motiv wird dann noch schnell dazu konstruiert und mein Streit mit Frau Greuter ist hier ein super Ansatzpunkt."

Elisabeth sah ihn unsicher an. Doch Tobias kam jetzt erst so richtig in Fahrt:

„Natürlich werden sie auch auf mein Vorleben schauen und feststellen, dass ich früher mal zwei Jugendliche verprügelt habe, die mich überfallen hatten. Doch nach offizieller Lesart neige ich damit zu Gewalttätigkeit."

Jetzt schien Elisabeth langsam tiefer in ihren Sitz zu rutschen.

„Schon gut! Ich habe damals in Notwehr gehandelt. Deshalb hat der Richter das Verfahren eingestellt. Außerdem haben sich die beiden Rowdys bei ihren Aussagen in Widersprüche verwickelt."

„Oh", sagte Elisabeth, „hast du die beiden denn wenigstens ordentlich vermöbelt?"

„Na ja, der eine hatte ein blaues Auge und der andere hat drei Tage lang gehumpelt. Es hat gereicht, um meinen Ruf zu ruinieren."

„Schade, dass die so gut dabei weggekommen sind. Ich finde, die sollten viel strenger bestraft werden. Mit dem Rohrstock den Hintern versohlen, das wäre die richtige Strafe."

Langsam wurde ihm Elisabeth unheimlich. Vielleicht war sie sogar für die Wiedereinführung der Todesstrafe? Er wollte es lieber gar nicht wissen und zum Glück schwieg sie. Allerdings wollte er die Gelegenheit nutzen, um ihr noch etwas zu erzählen. Er hoffte, dass sie es, richtig verpackt, bei Gelegenheit ihrem Mann weitersagen würde.

„Das Gemeinste ist, dass meine Fingerabdrücke auf der Mordwaffe, einem Golfschläger, sind", schimpfte er kopfschüttelnd. „Der Schläger gehörte eigentlich meiner Tante, aber leider habe ich ihn kurz vor der Tat benutzt. Ich spiele nämlich selber Golf. Hätte ich bloß mehr Zeit, um meine Unschuld zu beweisen."

„Aha", sagte Elisabeth und schaute ihn prüfend von der Seite an. Er spürte ihren Blick, doch dann lächelte er zum ersten Mal entspannt und sie lächelte ebenfalls.

„Wenn das so ist und du wirklich nicht der Mörder bist, dann lässt sich das sicherlich beweisen", meinte sie. Doch dann bekam sie wieder Wehen und ihr Gesicht verzog sich schmerzhaft.

Sie hatten schon fast das Krankenhaus erreicht, als sie einen letzten Satz zu ihm sagte.

„Mach dir keine Sorgen! Ich sage Heiner, dass er unbedingt auch in andere Richtungen ermitteln muss. Wo kann ich dich erreichen?"

„Ich rufe dich an", antwortete er automatisch. Sollten sie wirklich so etwas wie Komplizen geworden sein? Gegen ihren Mann? Doch sie grinste ihn nur wissend an:

„Für mich und Heiner ist das ein interessantes Spiel. Mach dir also keine Gedanken! Wir bleiben in Kontakt. Hast du ein gutes Versteck und genug zu essen?"

„Für zwei Tage wird es reichen."

„Gut, ich sage Heiner, dass er die nächsten zwei Tage falsche Fährten verfolgen soll. Vielleicht gelingt es mir auch, die Sache mit dem Fahndungsfoto ein bisschen zu verzögern."

Ihr Vorhaben klang ziemlich abwegig, fast schon absurd. Wahrscheinlich würde ihr Mann ihr alles Mögliche versprechen, solange sie im Krankenhaus war, und ihn trotzdem auf Teufel komm raus suchen. Sie schien seine Zweifel zu bemerken.

„Heiner macht immer das, was ich will. Egal, ob ich schwanger bin oder nicht. Naja, jedenfalls meistens."

Siegessicher sah Frau Sommerdorf Tobias an. Dieser seufzte erleichtert auf, denn eines war klar: Diese Frau wusste, was sie wollte und bekam ihren Willen. So recht glauben konnte er ihr immer noch nicht, aber er hatte wieder einen Funken Hoffnung, dass die Sache doch noch ein gutes Ende für ihn nehmen würde.

Er fuhr den Wagen direkt vor die Notaufnahme, half Elisabeth aus dem Wagen und brachte sie zur Rezeption.

„Ein letztes Wort noch", stöhnte sie. „Du musst nach dem Motiv für den Mord suchen, Tobias. Das Motiv ist das Wichtigste! Alles andere führt dich in die Irre."

Tobias schaute sie ein letztes Mal nachdenklich an und nickte. Dann verschwand er.

5
Neue Verwicklungen

Tobias ging zum Zentralen Omnibusbahnhof und nahm sich ein Taxi, das ihn zurück in das Dorf brachte, in dem der Kommissar wohnte. Dort stieg er in Yvonnes Auto und fuhr in Richtung Stadt. Als er die Abfahrt nach Schleswig erreichte, beschloss er, noch einmal zu Amalies Haus zu fahren statt gleich in die Silberberge zu den beiden Staudackers zurückzukehren. Er hatte das Gefühl, etwas in dem Haus übersehen zu haben.

Er stellte das Auto dieses Mal in einer Nebenstraße des Wohnviertels ab und machte sich durch eine kleine Parkanlage auf den Weg zum Strohdachhaus. Ein blauer Kombi parkte schräg gegenüber, das Fahrerfenster war halb herunter gelassen. Er glaubte, eine Gestalt auf dem Fahrersitz zu erkennen. Vielleicht ein Beobachtungsposten der Polizei, so seine Vermutung. Er nahm den Weg durch die Hecke. Das alte Fenster des Arbeitszimmers, durch das er vor einer guten Stunde geflüchtet war, ließ sich immer noch öffnen. Niemand schien in der Zwischenzeit bemerkt zu haben, dass er den Stift des Befestigungsmechanismus bei seiner Flucht komplett herausgezogen hatte. Er stieg wieder ins Haus ein und zog die Vorhänge im Arbeitszimmer zu. Es war Glück, dass das Fenster dieses Zimmers zur Hecke auf der Rückseite des Hauses lag, wo sich nur eine kleine Parkanlage mit Spielplatz und einem Weg zur nächsten Straße befand.

Als Erstes machte Tobias die Schreibtischlampe an und stellte sie auf den Boden. In ihrem matten Lichtschein fing er an, in dem Schrank mit den Akten und Schriftstücken zu wühlen. Jahrzehntealte Steuererklärungen und Rechnungen vernebelten nach und nach sein Gehirn. Briefe über Briefe und kiloweise alte Schulunterlagen glitten durch seine Finger. Amalie war vor ihrer Frühpensionierung Grundschullehrerin gewesen. Sogar ein Aktenordner über ihre Golfmitgliedschaft existierte, der einige Teilnehmerurkunden an Turnieren enthielt. Bisher hatte er nach Dokumenten gesucht, die über die mysteriösen Millionen und ihren Verbleib Auskunft gaben. Nun suchte er Fotos. Wo waren sie bloß? Irgendwo mussten doch Fotoalben sein, denn sie enthielten meistens das, was die Menschen bewegte und was ihnen wichtig war.

Er fand sie schließlich hinter einer Reihe Aktenordner. Sie waren säuberlich aufgestapelt, über zwei Dutzend Alben voller Bilder. Was tun?, dachte er. Fotos waren viel lebendiger als diese stumpfen Papiere in den Aktenordnern. Ob er sie mit zu Helga und Yvonne nehmen konnte? Dort hätte er die Möglichkeit, sie in Ruhe durchzuschauen. Eine harmlose Erklärung brauchte er allerdings schon dafür.

Aber zunächst musste er an sich denken: Er suchte einen verborgenen Schatz im Haus und bisher hatte er noch keine brauchbare Spur gefunden. Die Fotos könnten ihm hierbei weiterhelfen. Vielleicht sogar dabei, den Mörder zu finden. Ja, er musste die Bilder mitnehmen.

Er ging in die Küche und sah durch die Gardine zum Polizeiauto hinüber. Da glimmte immer noch etwas Rotes im Autoinnern. Eine Zigarette, dachte er. Egal! In einer Schublade fand er Tragetaschen. Er nahm zwei größere und packte einen Teil der Fotoalben hinein, alle, die nach älteren Aufnahmen aussahen. Ebenso zwei größere Stapel Bilder, die nicht in die Alben eingeklebt worden waren. Dann stieg er wieder aus dem Fenster im Arbeitszimmer und zwängte sich durch die Hecke. Er nahm den Fußgängerweg durch die Parkanlage hinter dem Grundstück. Kurz darauf hatte er alles in Yvonnes Auto geladen und fuhr davon.

Da konnte man mal sehen, dass auch unschuldige „Täter" zum Tatort zurückkehren, dachte Tobias bitter. Denn sie müssen Beweise für ihre Unschuld suchen. Morgen verhielt er sich besser ruhig und unsichtbar, das Haus in den Silberbergen nicht verlassen. Die Fotos begutachten. Hoffentlich fand er etwas! Eine halbe Stunde später war er zurück in den Silberbergen.

~~~

„Wo warst du die ganze Zeit? Wir haben uns Sorgen gemacht", beschwerte sich Yvonne. Verlegen blickte Tobias ihr ins Gesicht. Sie sah ihn herausfordernd an und kaute mit den Zähnen auf ihrer Unterlippe. Es war noch nicht mal zehn Uhr. Was sollte er sagen? Er schaute Hilfe suchend auf die Taschen mit den Fotoalben, die links und rechts an seinen langen Armen herunterbaumelten. Da sagte Helga:

„Das ist nicht ganz richtig, Yvonne! Ich sagte, ,der kommt schon noch', während du dich gefragt hast, wo er bloß die ganze Zeit steckt. Sorgen haben wir uns keine um dich gemacht. Wir waren sicher, dass du zu uns zurückfinden würdest, nicht wahr, Yvonne?"

Helga schaute ihn prüfend an. Die junge Frau verdrehte die Augen.

„Wir haben etwas ferngesehen", sagte die alte Frau. „Aber ich schlafe immer so schnell ein. Ich muss ins Bett." Yvonnes Oma gähnte ausgiebig, dann fügte sie hinzu: „Meine Enkelin dachte, dass du vielleicht doch lieber in deinem neuen Strohdachhaus übernachtest als hier bei uns im einsamen Wald."

Tobias berichtete den beiden von den Löchern im Dach und den übergelaufenen Töpfen und Eimern sowie der nassen Couch im Arbeitszimmer. Es sei unmöglich, dort im Moment zu übernachten, schloss er, und außerdem müsse er dann auch noch täglich drei Stunden nach Hamburg und zurück pendeln.

„Kommt nicht in Frage", bestimmte nun Helga. „Du bleibst einfach ein paar Tage hier, bis du alles in Ordnung gebracht hast." Sie lächelte ihn an.

Yvonne humpelte in die Küche und kam kurz darauf mit einem großen Glas Bier zurück. Sie lächelte ihn an. Dankbar nahm Tobias einen tiefen Schluck. Zufrieden beobachteten die beiden Frauen ihn, wünschten ihm dann eine gute Nacht und gingen in den Flur hinaus. Er hörte ihre Schritte auf der Treppe nach oben.

Nachdenklich streifte Tobias Blick durchs Zimmer. Sie hatten ferngesehen? Das war nicht gut. Da stand er, auf der anderen Seite des Raumes, ein uralter Fernseher, der aussah wie eine Holztruhe aus dem letzten Jahrhundert mit Glasscheibe. Er erinnerte sich, dass heute Morgen die vermeintliche Truhe mit einem Tischtuch abgedeckt gewesen war. Deshalb hatte er den Fernseher nicht gesehen. Jetzt starrte ihn die alte Bildröhre an. Durch die Lüftungsschlitze an der Seite glaubte er einige Glasröhren erkennen zu können. Das Ding war bestimmt über fünfzig Jahre alt, aber offensichtlich funktionierte er noch. Ein über zwanzig Jahre alter Videorekorder stand beschämt und einsam direkt darunter. Keine Satellitenanlage, kein Receiver. Also konnten sie hier anscheinend nur Videos anschauen. Das war gut, denn dann konnten die beiden morgen früh auch nicht von seinem Fahndungsfoto überrascht werden. Er schaute auf einen kleinen Stapel VHS-Kassetten, lauter altes Zeug. Hoffentlich war nicht irgendwo hier ein Computer versteckt, der dieses alte Museumsstück mit modernen Bildern speiste.

Als Tobias das Bier ausgetrunken hatte, ging er ebenfalls zu Bett. Er nahm die beiden vollen Tragetaschen mit nach oben in seine winzige Kammer, zog sich aus und legte sich ins Bett.

Als er das erste Album zur Hälfte durchgeschaut hatte, fielen ihm fast die Augen zu. Da klopfte es an der Tür. Bevor er den Mund aufmachen konnte, bewegte sich die Klinke und die Tür öffnete sich mit leisem Knarren. Jemand humpelte ins halbdunkle Zimmer und blieb im Lichtschein der Nachttischlampe dicht vor dem Bett stehen. Yvonne lächelte ihn verführerisch an. Als seine Augen nach unten wanderten, konnte er deutlich erkennen, dass das Nachthemd viel zu kurz war. Wo die wunderschönen, langen Beine endeten, schimmerte verführerisch ein dunkler Flaum unter dem Stoff hervor.

„Hast du vielleicht noch einen Wunsch?", fragte Yvonne sanft. Das Fotoalbum fiel Tobias aus dem nun schwach gewordenen Griff und rutschte aus dem Bett direkt vor einen wunderschönen nackten Fuß. Mühsam lehnte er sich immer weiter aus dem Bett und versuchte, das Album mit einer Hand zu erreichen. Als er es schließlich geschafft hatte, trat ihm dieser wunderschöne Fuß auf die Finger. Autsch!, dachte er. Doch seine Augen hatten sich längst in den Anblick des seidigen Schattens zwischen ihren Oberschenkeln festgesaugt. Dort, wo der Slip fehlte.

Ein kurzer Blick in ihr Gesicht verriet ihm, dass der Frau mit dem weißen Fuß und den schönen Beinen diese Tatsache durchaus bekannt war und sie die Auswirkungen dieser Überraschung vorhergesehen hatte. Statt sich zurück ins Bett zu schieben, rutschte er nun vollends von der Matratze und kniete vor ihr. Seine Hände suchten gierig Halt und fanden die Beine von Yvonne. Langsam tastete er sich Stück für Stück herauf. Er zitterte, doch er wollte ihr etwas sagen. Leider hinkte sein Geist erbarmungslos seinen Händen hinterher.

„Mir ist das Album runtergefallen", stotterte er. Dann schwieg er, denn seine Hände fanden ihre herrlichen Hüften und den dunklen Flaum.

„Das macht nichts, Tobias", sagte sie sanft über ihm, zog ihn zu sich hoch und drückte ihn fest an sich.

~~~

Am nächsten Morgen erwachte Tobias mit der Erinnerung an einen verworrenen Traum, in dem zwei junge Frauen abwechselnd auf ihn zukamen und wieder verschwanden. Bis eine von ihnen plötzlich ein kleines Kind auf dem Arm hielt und ihn anlächelte. Das war der Moment, in dem er entsetzt aufwachte.

Yvonne ist schwanger, dachte er erschrocken. Nein, das konnte nicht sein, nicht nach einer Nacht. Oder doch? Was war gestern Abend eigentlich genau passiert? Er schaute auf die Bettdecke und stellte fest, dass sie total verdreht war. Als er versuchte, sie zu entwirren, flog plötzlich ein Stein quer durchs Zimmer gegen die Wand. Das weiße Ding blieb auf dem Boden liegen, ringsum ein paar kleine, weiße Splitter. Als er es aufhob, erkannte er, dass es ein etwa fünf Zentimeter langes Stück von Yvonnes Gipsfuß sein musste. Donnerwetter!

Besorgt blickte er zum Fußende des Bettes. Die dortige Fensterbank hatte etwas gelitten, etwas Farbe war abgeschabt. Er wurde neugierig. Deshalb zog er sich an und ging hinunter in die Küche, wo Helga bereits mit den Frühstücksvorbereitungen beschäftigt war. Sie hatte Eier aus dem Schuppen geholt und schickte Tobias nun mit Yvonnes Autoschlüssel zum Brötchen holen los. Im Auto schaute er sich vorsichtig nach allen Seiten um, ob er beobachtet wurde. Dann setzte er sich die Sonnenbrille auf und klebte den Schnurrbart an. Die Frauen sollen das Ausmaß meiner Probleme am besten noch nicht erfahren, dachte er. So gewappnet fuhr Tobias ins übernächste Dorf. Beim Bäcker griff er sich die Zeitung. Er fand zwar eine kurze Zeitungsnotiz zu dem Mord, suchte jedoch vergeblich nach einem Foto von sich. Gott sei Dank!, dachte er erleichtert. Jetzt konnte er das Frühstück an diesem Tag in vollen Zügen genießen.

Zurück im Strohdachhaus begegnete Tobias einer strahlenden Yvonne auf dem Flur. Sie schwebte mit dem nun leichter gewordenen Gipsfuß wie eine Tänzerin auf ihn zu und zauberte einen wahnsinnig intensiven Kuss auf seinen Mund. Die über hundert Jahre alte Wanduhr schien beängstigend zu schwanken, bis sie zwei unverständlich gekrähte Töne von sich gab. Dann nahm er den Boden unter seinen Füßen wieder als fest und unnachgiebig wahr. Entschuldigung das Wort „Brötchen" murmelnd taumelte er an Helga vorbei zum Frühstückstisch und ließ sich erschöpft auf einen Stuhl fallen. Aus den Augenwinkeln sah er noch, wie Yvonne sich neben ihn setzte.

„War wohl eine aufregende Nacht?", fragte Helga grinsend.

Das kann man wohl sagen, hätte Tobias fast geantwortet. Er dachte an die Gipstrümmer in seinem Zimmer.

„So lala", sagte er stattdessen, wie ein erfahrener Pfadfinder, der nach einer Woche in einem verworrenen Höhlenlabyrinth endlich den einzigen Ausweg gefunden hatte. Damit breitete sich ein müdes Schweigen über dem Frühstückstisch aus, das nur von gelegentlichem Kauen und Kaffeeschlürfen gestört wurde. Schließlich fragte Helga neugierig:

„Was ist eigentlich Interessantes in den beiden Tragetaschen, die du gestern angeschleppt hast, Tobias?"

Der Knoten in Tobias Kopf platzte und er fing an zu reden. Langatmig erklärte er nun das von Tante Amalie hinterlassene Erbschaftschaos und erwähnte auch Elfriedes Frage an den Notar, wo denn die ganzen Millionen geblieben seien.

„Zwei Millionen Euro sind schließlich kein Pappenstiel."

Damit wandte sich Tobias wieder seinem Marmeladenbrötchen zu. Helga starrte ihn überrascht an und meinte:

„Dann bist du womöglich nicht nur eine richtig gute Partie, sondern sogar ein Gentleman, Tobias. Und eine Schatzsuche ist doch endlich mal eine richtige Abwechslung gegenüber der Langeweile, die hier herrscht, nicht wahr, Yvonne. Du hilfst ihm doch bestimmt gerne. Du musst nämlich wissen, Tobias, dass Yvonne bei der Polizei arbeitet. Wirtschaftsdelikte! Wenn irgendwo Geld verschwunden ist, dann findet sie es ganz bestimmt wieder."

Tobias sah erst Helga, dann Yvonne ungläubig an. Er spürte einen Knoten in seinem Hals und fing an, heftig zu husten, bis die alte Frau ihm kräftig auf den Rücken klopfte.

Yvonne schwieg zunächst und schaute nur zwischen ihrer Oma und Tobias hin und her. Sein Mund hatte sich geöffnet und klappte nun abwechselnd zu und wieder auf. Schließlich lehnte sich der mutmaßliche Millionär zurück. Yvonne musterte ihn entspannt. Ja, was würde für sie nun wichtiger sein? Geld oder Mann?

„Omi ist bestimmt die klügere von uns beiden, Tobias. Ich sorge für dein leibliches Wohl und Omi hilft dir suchen. Sie übernimmt die Polizeiarbeit, solange mein Fuß mich bremst", sagte sie überraschend.

Trotzdem schnappte sie sich eines der Fotoalben und blätterte es durch. Irgendwann sagte sie:

„Ich weiß gar nicht, wonach ich suchen soll. Du vielleicht, Toby?"

Zum ersten Mal hatte sie ihm einem Spitznamen gegeben. Das war ein gutes Zeichen und Toby war in jedem Fall besser als Mausi. Ja, Toby klang gut, fand er. Besonders aus ihrem Mund.

„Ich habe keine Ahnung. Amalie war Grundschullehrerin. Frühpensioniert wegen eines Gehörsturzes. Die kleinen Racker sind ja heutzutage so laut wie startende Düsenjäger. Sie sollte ruhiger leben, vor allem auch, weil sie Bluthochdruck hatte. Die Pensionierung war dann der letzte Ausweg."

Mit einem Mal kam Tobias der Gedanke, dass Amalie wegen des Geldes von jemandem unter Druck gesetzt worden war und deshalb vielleicht versucht hatte, den Aktenordner mit den Papieren über die Geldgeschäfte irgendwie loszuwerden. Nach einer Pause fuhr er fort:

„Das Geld kann überall versteckt sein, zum Beispiel als wertvolle Briefmarke oder in einer unscheinbaren Schatulle voller Edelsteine; ein Schlüssel für ein Bankschließfach; eine Besitzurkunde von irgendwas; ein hohler Mauerstein oder irgendein Freund von Amalie, der etwas Wichtiges weiß, es aber nicht ahnt. Was weiß ich!"

„Das sind eine Menge Möglichkeiten", meinte Yvonne niedergeschlagen.

Und nach einer Pause ergänzte sie sinnend: „Also ich würde es wahrscheinlich bei einer Bank deponieren und die Papiere bei einer guten Freundin lassen."

Wahrscheinlich, stimmte ihr Tobias in Gedanken zu. Er nickte, aber was, wenn Amalie gar keine gute Freundin hatte? Außerdem war da noch ein klitzekleiner Mord, den ich nicht begangen haben soll, dachte er.

Gemeinsam sahen sie nun die Fotos am Küchentisch durch: Amalie zusammen mit ihren Grundschülern vor dem Eingangstor der Schule, Urlaubsbilder aus Skandinavien, Golfveranstaltungen, Bilder auf der Terrasse ihres Strohdachhäuschens, Freundinnen beim Kartenspiel, Gerhard mit seinen Skatfreunden. Der Winter 1978 war offensichtlich schneereich gewesen, denn die Fotos zeigten das Strohdachhaus, wie es fast in der weißen Pracht versank. Doch nichts davon brachte Tobias auf eine Idee. Nach zwei Stunden hatte er fast eine ganze Kanne Kaffee getrunken und fühlte sich trotzdem müde. Yvonne hatte bereits nach einer halben Stunde aufgegeben, ihre Oma nach einer Stunde. Yvonne las die Zeitung, während sich Helga auf das Sofa im Wohnzimmer gelegt hatte.

„Ist dir etwas aufgefallen?", fragte Tobias.

„Ob mir was aufgefallen ist?", wiederholte Yvonne seine Frage. „Es gibt viele Bilder vom Friedhof, vom Grab deines Onkels. Ich glaube, dass das etwas zu bedeuten hat. Warum macht jemand viele Bilder von einer Grabstelle? Wo mag dieses Grab sein? Mir ist das jedenfalls nicht geheuer, Tobias."

Sie hat recht, dachte er. Der Name „Hütten" geisterte durch seinen Kopf, denn dort lag Onkel Gerhard. Die Kirche und der Friedhof waren hier ganz in der Nähe.

„Hütten", sagte er.

„Wirklich?", sagte Yvonne überrascht. „Na, das ist ja ein Zufall, das sind doch nur zwei oder drei Kilometer von hier."

6
Das Grab

Tobias fuhr am nächsten Tag mit seinem geklauten Fahrrad den Feldweg entlang und suchte nach der Abzweigung zur Hüttner Kirche. Diese lag mitten in der Wildnis. Vielleicht hatten sich einst zwei Dörfer um die Pfarre gestritten und so entschloss man sich, das Gotteshaus irgendwo in der Mitte zu bauen. Dann sah er den Kirchturm aufragen und innerhalb weniger Minuten hatte er sein Ziel erreicht.

Er stellte das Fahrrad vor dem Eingangstor ab und schritt die Wege des Friedhofes ab. Nach fünf Minuten hatte er Amalies Grab gefunden. Tobias betrachtete nachdenklich die verblassten Blumenkränze von der Beerdigung. Hartmut hatte ihn über den plötzlichen Tod von Amalie zu spät informiert. Er war damals bei einem Seminar im Ausland gewesen und hatte erst eine Woche später kommen können. Deshalb hatte er die Trauerfeier verpasst. Nun stand er zum ersten Mal vor ihrem Grabstein, den eine Inschrift zierte: „Was du nicht willst, das man dir tue, das tu einem anderen auch nicht."

Es klang für Tobias nach einem elften Gebot, mit dem man den Frieden auf Erden hätte bewahren können, wenn genug zu essen vorhanden gewesen wäre. Amalie lag direkt neben Gerhard, dessen Grabstein kein Leitspruch zierte und den Tobias nur aus den Erzählungen seiner Tante kannte. Er war nicht jemand gewesen, der sich mit den Geschichten in der Bibel und erst recht nicht mit deren Weisheiten vertraut gemacht hätte. Aber auch mit seiner Tante hatte Tobias nur ein einziges Mal über die Bibel und Gott gesprochen. Ein Satz war ihm im Gedächtnis geblieben: „Wenn die Zeit gekommen ist, dann muss jeder auf seine Weise versuchen, Frieden mit Gott zu schließen."

Was konnte er mit diesem Satz auf dem Grabstein schon anfangen? Es würde wohl für immer ein Geheimnis von Amalie bleiben. Er schüttelte unwillig den Kopf.

„Sie machen einen etwas verwirrten Eindruck", sagte eine Stimme hinter ihm. „Brauchen Sie Hilfe?"

Tobias drehte sich um und sah einen Mann am Boden hocken. Er jätete Unkraut. Ein halb voller Eimer stand neben ihm, während er einen kleinen Hacker in der Hand hielt und ein größerer dicht daneben an einem Grabstein lehnte. Dem Mann strömte Schweiß über sein Gesicht. Offensichtlich der Gärtner, dachte Tobias.

„Meine Tante ist gestorben und ich konnte nicht zur Beerdigung kommen. Deshalb schaue ich mir jetzt ihr Grab in Ruhe an. Ein schöner Leitspruch, den sie den Besuchern mit auf den Weg gibt."

„Das finde ich auch. Sie ist wohl recht überraschend vom Herrn zu sich gerufen worden. Möge Sie in Frieden ruhen! Sind Sie ein Verwandter?"

Tobias war etwas überrascht, dass der Mann so viel über Amalies Tod wusste. Aber vermutlich tratschten Friedhofsangestellte genauso viel wie andere Leute.

„Ja, ich war mit ihr verwandt. Ich bin ihr Neffe. Kannten Sie sie denn?"

„Nun, ja und nein. Ich habe die Trauerrede auf ihrer Beerdigung gehalten. Ihre Tante Amalie hat ihre Kindheit in dieser Gemeinde verbracht. Sie wollte, dass ich die Trauerzeremonie für sie arrangiere."

Tobias sah den Mann erstaunt an. „Dann sind Sie der Pastor dieser Kirche?"

„Ja, wenn ich mir das so recht überlege, dann bin ich das. Doch. Ach, ich habe mich ja noch gar nicht vorgestellt. Mein Name ist Thomas Moorreiter, der Pastor dieser Gemeinde, und nicht der Gärtner. Der arme Gärtner ist schon über sechzig. Deshalb meinte der Bischof, dieser Schelm, ich könnte ihm doch ab und zu mal helfen, damit er es nicht so schwer hat. Er ist wirklich sehr schlau und denkt, ich müsste etwas mehr Demut üben und nicht ständig Geld von ihm fordern, zum Beispiel für unser neues Kirchendach."

Tobias sah den Mann nachdenklich an. Wenn ihm jemand weiterhelfen konnte, dann er. Der Geistliche wusste bestimmt etwas über Amalie, was wichtig war. Es musste einfach so sein. Er deutete auf das Grab und fragte:

„Warum hat sie sich gerade für diesen Spruch auf ihrem Grab entschieden? Haben Sie dafür eine Erklärung?"

Der Pastor stand gemächlich auf und lächelte. Dann nahm er den langen Hacker in die Hand und stützte sich gedankenverloren darauf. Schließlich begann er:

„Die Hälfte der zehn Gebote sind in diesem Satz zusammengefasst. Man findet ihn an vielen Stellen in der Bibel, nicht nur bei Moses, sondern auch bei Matthäus, Lukas oder in den Römerbriefen. Aber in der Form gibt es ihn nur an einer Stelle. Mir fällt im Moment nur nicht mehr ein, wo er steht."

Schade, dachte Tobias. Er bedankte sich bei dem Mann und war schon auf dem Weg zum Ausgang, als er den Pastor rufen hörte:

„Ich weiß es wieder: Es ist die Geschichte von Tobias in Ninive."

Staunend drehte sich Tobias um und kam langsam zurück. „Sagten sie Tobias?"

Der Geistliche nickte.

„Mein Vorname ist nämlich Tobias." Er hätte so gerne noch mehr gesagt, doch die Überraschung hatte ihm die Sprache verschlagen.

Der Gottesmann musterte ihn. Irgendwie hatte er wohl erkannt, dass ihm etwas Wichtiges auf dem Herzen lag.

„Wenn Sie wollen, dann können wir einen Moment in die Kirche gehen?"

Tobias nickte. Er folgte dem Seelsorger in die Kirche. Der holte eine kleine Flasche Schnaps aus einem Holzkästchen, das aussah wie ein Buch. Dann zauberte er unter einer Holzverkleidung, auf der Gesangbücher lagen, zwei Gläser hervor. Er war offensichtlich erfahren darin, wie man verzagten Seelen Trost spenden konnte. In Erwartung quälender Sorgen füllte er das Glas seines Gastes halb voll.

„Ihre Tante kam immer zum Totensonntag. Dann brachte sie einen Scheck über einen vierstelligen Betrag mit, den sie für die Kirche und den Friedhof spendete."

Tobias riss die Augen auf, griff gierig nach dem Glas und nahm einen größeren Schluck. Das Zeug brannte wie Hölle. Er schaute auf das Etikett. Einfacher Apfelsaft wurde dort angepriesen, darunter das Bild eines Kindes mit roten Bäckchen, das noch einen nüchternen Eindruck machte.

„Den habe ich selbst gebrannt. Es sind so viele Pflaumen in unserem Garten und es heißt doch: ‚Braue in der Zeit, dann hast du in der Not.'" Der Pfarrer nahm nun selber einen kräftigen Schluck und räusperte sich.

„Ich stecke in Schwierigkeiten", bekannte Tobias nach dem nächsten Schluck. Ob man dem Pastor vertrauen konnte? Der Druck, der auf ihm lastete, war einfach enorm groß. Der Seelsorger schien seine Gedanken erraten zu haben.

„Ich bin ein Mann Gottes! Sprechen Sie sich nur aus. Von mir erfährt keiner etwas, nicht einmal die Polizei."

Tobias sah in ein lächelndes, Vertrauen erweckendes Gesicht und fing an zu reden:

„Jemand versucht, mir eine üble Sache in die Schuhe zu schieben. Aber ich war es nicht." Er sah den Pastor erneut prüfend an, der an seinem Glas nur nippte, und sprach weiter.

„Dieser Jemand will mich aus dem Weg haben, um an das Vermögen von Tante Amalie heranzukommen. Ich weiß nicht, wer es ist, und ich habe nur eine Chance. Ich muss das Geld vor ihm finden und es als Köder nutzen."

„Um wie viel geht es denn?", fragte der Geistliche sachlich, während er Tobias gerade in die Augen blickte.

„Um einen ziemlichen Batzen, vermute ich. Vielleicht sogar um mehr als eine Million." Er berichtete dem Pastor von Elfriedes Behauptung, dass Gerhard vor seinem Tod angeblich mehrere Millionen Mark bei Spekulationen verdient haben sollte, die auf irgendeine Weise verschollen waren. Nur dass er von der Polizei wegen Mordes oder Totschlags gesucht wurde, verschwieg er dem Gottesmann.

„Ich will zehn Prozent von dem Geld, wenn ich Ihnen helfe", meinte dieser nüchtern.

Tobias riss die Augen auf. Er hatte plötzlich Zweifel, ob der Pastor echt war.

„Ich brauche das Geld für die Kirche, denn das Dach muss dringend ausgebessert werden", beschwichtigte ihn der Pfarrer, der seine Bedenken erkannt hatte. „Noch ein harter Winter und es stürzt uns glatt ein. In der Bibel steht schließlich auch im Buch Levitikus, Kapitel 27: ‚Jeder Zehnt an Rind, Schaf, Ziege oder Geld ist dem Herrn geweiht, jedes zehnte Stück von allem, was unter dem Hirtenstab der Gerechtigkeit hindurchgeht.' Also zehn Prozent vom verschwundenen Geld!"

„Steht das wirklich so in der Bibel?", fragte Tobias.

„Nun ja, jedenfalls fast so. Geld gab es damals noch nicht in dem Überfluss wie heute und Gerechtigkeit war damals unter dem Hirtenstab selbstverständlich. Heute nicht", sagte der Pastor lächelnd. Er fuhr fort: „Was wir jetzt brauchen, ist ein guter Detektiv."

Tobias sah den Pfarrer zweifelnd an, doch schließlich nickte er.

„Ich habe da so eine Idee." Und nach einer kurzen Pause brüllte er: „Mats!"

Eine Sekunde später tauchte ein Junge an der halb offenen Tür auf und schlurfte trotzig auf den Pastor zu. Er mochte vielleicht elf oder zwölf Jahre alt sein und trug unscheinbare Kleidung. Ein kleines Buchenblatt hatte sich in sein Haar verirrt, das der fromme Mann mit einer flinken Handbewegung schnappte und blitzschnell in einer seiner beiden Jackentaschen verschwinden ließ.

„Das ist Mats, mein Sohn. Er hat die seltene Gabe, mehr zu sehen als die allermeisten anderen Menschen. Kurz und gut, er ist ein fabelhafter Detektiv." Doch dann hob der Pastor den Zeigefinger und drohte erst stolz und lächelnd und schließlich mit ernstem Gesicht:

„Wie oft soll ich dir noch sagen, dass du nicht an der Tür lauschen sollst!"

Schuldbewusst blickte Mats nach unten, doch aufsässig nörgelte er:

„Aber du lauscht doch auch."

„Na, ist ja auch egal. Was sagt dir dein schlauer Kopf zu diesem Problem?"

Der Junge schien einen Moment nachzudenken, denn er runzelte die Stirn und kratzte sich an der Backe. Dann schaute er seinen Vater an und sagte langsam:

„Ich hab bei der Beerdigung ein paar Fotos gemacht und auch etwas gelauscht, aber ich weiß nicht, wie gut die Bilder geworden sind und ob das Mikrofon was Brauchbares mitgeschnitten hat. Das müsste ich erstmal prüfen."

Er schaute seinen Vater fragend an. „Und?", fragte der.

„Sowas kostet. Da brauch ich einen Vorschuss."

Der Pastor nickte verständnisvoll.

„Also ich denke an fünfzig Euro als Vorschuss und an fünfzig Euro für die Auslagen." Er schaute Tobias fragend an und fügte hinzu: „Das hat aber noch nichts mit dem Kirchenzehnt zu tun."

Tobias erinnerte sich an sein Portemonnaie und zupfte zwei Scheine heraus, die er dem Kirchenmann hinhielt, der sie mit einem Zungenschnalzer einsteckte.

„Gut! Dann will ich eine Liste von allen Leuten, die Sie im Verdacht haben, dass sie Ihnen so etwas in die Schuhe schieben könnten, und die Amalie und ihren Mann kannten. Am besten mit Fotos."

Wieder nickte Tobias. Der Pastor hielt ihm seine Hand hin und lächelte.

„Das wäre doch gelacht, wenn wir diesen Teufel nicht zur Strecke bringen könnten, oder."

Widerwillig schüttelte Tobias die ungemein kräftige Hand dieses gottesfürchtigen Mannes. Dann gab ihm dieser noch seine Handynummer. Danach wandte er sich an seinen Sohn:

„Und du kümmerst dich um die Bilder von den Trauergästen und diese, diese … "

„Mikrofonaufnahme", sagte der Bengel grinsend.

„Ja, sowas war das wohl. Da ist ein schwarzes Schaf in dieser Sippschaft und das musst du finden."

Gemeinsam verließen sie die Kirche und Tobias verabschiedete sich. Der Pastor ging wieder an seine Arbeit und jätete Unkraut, während Tobias zum Parkplatz schlenderte und dort nach dem Lenker seines Fahrrades griff. Da räusperte sich eine junge Stimme in seinem Rücken. Als er sich umdrehte, sah er Mats, der ihm nachgerannt war.

„Fahren Sie nach Ascheffel?"

Tobias nickte.

„Eigentlich ist der Pastor nicht mein richtiger Vater, er ist mein Adoptivvater." Wieder trat eine Pause ein. „Meine richtigen Eltern sind vor drei Jahren bei einem Autounfall gestorben."

Nun liefen dem kleinen Burschen tatsächlich Tränen über die Wange. Tobias hatte mit einem Mal Mitleid mit ihm.

„Das tut mir leid", sagte er schließlich nur.

Der Kleine wischte sich die Tränen mit dem Handrücken aus dem Gesicht.

„Die Beerdigung war eigentlich keine Beerdigung, es war etwas Anderes, aber ich weiß nicht, was es war", sprudelte es dann aus ihm heraus.

Tobias sah ihn verblüfft an. Er fragte noch einmal nach, doch der Junge wollte oder konnte nichts weiter dazu sagen. Er blieb bei seiner Beschreibung, aber er versprach Tobias, dass er sich bei ihm melden würde, sobald er die Fotos ausgedruckt und die Tonaufnahme gefunden habe.

7
Das neue Bekenntnis

An diesem Tag besuchte Tobias noch einmal Hartmut und Elfriede. Er vermied allerdings die Vordertür, weil einer ihrer Nachbarn irgendetwas feierte und viel Besuch hatte. Die Straße war vollgeparkt mit fremden Autos. Deshalb hatte Tobias das Auto in einem Feldweg am Dorfeingang geparkt. Er stieg aus, durchquerte ein Kartoffelfeld und einen Knick und erreichte schließlich das Grundstück seiner Verwandten. Vorsichtig klopfte er hinten an die Terrassentür. Glücklicherweise waren sie zu Hause.

„Ich habe einige alte Fotos von Amalie mitgebracht, bei denen ihr mir unbedingt helfen müsst. Vielleicht wisst ihr, wer die Leute sind und wo sie wohnen."

Tobias holte den Stapel aus der Jackentasche und legte ihn auf den Tisch. Während Hartmut seine Brille aufsetzte und anfing, die Fotos zu betrachten, schlurfte Elfriede in die Küche und setzte Kaffee auf. Ein Foto tat es Hartmut besonders an.

„Hier, das sind sie, das ist die komplette Skatrunde: Doktor Treudelpfad, daneben der Rechtsanwalt, der adlige von Dingsburg und der Börsenhai, unser lieber Gerhard Jacobsen. Das ganze Pack auf einem Haufen!"

„Und der Rest? Haben die auch ganze Namen", fragte Tobias aufgeregt.

Hartmut zog die Augenlider hoch und blickte nachdenklich an die Decke. Dann schloss er die Augen und forschte in den Katakomben seines Gehirns. Am Ende presste er die Lippen zusammen und murmelte:

„Gleich komm ich drauf." Doch schließlich schüttelte er den Kopf.

Da brachte Elfriede die Kaffeetassen, eine kleine Schüssel mit Keksen und eine Kanne mit einem wunderbar intensiv riechenden Kaffee. Sie füllte die Tassen und setzte sich seufzend an den Tisch.

„Weißt du vielleicht noch, wie diese Knallköppe von damals hießen, die Gerhard beim Skatspiel immer über den Tisch gezogen hat, Elfriede?" Hartmut schob ihr ein altes Foto hinüber und zeigte auf zwei Personen.

Elfriede goss sich etwas Sahne in den Kaffee und rührte um. Dann griff sie seufzend zum Foto. Sie blickte es intensiv an und hielt es sogar nach oben, sodass etwas mehr Licht darauffiel. Die zunächst zusammengepressten Lippen entspannten sich. Dann legte sie es wieder auf den Tisch und deutete auf die Konturen einer Person:

„Das ist Doktor Walter Treudelpfad. Der war Internist am Landeskrankenhaus, bis er sich selbstständig gemacht hat. Er behandelte Gerhard damals wegen Bluthochdruck und Herzrhythmusstörungen. So hat es angefangen und fünf Jahre später hat Gerhard so viele Tabletten genommen, dass er sie kaum noch herunter bekam. Er hat mir irgendwann einmal gesagt, dass er nur noch zweimal täglich drei halbe Tabletten nehme statt neun ganze am Tag. Der Ärmste! Ist dann trotzdem bald darauf gestorben."

„Wir wollen nur die Namen wissen, Elfriede, nicht ihre Patientengeschichten", sagte Hartmut genervt.

„... Ramipril, Bisolich, Phenprogamma ... ", ließ sich Elfriede nicht aus der Ruhe bringen und zählte die Tablettenarten auf. Hartmuts Gesicht lief rot an.

„Es reicht Elfriede! Nur die Namen der Menschen, nicht die Namen der Arzneimittel."

Tobias beschwichtigte. „Nicht doch, Hartmut. Lebt der Taumelpfad denn noch oder ist er schon im Ruhestand?", fragte er.

Elfriede lächelte und sagte: „Doktor Walter Treudelpfad! Die Arbeit im Landeskrankenhaus hat er aufgegeben und seine Praxis in Schleswig auch. Er ist vor zehn Jahren nach Flensburg gegangen. Das war das letzte, was ich von dem gehört habe."

Elfriede machte eine Pause. Dann blickte sie wieder auf das Foto und ihr Finger wanderte zur nächsten Person auf dem Foto. Sie überlegte kurz, dann erklärte sie:

„Franz Wortschneider, Rechtsanwalt. Der hat seine Kanzlei immer noch irgendwo unten in der Stadt, in der Nähe vom Oberlandesgericht. Er hatte sich um eine Richterstelle beworben, aber es gab da einen dunklen Fleck in seiner Vergangenheit. Keine Ahnung was."

Tobias hing an ihren Lippen. Elfriedes Finger wanderte erbarmungslos weiter zur dritten Person.

„Der adlige Obdachlose! Eigentlich ein Johann Friedrich von und zu Runzelburg." Das bestätigte Hartmuts Aussage. „Eine ganz schön verkrachte Existenz: erst Student für Medizin in Kiel, dann Studienabbruch, dann Pfleger im Landeskrankenhaus und schließlich Patient. Er trank einfach zu viel und ist später auf der Straße gelandet. Keine Ahnung, was aus dem geworden ist." Auch diesmal wusste Elfriede wieder mehr als ihr Mann, der unwillig vor sich hinblickte.

„Wie war doch gleich der Name von dem Obdachlosen?", fragte Tobias

„Von Runzelburg. Johann Friedrich von Runzelburg", sprang Hartmut ein.

Irgendwie kam Tobias dieser Name bekannt vor. Dann fiel es ihm wieder ein: der Typ von der Parkbank, der ihm seinen Mantel geliehen hatte, den er immer noch nicht zurückgebracht hatte.

Doch Elfriede hatte noch mehr Informationen zu bieten. Ein Glück, dass sie eine solche Tratschtante ist, stellte er insgeheim fest.

„Der hat sein Vermögen angeblich völlig sinnlos verspielt, so munkelt man. Hab ich von Louise."

„Wer ist Louise?", fragte nun Tobias.

„Hartmut hat noch eine Halbschwester, musst du wissen, Tobias. Die war früher mal eine Zeitlang mit diesem von Runzelburg liiert."

Hartmut verzog wütend den Mund. „Alles Unsinn, alles Schnee von gestern. Louise ist seit zwanzig Jahren ledig. Wenn jemand solide lebt, dann sie", sagte er ärgerlich.

„So?" meinte Elfriede zweifelnd. „Aber vor einem Monat war sie hier und hat uns die Ohren über ihren jetzigen Lebenspartner vollgejammert. Ständig sei der betrunken und habe sogar schon versucht, sie zu schlagen. Das ist doch die Höhe! Aber nein, sie hängt an ihm wie eine Klette."

„Und was ist aus dieser Skatrunde geworden?", fragte Tobias neugierig.

„Ach", antwortete Elfriede, „wie das eben so ist. Irgendwann haben die sich zerstritten und damit war die Sache beendet. Wann war eigentlich Schluss, Hartmut?" Sein Onkel dachte nach. „Du warst doch auch manchmal dabei!"

„Das muss so ein gutes Jahr vor Gerhards Tod gewesen sein."

Damit stockte das Gespräch. Tobias zog noch einige andere Fotos aus dem Stapel und zeigte sie herum. Auf diese Weise erfuhr er noch einige Namen von ehemaligen Kolleginnen von Amalie, aber nichts mehr über Susanne Greuter. Er bedankte sich noch einmal und verabschiedete sich dann.

Auf dem Rückweg dachte er noch einmal über den Nachmittag nach. Er war sich nicht sicher, wie er das Ergebnis seiner Nachforschungen beurteilen sollte. Es kam ihm recht dürftig vor. Deshalb beschloss er, am Abend Elisabeth im Krankenhaus zu besuchen, um ihr zum Baby zu gratulieren. Vielleicht hatte sie in Gedanken schon den Täter gefunden und verriet ihm noch das eine oder andere Detail zu den Ermittlungen ihres Mannes.

~~~

Wer wohl ein Motiv am Ableben von Frau Greuter hatte?, überlegte Tobias auf der Fahrt zum Krankenhaus. Er hatte vorsorglich den Mantel des adligen Obdachlosen aus dem Hühnerschuppen geholt und war mit Yvonnes Auto weggefahren. Am Stadtrand hatte er an einem kleinen Blumenladen angehalten und sorgfältig einen bunten Sommerstrauß ausgesucht, den er Elisabeth mitbringen wollte.

Jetzt, kurz vor dem Ziel, wurde er immer nervöser und die Gedanken kreisten um den Mord an seiner Nachbarin und den Verwicklungen in der eigenen Familie. Hatte der Kommissar seine Ermittlungen vielleicht schon in Gerhards Vergangenheit ausgedehnt? Und vor allem: Was hatte er mit ihm vor? Ob morgen schon ein Fahndungsfoto von ihm durch die Medien geistern würde?

Als er die Tür zur Entbindungsstation öffnete, sah er den Kommissar an der Schwesterntheke stehen und aufgeregt mit der Oberschwester reden. Sofort wollte er wieder umdrehen und gehen, doch eine Patientin im Rollstuhl mit Pfleger hatte sich im automatischen Türmechanismus der Station verheddert. Ein Blick über die Schulter zeigte ihm, dass der Kommissar sich schon zum Gehen gewandt hatte und im nächsten Moment auf ihn treffen würde. In seiner Not öffnete Tobias einfach die Tür zum nächstgelegenen Patientenzimmer und trat ein. Es gelang ihm, eine der beiden Frauen in ein belangloses Gespräch zu verwickeln, das er geschickt in die Länge zog. Nach einiger Zeit kehrte er, vorsichtig um sich blickend, wieder zurück auf den Flur.

Kurz darauf betrat er das Zimmer, in dem Elisabeth Sommerdorf mit ihrem Kind im Arm selig vor sich hin döste. Tobias schritt unsicher auf das Bett zu. Als Elisabeth ihn wahrnahm, entfuhr ihr ein „Ach herrje". Schnell überreichte er der Frau des Kommissars die Blumen und gratulierte ihr.

„Ich hatte dich schon fast vergessen, Tobias. Heiner war gerade hier. Ich habe ihm erzählt, wie lieb du mir geholfen hast. Trotzdem ist er fest davon überzeugt, dass du der Täter bist. Die Beweise sprächen gegen Dich, denn sie haben einen Fingerabdruck von dir auf der Tatwaffe gefunden. Aber meine Intuition sagt mir etwas anderes."

Elisabeth schwieg und schaute ihn herausfordernd an. Tobias blickte sie verzweifelt an, bevor sein Blick weiter zum zweiten Bett im Zimmer glitt. Aus einem Haufen dicker Kissen waren Schnarchtöne zu hören.

„Hast du ihm wenigstens gesagt, dass ich unschuldig bin?" fragte Tobias leise flüsternd.

„Aber natürlich, ein ums andere Mal. Ich hab ihm gesagt, dass du diese wundervollen traurigen und unschuldigen Hundeaugen hast, die niemals eine schwangere Frau anlügen würden."

„Und was hat er dazu gesagt?", hakte Tobias hoffnungsvoll nach.

„Totschlag, das könnte er für dich dabei herausholen, aber das werde ich nicht zulassen."

Empört sah er sie an. Am liebsten hätte er geschrien, aber er zischte nur wütend: „Aber ich bin völlig unschuldig, Elisabeth. Ich habe niemanden umgebracht!"

„Nicht so laut", mahnte Elisabeth nun beschwichtigend. „Wir sind nicht allein." Sie deutete auf den riesigen Kissenberg neben sich, hinter dem ein kleiner Rollwagen verborgen war, aus dem nun ein leises Gurgeln zu hören war. „Die kleine Christine weckt sonst meinen Daniel auf." Sie meinte offenbar das kleine Baby in dem Rollwagen.

Tobias stand der Schweiß auf der Stirn. Den ganzen Tag lang hatte er Nachforschungen mit zweifelhaftem Erfolg angestellt und jetzt am Abend erfuhr er die Lösung für den Fall, wie sie der Polizei vorschwebte: Totschlag für dieses vermaledeite Desaster, das sollte sein Schicksal sein. Ihm wurde schwindlig und er musste sich erst einmal hinsetzen. Verzweifelt hörte er sich Elisabeths Sorgen an. Nach einer Weile unterbrach er sie schließlich:

„Du musst Heiner überzeugen, dass er den Mörder woanders suchen muss." Beschwörend sah er sie an.

„Das hab ich schon gemacht, Tobias. Ich habe ihm erzählt, dass du eine Komplizin hast, die die Sache ausgetüftelt hat. Sie hat dich unter Druck gesetzt, falls du ihr nicht die Erbschaft von Amalie besorgst. Du bekommst ganz sicher mildernde Umstände."

Tobias fasste sich an den Kopf. Sie war verrückt, komplett verrückt. Als ob sie Gedanken lesen könnte, sagte Elisabeth: „Ich bin nicht verrückt! Du hast vorgestern nach einem Frauenparfüm gerochen."

Erstaunt blickte er sie an.

„Vor allem habe ich dein Auto mit dem Hamburger Nummernschild gesehen", fuhr sie fort, „als wir aus Tolk ins Krankenhaus gefahren sind. Und das habe ich Heiner auch gesagt."

Langsam kam Tobias die Galle hoch und er drohte zu explodieren. Elisabeth nahm seine Hand und tätschelte sie.

„Alles nicht so schlimm. Ich habe Heiner nicht erzählt, welche Farbe das Auto hat und er kennt auch nicht das genaue Kennzeichen."

Entsetzt sah Tobias die Frau an. Nun biss sie die Lippen wieder zusammen. Irgendetwas verschwieg sie ihm.

„Aber ein Nachbar hat das Auto auch gesehen und behauptet, dass da eine Frau drinnen gesessen habe. Doch zum Glück hat der dumme Kerl behauptet, dass die Farbe blau gewesen sei. Der Kerl war schon immer ein Idiot, aber Heiner glaubt ihm. Deshalb sucht er jetzt ein blaues Auto mit Hamburger Nummernschild und eine Frau im mittleren Alter als Besitzerin. Den Taxifahrer, der dich nach Tolk zurückgebracht hat, hat er schon gefunden. Außerdem hat er alle Handybesitzer ausfindig gemacht, die gestern Abend in Tolk gewesen oder durchgefahren sind."

Tobias war in seinem Stuhl immer tiefer und tiefer gerutscht. Sein Kopf war schon längst an der Lehne angekommen. Wenn Yvonne erfuhr, dass die Polizei sie für seine Komplizin hielt, dann war das mit Sicherheit das Ende ihrer gerade erst begonnenen Liebelei, die, wenn es nach ihm ginge, jetzt noch nicht beendet sein sollte. Irgendwie musste er versuchen, wieder Ordnung in sein Leben zu bringen. Vielleicht sollte er sich stellen. Das sagte er auch Elisabeth.

„Ich bin müde und sehe keinen Ausweg mehr. Ich habe keine richtige Bleibe und ich belüge Menschen, die mir vertrauen. Ich werde von einer Million Polizisten gesucht und hab eigentlich überhaupt keine Chance."

Elisabeth tätschelte sofort wieder seine Hand.

„Du darfst jetzt nicht aufgeben, Tobias! Es läuft alles wunderbar. Aber Heiner muss ja auch ein bisschen nach dir suchen."

Sie gähnte einmal und ihre Augen wurden glasig.

„Ich hab Heiner angebettelt, dass er dich noch nicht findet und er hat den dümmsten seiner Leute auf dich angesetzt. Seine beiden besten Mitarbeiter kümmern sich inzwischen um die Bekannten von Susanne Greuter. Sie haben schon die Alleinerbin ausfindig gemacht. Allerdings hat sie ein Alibi für die Tatzeit. Sie lebt nämlich in einem Pflegeheim und ist gar nicht in der Lage, einen Mord zu begehen. Und dann hat Heiner auch noch von zwei Nachbarn erfahren, dass deine Tante Amalie und Susanne Greuter ein gutes Verhältnis zueinander hatten."

Seltsam, dachte Tobias, der sich daran erinnerte, was Elfriede erzählt hatte. Er hakte sofort nach:

„Das kann nicht sein! Meine Tante – und die weiß alles über die Familie – hat mir etwas von einem heftigen Streit zwischen den beiden berichtet."

„Dann muss sich deine Tante eben in diesem Fall irren. Einer der beiden Nachbarn meinte sogar, sie seien beste Freundinnen gewesen und hätten sich schon von der Schule her gekannt."

Seltsam, dachte Tobias wieder und beschloss, Elfriede noch einmal intensiv dazu zu befragen. Hatte seine Tante womöglich gelogen? Aber warum? Das würde er schon aus Elfriede herausbekommen!

„Ach", fuhr Elisabeth fort, „was noch sehr wichtig ist: Heiner hat bei Susanne Greuter einen Aktenordner mit Bankunterlagen gefunden, die eigentlich deiner Tante Amalie gehörten. Es war tatsächlich der Aktenordner, den du mitnehmen wolltest, als du mich ins Krankenhaus gebracht hast."

Dann machte die Frau des Kommissars eine kleine Pause.

„Da waren Papiere drin aus der Zeit, als dein Onkel Gerhard noch lebte. Es ging um eine größere Summe, die verschwunden ist. Leider sind jedoch die entscheidenden Dokumente dazu nicht mehr vorhanden oder zumindest im Moment nicht auffindbar. Eines der Trennblätter trug übrigens die Überschrift ‚Schweiz'."

„Und hat dein Mann sonst noch was erreicht?" fragte Tobias leise, nun wieder voller Hoffnung.

„Heiner hat deine Tante Elfriede natürlich auch befragt. Er sagt, sie sei aalglatt, weiche ständig aus oder tue so, als ob sie sich nicht erinnern könne. Und dein Onkel Hartmut, naja, eine Niete. Niemand, der dir helfen könnte! Hast du nicht wenigstens etwas gefunden, was dir weiterhilft?"

Niedergeschlagen schüttelte Tobias den Kopf und blickte Elisabeth Sommerdorf nachdenklich ins Gesicht. Sie hat gerade ein neues Universum entdeckt, ein Kind, das einen Blick in die ursprünglichen menschlichen Gefühle ermöglicht, dachte er. Zehn bis zwanzig Jahre voller Liebe lagen vor ihr. In diesem Moment strahlten ihre blauen Augen ihn an und sie lächelte.

„Du warst da, als ich Hilfe brauchte. Das werde ich dir nicht vergessen."

Plötzlich schöpfte er wieder Hoffnung. Er musste mit den Skatbekanntschaften von Gerhard anfangen, mit ihnen reden oder mit Leuten, die sie kannten. Zuerst würde er sich von Runzelburg vorknöpfen. Vielleicht war der Mann auch heute Abend unten auf der Parkbank mit seinen Bierdosen beschäftigt.

Und dann musste er herausfinden, wie das Verhältnis zwischen Tante Amalie und Susanne Greuter gewesen war. Waren sie früher tatsächlich einmal gut befreundet gewesen? Gab es einen gemeinsamen Bekannten, der ihm etwas über die beiden erzählen konnte? Vielleicht sogar einen aus der Skatrunde.

„Gib mir doch bitte deine Handynummer. Dann kann ich dich erreichen, wenn ich was Wichtiges erfahre", riss Elisabeth ihn aus seinen Gedanken.

Er schüttelte zwar den Kopf, kramte aber einen Stift und einen Fetzen Papier aus seiner Hosentasche und schrieb die Nummer von Tristans Handy auf.

Elisabeth strahlte ihn immer noch an und tätschelte kurz seine Hand, als er ihr den kleinen Zettel reichte.

„Heiner hat von deinem Haus geschwärmt. Einige Wassertropfen kämen durch das Dach, meinte er, aber es sei bildschön und ideal für uns drei. Kannst du uns das Haus nicht verkaufen, wenn du aus diesem Schlamassel wieder raus bist?"

„Das kommt auf deinen Mann an", murmelte er. „Wenn ich aus diesem Schlamassel irgendwie heil rauskomme, dann liebend gern. Für'n Sack Korn vielleicht?"

Als er aufstand, bat sie ihn um einen letzten Gefallen:

„Kannst du mir das nächste Mal zwei Schnuller mitbringen, für Daniel und Christine?" Sie deutete auf die beiden Rollwagen mit den Babys. „Ich komm kaum noch zum Schlafen. Und Heiner vergisst das bestimmt wieder." Sie gähnte müde.

Tobias setzte sich wieder hin und griff nach ihrer Hand, drückte sie und sah, wie ihre Augen langsam vor Müdigkeit zufielen. Der einzige Mensch, der jetzt noch an ihn glaubte, lag hier. Ausgerechnet die Frau des Kommissars! Das war verrückt, dachte er. Und doch war es Elisabeth Sommerdorf, die ihn zum Weitermachen ermutigte. „Du warst da, als ich dich brauchte", hatte sie gesagt. Und nun war sie für ihn da, jemand, der ihm half! Plötzlich war die Einsamkeit riesengroß und seine Augen wurden feucht.

8
Skatbrüder

Tobias ging in die Stadt und kaufte zwei kleine Schnuller in einem Drogeriemarkt. Voller Bewunderung sah die Verkäuferin ihn an. Wie alt die beiden denn seien, fragte sie neugierig. Noch sehr jung, war seine Antwort. Er wünschte ihr alles Gute, als er sah, dass auch sie in anderen Umständen war.

Danach ging er zu den Königswiesen, den Mantel des adligen Obdachlosen unter den Arm geklemmt. Er setzte sich auf die Bank, auf der er während seiner Flucht vor der Polizei Johann Friedrich von Runzelburg getroffen hatte. Doch der war weit und breit nirgendwo zu sehen. Es sah nach Regen aus. Ein paar Krähen saßen in den Bäumen und kreischten mit den Möwen um die Wette. Er wartete eine Viertelstunde. Dann fing es an zu tröpfeln. Schließlich stand er auf. Kaum war er ein paar Meter gegangen, da rief jemand hinter ihm „Halt!".

Als er sich umdrehte, lächelte ihn Herr von Runzelburg an. Er trug eine neue Plastikjacke gegen den Regen.

„Ich habe mich schon gewundert, wo mein Mantel geblieben ist. Deshalb habe ich mir etwas Neues besorgt. Ich dachte, dass Sie nicht mehr wiederkommen."

Tobias schlenderte ebenfalls lächelnd zur Bank zurück, auf der sich der Verrückte mittlerweile niedergelassen hatte. Er hatte wieder eine große Plastiktüte dabei und zog eine Dose Bier daraus hervor. Tobias ließ sich neben ihm nieder.

„Wollen Sie ein Bier?", fragte Herr von Runzelburg. Tobias nickte. „Das kostet zwei Euro und über meinen Mantel müssen wir auch noch mal sprechen. Schließlich haben Sie ihn ja viel länger behalten. Das macht zusammen mit dem Bier zehn Euro. Sind Sie mit diesen Konditionen einverstanden?"

Tobias holte einen Zehn-Euro-Schein aus seinem Portemonnaie. Von Runzelburg hob daraufhin die Hand:

„Das ist sehr ehrenwert von Ihnen, mein Herr. Bitte lassen Sie uns nun anstoßen und einen Toast auf unsere Gesundheit ausbringen." Er riss den Verschluss auf und hielt die Dose Tobias hin. Dann öffnete er sich ein eigenes Bier und donnerte es schwungvoll gegen das andere. Beide nahmen einen tiefen Zug. Die gleiche Sorte wie letztes Mal, dachte Tobias.

„Auf unsere Gesundheit!", murmelte er.

„Bleiben Sie länger hier im Ort?", fragte nun von Runzelburg.

„Sieht so aus", sagte Tobias. „Ich suche einen guten Arzt."

„Mit Ärzten kenne ich mich aus", erklärte Herr von Runzelburg. „Ich bin früher lange Zeit Pfleger am Landeskrankenhaus gewesen."

„Mir wurde ein Doktor Walter Treudelpfad empfohlen. Ich weiß nur nicht, wo ich den finden kann", meinte Tobias locker.

Von Runzelburg fing an zu husten, als er den Namen Treudelpfad hörte. Tobias klopfte ihm auf den Rücken. Schließlich hatte er sich von dem Anfall erholt.

„Doktor Treudelpfad kenne ich. Ja, das war einer der Ärzte im Landeskrankenhaus. Das ist ein feiner Mensch, ein ganz feiner Mensch, kann ich nur sagen.

Er hat mir immer geholfen, wenn er konnte. Früher war er eine ganze Zeitlang in Flensburg, aber vor Kurzem ist er zurückgekommen. Ohne ihn hätte ich damals nicht so schnell einen Therapieplatz bekommen", sagte der Herr von Runzelburg mit trauriger Miene.

Tobias schaute den Biertrinker skeptisch an. Konnte man dem Urteil eines Alkoholikers vertrauen? Elegant warf der adlige Obdachlose gerade seine leere Bierdose in eine zweite Plastiktüte, die vor seinen Füßen stand. Ordnung ist das halbe Leben, dachte Tobias und wurde wieder zuversichtlicher.

„Was auch immer Sie für Probleme haben, Doktor Treudelpfad wird sich darum kümmern. Er war erst Internist und ist dann Psychologe geworden, weil er so gut zuhören kann. Der hat richtiges Mitgefühl!"

„Oh, das ist gut", sagte Tobias. „Allerdings will ich nicht zwei Stunden in einer Arztpraxis warten, das ist nichts für mich. Behandelt der vielleicht Privatpatienten schneller? Und hat er eine Praxis in der Stadt oder praktiziert er bei sich zu Hause?"

„Ja, er hat in seiner Villa ein Behandlungszimmer eingerichtet. Mir will nur nicht der Name der Straße einfallen", erwiderte Herr von Runzelburg und schaute auf die Jackentasche, in die Tobias sein Portemonnaie gesteckt hatte.

Tobias holte einen weiteren Zehn-Euro-Schein heraus. Die zweite Bierdose wurde geöffnet und von Runzelburg bequemte sich, weiter intensiv nachzudenken.

„Oben im Vogelviertel hat der eine Villa. Die Straße ist nach irgendeinem Vogel benannt."

Der Geldschein in Tobias Hand fing an zu flattern.

„Eine bestimmte Vogelart vielleicht?"

„Ein Singvogel war es, da bin ich ganz sicher", erklärte der adlige Obdachlose.

Tobias fing an zu flöten.

„Nein, keine Meise, eher eine Amsel. Halt, jetzt weiß ich es wieder: Drosselstraße war es. Ja, der wohnt in der Drosselstraße."

„Und welche Hausnummer?", fragte Tobias weiter.

„Oh, das ist aber eine ganz schwere Frage, wirklich ganz, ganz schwer. Ich habe nämlich leider überhaupt kein Zahlengedächtnis."

Von Runzelburg schüttelte bekümmert den Kopf und hatte kurz darauf die zweite Dose geleert. Tobias überlegte inzwischen, ob der adlige Obdachlose vielleicht auch den Anwalt Wortschneider kannte. Er entschloss sich, es zu versuchen, bevor von Runzelbergs Kopf völlig vom Alkohol vernebelt sein würde.

„Den Namen habe ich schon einmal gehört. Im Moment komme ich bloß nicht drauf."

Wieder wanderte der Blick zur Tasche mit dem Portemonnaie.

Ein weiterer Zehn-Euro-Schein brachte Tobias die Information ein, dass Franz Wortschneider in der Anstalt auf dem Hesterberg ebenfalls ein- und ausging, allerdings nicht, um sein eigenes seelisches Wohl aufpäppeln zu lassen, sondern um ärztliche Gutachten über den seelischen Zustand von Patienten in die Sprache der Juristen zu übersetzen und gerichtlich verwertbar zu machen. Das fasste Herr von Runzelburg folgendermaßen zusammen:

„Dieser unverschämte Kerl meint doch tatsächlich, ich sei nicht mehr Herr meiner Sinne, wenn ich mehr als eine Dose Bier getrunken habe. Und im nüchternen Zustand sei ich angeblich nicht in der Lage zu beurteilen, ob Bier für mich gut ist oder nicht."

Tobias fand, dass Franz Wortschneider demnach ein kluger Kopf sein müsste. Doch Herrn von Runzelburg missfiel der Anwalt umso mehr.

„Nun, wenn er das in sein juristisches Kauderwelsch übersetzt, dann heißt es: ‚Herr von Runzelburg hat bis auf weiteres keinen Zugriff mehr auf seine materiellen und finanziellen Mittel.' Und das bedeutet dann, dass ich nur ein winziges Taschengeld bekomme und Bier nur noch in sehr, sehr eingeschränktem Maße trinken kann."

Ist vielleicht auch besser so, dachte Tobias und fragte nach dem Wohnort des Anwalts Wortschneider.

„Güby, Nähe Golfplatz, ganz nah, ein oder zwei Häuser entfernt von Loch neun", schnarrte von Runzelburg, während er die dritte Dose Bier in wenigen Zügen austrank. „Aber nehmen Sie sich in Acht vor diesem Mann! Der ist mit allen Wassern gewaschen. Der zieht Ihnen im juristischen Sinne die Hose aus, ohne dass Sie es merken."

Tobias schüttelte sich, als ob er sich jetzt schon nackt fühlen würde. Doch eine Frage musste er noch loswerden:

„Und spielt einer von den beiden vielleicht Golf?"

„Oh, sagte von Runzelburg. Seine Augen glitten über den Boden zu den Schuhen seines Trinkgefährten und krochen dann seine Hose entlang nach oben. Bevor sie das Portemonnaie erreicht hatten, räusperte sich Tobias entschlossen. Abrupt richtete sich von Runzelburg auf und sagte würdevoll:

„Der Doktor spielt kein Golf, niemals, aber der Wortschneider ist ein Snob. Dem ist das glatt zuzutrauen."

Tobias erwog, ihm auch einige Fragen zu Onkel Gerhards Skatrunde zu stellen. Er befürchtete jedoch, dass er dann sein restliches Geld in Bier für den adligen Obdachlosen anlegen müsste, das Ergebnis aber im zunehmenden Alkoholdunst von Johann Friedrichs Gedanken dürftig ausfallen würde. Er erkannte, dass er für den Augenblick nicht mehr Informationen aus von Runzelberg herausbringen würde. Deshalb verabschiedete er sich und ging zu Yvonnes Auto. Er fuhr in das Vogelviertel. Nach kurzer Suche fand er die Drosselstraße und hatte Glück. Nummer 13 zeigte das Schild: Dr. Walter Treudelpfad. Eine Briefkastenklappe in Kniehöhe an der Haustür machte ihn neugierig.

Er wollte schon in die Hocke gehen, als er einen Blick nach oben warf und über sich eine Überwachungskamera unter dem Dachüberstand entdeckte. Sie war sehr klein, doch das Kabel, das in der Mauer verschwand, zeigte ihm, dass sie echt war. Offenbar hatte der Doktor schon einige unangenehme Überraschungen mit dieser Briefkastenklappe erlebt. Er drückte nun einfach den Klingelknopf, wohl wissend, dass ihn jemand in dem Haus wahrscheinlich beobachtete. Und richtig, die Tür wurde nicht geöffnet, sondern eine Stimme erklang aus einigen kleinen Öffnungen über dem Klingelknopf:

„Ich bin zur Zeit nicht zu Hause. Sie erreichen mich während meiner Sprechstunde unter der Telefonnummer, die Sie auf dem Schild neben dem Eingang finden."

Tobias schaute nach links und rechts. Kein Nachbar konnte die Haustür von einem Fenster aus einsehen. Vorsichtig bückte er sich, hob die Klappe des Schlitzes und schaute ins Hausinnere. Sofort drang ein beängstigendes tiefes Knurren an sein Ohr, gefolgt von einem ebenso bedrohlichen lauten Bellen aus irgendeinem Zimmer im Haus. Sollte jemals ein Hilfe suchender

Patient auf den Gedanken kommen, den Arzt außerhalb seiner Sprechzeit aufzusuchen, dann tat er es nur einmal und nie wieder. Doktor Treudelpfad verstand offenbar eine ganze Menge davon, jemandem Angst einzujagen.

Er wollte das Grundstück schon verlassen, doch aus irgendeinem Grund ging er einmal um das Haus herum. Auf der Rückseite tauchte ein Außenlicht, das auf seine Bewegung reagierte, die Gartenfront in gleißende Helligkeit. Seine Augen schweiften über die große Rasenfläche. Etwas Weißes schimmerte in einem Blumenbeet am Boden. Er ging darauf zu und bückte sich. Ein Golfball lag dort einsam und verlassen. Schau an, dachte Tobias, der Doktor spielt offensichtlich doch Golf. Ob er auch Linkshänder war? Er blickte sich noch einmal intensiv um. Nirgendwo war ein Schläger zu sehen. Mist!, dachte er. Wenn er nur einen einzigen Schläger des Arztes zu Gesicht bekäme, wüsste er sofort, ob der Mann Linkshänder war.

Tobias verließ das Grundstück mit eiligen Schritten. Dann blieb er stehen und erwog, wieder zurück zum Haus des Doktors zu gehen, um zu kontrollieren, ob das Hundegebell echt war oder vom Band kam. Dabei fiel sein Blick auf einen Feldweg, der zum Wohnviertel St. Jürgen abzweigte, wo Tante Amalies Haus stand. Tatsächlich, das Wohnviertel war nur dreihundert Meter entfernt. Der Doktor hätte also in weniger als zehn Minuten zu Susanne Greuter oder Amalie gelangen können.

Bald darauf stand Tobias vor dem Golfplatz in Güby. Vorsichtshalber hatte er das Auto neben einer Gaststätte einige Hundert Meter entfernt geparkt. Falls ihn jemand erkennen sollte, erinnerte er sich wenigstens nicht an den Wagen.

Hier in der Nähe wohnte der dritte Skatpartner von Gerhard. Nach einer kurzen Suche fand er das Haus. Von Runzelburg hatte recht: Von der Terrasse des Rechtsanwalts hätte man das Putting Green des neunten Loches bequem mit dem Pidging-Wedge erreichen können. Doch auch Franz Wortschneider war nicht zu Hause. Hinter einem Fenster brannte zwar Licht, doch nach dem Klingeln tat sich nichts. Er wollte schon zum Auto zurückkehren, als sich plötzlich die Haustür des Nachbarhauses öffnete und eine alte Frau mit einem großen, weißen Sack zur Mülltonne schlurfte.

„Ach, entschuldigen Sie", sprach er die Frau an, die kurz aufblickte und ihren Müll in die Tonne warf. „Ich wollte zu Herrn Wortschneider und ihn in einer privaten Angelegenheit befragen, aber er ist nicht daheim. Wissen Sie, wann er abends normalerweise nach Hause kommt?"

„Nee", meinte die Alte wortkarg und wollte sich schon zur Haustür umdrehen, aus der sie gekommen war. Doch dann blieb sie stehen und meinte giftig: „Vielleicht versucht er ja wieder mal, einen alten Menschen für seine Pflegestiftung einzufangen."

Einer Intuition folgend sagte Tobias:

„Ich suche für meinen Vater einen Platz im Heim. Er ist leider schon etwas pflegebedürftig und braucht Hilfe im Alltag. Das Haus ist einfach zu groß für ihn geworden. Auch die Arztbesuche schafft er kaum noch allein."

„Lassen Sie bloß die Finger von diesem Rechtsanwalt. Wenn Sie dem davon erzählen, dann ist ihr Vater ruckzuck sein Haus los. Dafür bekommt er dann einen Platz im Heim und wird Tag und Nacht im Bett festgeschnallt, bis er tot ist. Seien Sie bloß vorsichtig! Kümmern Sie sich lieber selbst um Ihren Vater."

Tobias sah die Alte staunend an.

„Na, so schlimm wird es doch wohl nicht sein."

Die Alte gähnte und schüttelte den Kopf.

„Nein, wenn ich es mir recht überlege, dann haben Sie recht. So schlimm ist es nicht, denn eigentlich ist es noch viel schlimmer. Herr Wortschneider hat Schulden." Sie kam dichter an den Zaun und fing an zu flüstern: „Neulich war der Gerichtsvollzieher bei ihm. Ich konnte es ganz genau hören, wie er sagte: ‚Ich kann doch auch nichts dafür, aber ich muss die Sachen pfänden, wenn Sie nicht zahlen.' Wütend war der Wortschneider, geschimpft hat er wie ein Rohrspatz. War wirklich nicht schön."

Tobias tat entsetzt, zog die Augenlider hoch und schüttelte den Kopf.

„Und hat er Widerstand geleistet?"

„Nein, aber er hatte einen von diesen Golfschlägern in der Hand."

„Und ist Herr Wortschneider wenigstens sonst ein guter Golfspieler?"

„Der war bis vor zwei Jahren noch in der Herren-Clubmannschaft."

Tobias blies die Backen auf und nickte anerkennend mit dem Kopf. Aber gleichzeitig überlegte er, dass der Mann des Rechts offensichtlich jähzornig war. Er wartete, ob der Frau noch etwas einfiele, doch sie wünschte ihm nur noch einen schönen Abend und wandte sich dann wieder ihrer Haustür zu.

~~~

Um kurz nach acht war er wieder im Wald vor dem Strohdachhaus der Staudackers angekommen. Die beiden Frauen waren gerade beim Teetrinken, als er das Haus betrat. Helga war in ein Kreuzworträtsel vertieft, doch Yvonne kam auf ihn zu und küsste ihn.

Ihr herzförmiger Schmollmund verriet ihm, dass dieser Kuss nur der Anfang einer ausgiebigen Unterhaltung sein sollte.

Doch dann entspannte sich Yvonnes Gesicht und sie sagte betrübt: „Du siehst erschöpft aus."

Sie hatte recht und er nickte.

„Erschöpft ist untertrieben. Ich bin fix und fertig. Die letzten Tage haben mich geschafft. Eine Hektik und ein Stress. Und dafür habe ich viel zu wenig herausgefunden. Es ist alles wie verhext."

Er wollte weiterreden, aber sie hatte einen Finger auf seine Lippen gelegt, fasste eine seiner Hände und zog ihn hinter sich her in sein Zimmer. Dort zog sie ihm seinen Pullover über den Kopf und knöpfte dann langsam sein Hemd auf, während sie liebevoll mit der Hand über seine nackte Haut strich. Sie deutete auf das Bett.

„Ich könnte dich massieren. Das entspannt dich."

Er legte sich aufs Bett und drehte sich auf den Bauch. Als er ihre Finger auf seinen Schultern spürte, fing sein Kopf an abzuschalten. Eine Minute später war er weg.

9
Das hölzerne Büro

Er erwachte von einem merkwürdigen Piepton. In seiner Jacke, die er über den Stuhl gehängt hatte, hatte es gepiept. Das Handy von Tristan. Yvonne hatte ihm eine Decke über den Rücken gelegt. Sein Nickerchen war vielleicht nicht ihr beabsichtigtes Ergebnis gewesen. Mühsam stand er auf, griff nach der Jacke und holte das Handy heraus. Eine neue SMS, unter der „Mats" als Autor stand, offenbarte eine interessante Information:

„Hallo Tobias, die Bilder sind fertig. Wann kommen Sie vorbei?", stand im Display. Sofort antwortete er, dass er in einer Viertelstunde da sein könne.

Es war schon nach neun und völlig dunkel, als er dort ankam. Er lehnte das Fahrrad an die Kirchhofsmauer neben dem Eingang. Dann rief er leise den Namen des Jungen. Nach einer kleinen Pause bekam er eine Antwort.

„Ich bin hier." Der kleine Kerl stand hinter der schweren Eisenpforte. „Am besten gehen wir in mein Büro", ergänzte er mit wichtiger Stimme.

Er winkte Tobias, ihm zu folgen. Mit einer kleinen LED-Taschenlampe schlich er an einigen Gräbern vorbei. Eine Eule schrie und sauste über sie hinweg. Sie gelangten an eine Mauer, die zum Nachbargrundstück führte und fast anderthalb Meter hoch war. Geschickt kletterte Mats hinüber. Er machte das offensichtlich nicht zum ersten Mal. Tobias dagegen hatte Schwierigkeiten, ihm zu folgen. Er blieb irgendwo mit seiner Hose hängen und riss sie sich an einer Stelle auf. Verdammte Geheimniskrämerei, dachte er. Schließlich blieben sie vor einem großen dunklen Baum stehen, einer riesigen Buche. Es war die dunkelste Ecke im Umkreis von hundert Metern.

„Hier ist mein Büro", sagte der Knirps stolz. Überall nur dunkle Büsche und Gras. Er spinnt, dachte Tobias, bis die Taschenlampe den Baumstamm anleuchtete, an dem eine selbst gezimmerte Holzleiter hinaufführte. In etwa vier Metern Höhe war zwischen den Blättern ein dunkles Gebilde zu erkennen. Der Junge erklomm das Baumhaus. Tobias seufzte, er musste ihm wohl oder übel folgen. Als er oben war, hörte er das Klicken eines Schalters und eine winzige Lampe beleuchtete matt einen kleinen Raum. Sie befanden sich in einem hölzernen Kabuff, das keine zwei Meter hoch war. Die Hälfte der Fläche war von einer gemütlichen Matratze bedeckt. Ein paar Kissen und ein Schlafsack ließen vermuten, dass der Junge hier auch schon übernachtet hatte. An einer Wand war außerdem ein kleines Regal verschraubt. Einige Bücher und Schriftstücke waren dort untergebracht.

„Sehr gemütlich", sagte Tobias anerkennend und schaute den Jungen lächelnd an.

„Finde ich auch. Hat mein Stiefvater extra für mich gemacht. Wenn ich die Klappe dort aufmache, dann kann ich mit der Parabolantenne den ganzen Friedhof belauschen und Fotos machen."

„Ich habe bei meinem Freund Tom zwölf Bilder ausgedruckt, die ich am Tag gemacht habe, als Ihre Tante beerdigt wurde."

Mats nahm einen kleinen Briefumschlag aus dem Regal und holte die Bilder heraus. Elf Bilder zählte Tobias und ließ die Bilder durch seine Hände gleiten. Wo war das zwölfte Bild?

Fast alle Fotos zeigten den Pastor mit einem oder mehreren der Trauergäste. Tobias erkannte außer Elfriede und Hartmut, Tristan und Brunhilde und auch den Notar. Seltsam, dachte Tobias, was der wohl auf der Beerdigung wollte? Mehrere ältere Damen und zwei weitere Männer waren ihm dagegen unbekannt. Tobias schüttelte unwillig den Kopf.

„Kennen Sie die Leute nicht alle?", fragte Mats. „Keine Sorge, zur Sicherheit habe ich eine Liste gemacht."

Er holte einen weiteren Zettel aus dem Briefumschlag und gab ihn Tobias. Dieser entfaltete ihn. Auf der Liste standen vierzehn Namen. Die vier Verwandten und zehn andere Teilnehmer, darunter auch Susanne Greuter. Einige Personen kannte er allerdings nicht. Ein Name stach ihm jedoch sofort ins Auge. Walter Treudelpfad. Konnte das möglich sein? Ob wohl auch die anderen Skatbrüder von Gerhard zur Trauerfeier gekommen waren?

„Wer von denen ist Walter Treudelpfad?", fragte er den Jungen.

Ein kleiner Finger deutete auf einen Mann im schwarzem Anzug.

„Wie bist du denn überhaupt zu den Namen gekommen?"

„Ich hatte schon befürchtet, dass Sie diese Frage gar nicht stellen würden", sagte der Junge verschmitzt. „Jeder musste sich vor der Trauerfeier in eine Liste eintragen. Das war der Wunsch der Verstorbenen."

Ungläubig sah Tobias den kleinen Mats an.

„Ist das nicht ziemlich ungewöhnlich?" fragte er weiter.

„Ja, das hat mein Stiefvater auch gesagt. Er hat das in seiner Zeit als Pastor auch nur ein weiteres Mal erlebt. Aber da das ein Wunsch der Verstorbenen war, hat er darauf bestanden, dass die Gäste sich in die Liste eintrugen."

„Seltsam", dachte Tobias laut. „Warum hat sie das nur getan?"

„Ich glaube, dass Ihre Tante geglaubt hat, dass ungewöhnliche Trauergäste kommen würden", sagte der Junge leise.

„Was ist ein ungewöhnlicher Trauergast?", fragte Tobias misstrauisch.

„Leute, die nicht kommen, um zu trauern. Es gab zwei Trauergäste, die sich nicht in die Liste eintragen wollten. Sie durften dann nicht an der Feier teilnehmen und in dieser Zeit auch nicht die Kirche betreten. Wiederum ein Wunsch der Verstorbenen."

„Das hört sich noch merkwürdiger an", sagte Tobias nun skeptisch.

„Aber es gab sie", beharrte der Kleine. „Ich bin ihnen extra aus meinem Baumhaus zum Parkplatz gefolgt. Sie sind dort ins Auto gestiegen und haben gewartet. Als die Trauerfeier zu Ende war, ist dann ein Mann gekommen, mit dem sie sich unterhalten haben. Hier, ich habe sie fotografiert."

Der Junge holte das zwölfte Foto aus einem anderen Umschlag. Es zeigte einen Mann und eine Frau in einem Auto. Ein weiterer Mann hockte neben der Fahrertür, er war aber nur in Rückansicht zu sehen. Dafür konnte man gut das Profil des Fahrers im Auto erkennen. Allerdings verdeckte er leider die Frau neben ihm, nur ihr langes Haar schaute hervor.

„Interessant", sagte Tobias und der Junge nickte heftig.

„Der da vor dem Auto ist Doktor Treudelpfad. Er hat bei der Beerdigungszeremonie aus Versehen die

Schaufel mit ins Grab geworfen. Mein Stiefvater hat gesagt, dass eine Schaufel als Grabbeigabe bedeutet, dass der Verstorbene sich damit wieder ausgraben soll. Aber vielleicht hatte er ein schlechtes Gewissen."

„Oder er hat einen Tatterich", grinste Tobias.

„Vielleicht", sagte der kleine Kerl. „Aber ich glaube, die hatten keine schönen Gedanken auf dem Friedhof. Ich hab sie mit der Parabolantenne belauscht."

Mats holte ein kleines Aufnahmegerät hervor und spielte eine verrauschte Sequenz ab: „Ich war bei ihr im Haus, aber alle Dokumente sind verschwunden … nichts zur Schweiz und … kein Schlüssel. Es muss bei der Alten sein. Jemand muss mit ihr reden. Am besten eine Frau … "

Der Junge stoppte die Aufnahme und sagte: „Der Rest ist zu undeutlich. Leider weiß ich auch nicht, wer da gesprochen hat."

Schade, das wäre zu interessant gewesen, dachte Tobias. Er machte Anstalten, sich zu verabschieden, doch der kleine Kerl zupfte an seinem Ärmel und räusperte sich, bis Tobias ihn fragend anschaute.

„Ihre Tante war im letzten Jahr einige Male hier auf dem Friedhof. Vielleicht hat sie geahnt, dass sie bald sterben würde. Mein Stiefvater hat sich bei diesen Gelegenheiten mit ihr unterhalten. Leider habe ich von den Gesprächen nichts mitbekommen, weil sie dann jedes Mal in die Kirche gegangen sind. Die ist nämlich abhörsicher! Aber es ist möglich, dass er Ihrer Tante erzählt hat, dass ich gerne lausche, und sie nur deshalb diese merkwürdigen Regeln für ihre Beerdigung aufgestellt hat."

Tobias hatte Mats zunächst stirnrunzelnd, dann staunend zugehört. Ob jemand Amalie vor ihrem Tod bedroht hatte und dieser Unbekannte auf der Trauerfeier sein Gesicht preisgeben musste? Immerhin wäre es ja interessant zu erfahren, mit welcher Begründung Leute zu einer Trauerfeier fahren und dann doch nicht daran teilnehmen. Kommissar Sommerdorf wäre auf die Antwort sicher auch recht gespannt. Vielleicht nichts, wofür man ins Gefängnis kommen würde, aber für ein schlechtes Gewissen könnte es eventuell schon reichen und erst recht für ein paar neue Informationen. Da unterbrach der kleine Kerl seine Gedanken mit einer weiteren Frage:

„Soll ich herausfinden, wie der Mann und die Frau heißen, mit denen sich Doktor Treudelpfad unterhalten hat?"

„Nein, das ist nicht nötig, das finde ich schon selber raus", sagte Tobias. Er wollte den Jungen nicht in Gefahr bringen.

„Aber ich habe das Autokennzeichen des Wagens und ich weiß, dass es ein Audi ist. Das Auto ist brandneu und wird von VW gewartet. Es gibt nur eine große VW-Werkstatt in der Stadt und der Vater meines Freundes Tom arbeitet dort. Bekomme ich den Job?"

Es gab anscheinend keine Möglichkeit mehr, Mats zu bremsen.

„Ja oder ja?", fragte der Sohn des Pastors grinsend. Tobias verzog das Gesicht zu einem schiefen Lächeln und nickte skeptisch.

„Ich bekomme dann fünfzig Euro Vorschuss."

Geschäftstüchtiger als von Runzelburg war er obendrein. Tobias zog sein Portemonnaie hervor und zupfte einen Fünfzig-Euro-Schein hervor. „Bekomme ich eine Quittung?"

„Nein. Quittungen von Minderjährigen sind juristisch wertlos." Musste der Kerl immer das letzte Wort haben?

Tobias dachte an den verdammten Rechtsanwalt aus der Skatrunde. Den könnte der junge Bursche doch auch auskundschaften.

„Es gibt da noch einen Rechtsanwalt namens Wortschneider. Der war ein guter Bekannter des Ehemannes von meiner verstorbenen Tante."

Der kleine Mats griff zu Stift und Papier und machte sich eilig einige Notizen. Dann blickte er Tobias fragend an.

„Ich brauche dann noch fünfzig Euro für die Spesen", meinte er schließlich, als nichts mehr kam.

Wieder Geld und das letzte Wort, dachte Tobias grimmig. Er öffnete erneut sein Portemonnaie und sah kopfschüttelnd auf die letzten sechs dicken Scheine, die er noch hatte.

„Wenn ich mal untertauchen muss, kannst du mir da was Preisgünstiges empfehlen?", erkundigte er sich amüsiert.

„Ja, hier bei mir im hölzernen Büro. Nur Donnerstagnachmittag geht's nicht, dann habe ich hier mit zwei Freunden Klubtreffen. Mit Verpflegung kostet das dreißig Euro pro Tag", erwiderte Mats ganz ernsthaft.

Gastfreundschaft war mal, dachte Tobias niedergeschlagen.

„Und wenn ich Klubmitglied werde?"

„Geht nicht, ist nicht für Erwachsene. Gute Nacht."

Der Junge öffnete die Klappe zur Leiter und gähnte. Tobias sollte jetzt offensichtlich verschwinden. Spätestens in zehn Jahren war der kleine Kerl bestimmt Chefagent beim FBI oder Aufsichtsratsvorsitzender der Pinkerton Corporation. Tobias zwängte sich mühsam durch den Ausgang hinaus und kletterte die Leiter hinunter. „Ciao", murmelte er noch. Er hatte das

Bild mit den beiden unbekannten Trauerfeiergästen vorsorglich mitgenommen und steckte es jetzt zum Foto, das die Teilnehmer der Skatrunde vor über zwanzig Jahren zeigte.

~~~

Als er eine knappe Stunde später leise und heimlich wieder in das Strohdachhaus zurückkehrte, war die Tür vom Flur zum Wohnzimmer einen Spaltbreit geöffnet.

Die beiden Frauen sahen im Wohnzimmer wieder einen alten Film. Das VHS-Gerät quietschte leise vor sich hin, als Tobias den Raum betrat und sich neben die beiden setzte. Yvonne rückte sofort näher an ihn heran und drückte ihm ein volles Bierglas in die Hand. Sie murmelte, das sei ein „Hitchy", ein Film von Alfred Hitchcock. Das Relikt aus den 30er-Jahren des letzten Jahrhunderts schien völlig die Aufmerksamkeit der beiden Frauen zu fesseln. Doch als er zu Helga schaute, bemerkte er, dass sie mit herabhängendem Kopf sanft schlummerte. Also war nur Yvonne ergriffen von der Handlung. Dann sah er es endlich: ein Liebespaar im Bett, allerdings vollständig angezogen und mit Handschellen aneinander gekettet. Bestimmt der Beginn der Flitterwochen, dachte Tobias sarkastisch. In diesem Moment ergriff Yvonne seine Hand und drückte sie. Wohlige Wärme breitete sich bis in seinen Arm aus. Er entspannte sich und döste kurz ein. Da bekam er jedoch einen wohldosierten Stoß gegen die Rippen, der ihn wieder wach machte. Schließlich vernahm er eine Musik, die sich so anhörte, als ob sie das Ende des Films verkündete. Er seufzte erleichtert auf, doch nun fing Yvonne an zu reden:

„Was würdest du tun, wenn morgen der letzte Tag deines Lebens wäre, Tobias?"

Verblüfft schaute er sie an. Ein düsterer Schatten lag über ihrem Gesicht. Er richtete sich etwas auf und atmete einmal tief durch. Es war vielleicht am besten, sich nicht zu tief auf ein solches Thema einzulassen, dachte er.

„Wenn ich meine dumme Erbschaftsangelegenheit endlich hinter mich gebracht habe, dann könnten wir ja vielleicht mal was Schönes zusammen unternehmen?"

Yvonne war nicht überrascht über diesen Vorschlag, doch eine leise Enttäuschung spiegelte sich in ihren Augen wider. Sie seufzte nur, dann irrte ihr Blick langsam an ihm vorbei durchs Zimmer und wieder zurück auf den Bildschirm. Er hatte plötzlich ein schlechtes Gewissen. Ohne die beiden Frauen, vor allem ohne Yvonne, hätte er die letzten Tage niemals durchgestanden, dachte er wehmütig.

„Warst du schon mal auf Fuerteventura?", fragte er. Der Fernseher rauschte vor sich hin und er musste an das Meer denken. „Man kann dort herrliche Spaziergänge am Strand machen."

Sie nickte, doch eine Frage folgte:

„Wo warst du?", fragte sie, ohne die Augen vom Bildschirm abzuwenden.

„Bei meinem Detektiv", gestand Tobias und sah sie unsicher an. Sie rollte mit den Augen, deshalb setzte er sich zu ihr.

„Omi, aufwachen", flüsterte Yvonne Helga ins Ohr. Die Augenlider der alten Frau klappten kurz auf.

„Ist der Film schon zu Ende? Dann muss ich jetzt wohl ins Bett."

Ein kurzes Tasten ihrer Füße nach den Pantoffeln auf dem Boden, gefolgt von einem mühsamen Ächzen. Dann der Kampf des alten Körpers mit der Schwerkraft. Geschafft! Mit ein paar Schritten torkelte sie zur Tür. Dann stampfte sie mühsam die Treppe hinauf und das unheimliche Knarren ihrer Schlafzimmertür folgte.

„Ich mache dir einen leichten Espresso, Tobias. Und dann erzählst du mir, was du heute alles erreicht hast."

Er protestierte. Vergeblich. Yvonne war schon in der Küche verschwunden und kam nur zwei Minuten später mit zwei Bechern zurück.

„Da, trink! Das weckt dich wieder ein bisschen auf."

Er roch an dem Becher. Betörender Kaffeegeruch. Was mochte Yvonne noch alles vorhaben? Er nippte an der Flüssigkeit. Allein der Geschmack weckte ihn auf und ein wohliges Gefühl bemächtigte sich seines Körpers. Erst ein kleiner Schluck, dann noch einer und plötzlich hatte er das Gefühl, als ob jemand eine Turbopumpe in seinem Nacken angemacht hätte. Da bemerkte er Yvonnes Hand, mit der sie seinen Hinterkopf streichelte.

Sie deutete auf die Couch. Kurze Zeit später lag er dort mit nacktem Oberkörper und erneut tasteten ihre Hände über seinen Rücken und tauchten in seine verspannten Muskeln ein. Als sie an seinem Nacken angekommen war, verstärkte sie den Druck. Es war dicht an der Schmerzgrenze.

„Hast du dir schon mal in deinem Leben Kinder gewünscht, Tobias?"

Sie wollte also Kinder haben, damit war sie einen Schritt weiter als er.

„Man muss dem anderen uneingeschränkt vertrauen können, wenn man mit ihm Kinder großziehen möchte, Yvonne", erwog er vorsichtig.

„Und kann ich dir vertrauen, Tobias?"

Eine Gegenfrage, aus der Zweifel sprachen! Nun erwachte das Misstrauen richtig in ihm. Er drehte sich auf die Seite, sodass er sie sehen konnte. Irgendwie war sie heute Abend anders. Etwas war nicht in Ordnung. Er hatte die Stirn wohl zu sehr gerunzelt oder sie zu sehr mit Blicken bedrängt, denn sie heftete ihre Augen nun wieder an die Wand hinter ihm.

„Ich habe mich in dich verliebt, Tobias, aber ich bin auch Kommissarin und weiß meistens, wann mich Leute anlügen. Ich habe heute einen kleinen Spaziergang zu Bauer Clausen gemacht und von dort aus bei der Reparaturwerkstatt angerufen. Mein Plan war es nämlich, dein Auto dort für dich abzuholen. Sie hatten aber kein Auto mit deinem Kennzeichen in ihrer Werkstatt. Nach ein paar Minuten im Internet habe ich dann herausgefunden, dass du von der Polizei gesucht wirst. Also, erzähl mir, was wirklich los ist."

Tobias Gesicht lief rot an. Verlegen beobachtete er sie. Doch sie schaute ihm nicht in die Augen, sondern immer noch an die Wand. Sie wollte keine Lügen mehr hören, sie wollte die Wahrheit! Seine Gefühle schwankten zwischen Wut, Angst und Scham hin und her. Schließlich setzte er sich aufrecht hin und fühlte sich trotzdem winzig klein und wehrlos. Dann begann er zu erzählen und in dem Moment schaute sie ihm wieder in die Augen. Er fühlte ihren Blick und wusste, dass sie nicht mehr wegsehen würde. Als er geendet hatte, schwieg sie eine Weile und schien zu überlegen.

„Hast du in der Zeit nach der Testamentseröffnung und vor dem Mord mit irgendjemandem über deine Absichten, was du mit dem Haus vorhast, geredet?", fragte Yvonne.

„Eigentlich nur mit meinem Bruder", sagte Tobias stirnrunzelnd. Yvonne wartete und beobachtete sein Schweigen, bis sie sagte:

„Ich kann mir nicht vorstellen, dass eine der drei Personen, die dich im Garten von Frau Greuter gesehen haben, der Mörder ist."

Sie schwieg erneut und dachte einige Momente nach.

„Also muss jemand anderes von dem Streit zwischen dir und Frau Greuter erfahren haben. Es könnte ein Nachbar gewesen sein, aber ich tippe auf deinen Bruder. Er muss es jemandem erzählt haben. Allerdings ist gar nicht so wichtig, wer das gewesen ist. Viel wichtiger ist die Frage, wer sich mit Frau Greuter worüber gestritten hat."

Wieder machte sie eine Pause und schaute ihn liebevoll an.

„Und der Mörder ist also Linkshänder, wie du auch? Gibt es in der Skatrunde vielleicht einen Linkshänder?"

„Von Runzelburg hatte die Bierdose in der linken Hand", fiel Tobias ein. Yvonne legte ihren Kopf schief und runzelte die Stirn. „Das ist noch kein eindeutiger Beweis. Wie sieht es mit den anderen beiden aus?"

Tobias zuckte die Schultern.

„Macht nichts", sagte Yvonne zuversichtlich. „Das sind Dinge, die wir leicht rausfinden können. Aber was ist mit deinem Motiv und der Gelegenheit? Klar, die Mordwaffe war in deinem Besitz und eine passende Gelegenheit hattest du auch. Aber wo ist dein Motiv? Das bereitet dem Kommissar sicherlich Kopfschmerzen. Du bist bestimmt nicht mit der Absicht zur Nachbarin gegangen, ihr wegen ein paar abgeknickter Blumen mit dem Golfschläger den Kopf einzuschlagen. Natürlich, möglich wäre das schon, aber ich traue dir das nicht zu, Tobias. Und wenn er nachdenken kann, wird der Kommissar diese Variante des Tatablaufs auch nicht für schlüssig halten."

Sie lächelte gewinnend. Tobias schnappte nach ihrer Hand und zog sie an sich.

„Dann ist entweder dein Bruder der Mörder, oder der Mörder hat von ihm oder über einen Dritten erfahren, was du mit dem Haus vorhast. Was hast du ihm über deine Absichten gesagt?"

Tobias schüttelte den Kopf. Unmöglich, dass Tristan der Mörder sein sollte. Er schaute Yvonne wütend an. Doch sie lächelte nur, als ob das seinen Bruder von diesem bösartigen Verdacht befreit hätte.

„Dass ich das Haus verkaufen muss, hab ich ihm gesagt, und zwar so schnell wie möglich. Die Kosten für ein neues Strohdach und die Ausbesserungen am Dachstuhl erreichen schon fast ein Drittel vom Grundstückswert. Und wenn dann auch noch die Holzkonstruktion für den Fußboden im Dachgeschoss gelitten hat … Ich kann es doch nicht behalten, nur weil da möglicherweise irgendwo ein unsichtbarer Schatz drin sein soll."

„Nein, natürlich nicht", sagte Yvonne und lächelte immer noch, während sie nun auch noch seine Hand streichelte.

„Aber wenn sich der Mörder ganz sicher ist, dass sich irgendwo da drin wirklich ein Schatz befindet, dann ist es natürlich unschön, wenn das Haus plötzlich den Besitzer wechselt und der neue es womöglich abreißen lässt, weil er etwas Größeres haben will. Es sei denn, der Mörder kauft es über einen Strohmann selbst. Vielleicht sogar über deinen Bruder. Ich vermute, dass Tristan deine finanziellen Interessen regeln

würde, wenn du für längere Zeit im Gefängnis steck-
test?"

Tobias nickte zwar, aber gleichzeitig entfuhr ihm
ein energisches „Nein".

„Dein Bruder kennt mit Sicherheit den Mörder oder
jemanden, der ihn kennt", stellte Yvonne fest. „Wir
müssen versuchen, das Geld zu finden, denn daran ist
noch jemand anderes stark interessiert. Außerdem
solltest du mit deinem Bruder reden."

Sie drückte noch einmal seine Hand.

„Gibt es sonst noch etwas, was ich wissen muss?"

Tobias berichtete von der merkwürdigen Inschrift
auf dem Grabstein. Dann zeigte er ihr die Bilder von
der Beerdigung der Tante. Interessiert hörte Yvonne
zu, doch ihre einzige Schlussfolgerung lautete:

„Das ist alles zu wenig. Du brauchst mehr als nur
vage Andeutungen. Etwas Handfestes. Entweder den
Schatz selbst oder irgendwelche Papiere oder Dokumente, die dich zu seinem Besitzer machen, Tobias."

„Aber ich habe die Aktenordner alle durchgesehen", jammerte er. „Fast alle Fotoalben sind wir hier
durchgegangen. Die Briefe waren alle zu Päckchen
verschnürt, völlig unberührt, und die hätte doch jemand öffnen müssen. Nichts. Kein Hinweis war zu
finden. Ich weiß nicht, wo ich noch suchen soll!"

Yvonne dachte nach und meinte schließlich:

„Gerhard war sicherlich nicht dumm. Er wusste,
dass er es den Schnüfflern vom Finanzamt nicht einfach machen durfte. Ich glaube nicht, dass etwas in
den Aktenordnern zu finden ist. Aber irgendwo im
Haus muss es einen Hinweis geben, Tobias. Wir müssen eben noch einmal hinfahren und suchen."

10
Eine neue Spur

Eine halbe Stunde später hatte er Yvonnes Auto erneut nahe des Strohdachhauses im Wohnviertel St. Jürgen in Schleswig geparkt. Er stand mit Yvonne vor dem Eingang. Da weit und breit kein Auto zu sehen war, beschlossen sie, die Haustür zu benutzen. Leider passte der Schlüssel nicht mehr. Offensichtlich hatte die Polizei das Schloss ausgewechselt. Tobias wollte es daraufhin mit Gewalt versuchen. Er fand im Gartenhäuschen ein Brecheisen und hebelte damit die Terrassentür hoch. Das polizeiliche rot-weiße Klebeband wirkte nicht sehr abschreckend auf ihn. Yvonne meckerte zwar etwas von Einbruch, aber es ging um seine Zukunft und schließlich war es ja sein Haus.

Kurz darauf saßen sie vor dem großen Aktenschrank auf dem Boden und sahen die vielen Ordner erneut durch. Diesmal waren sie allerdings auf der Suche nach den Namen Treudelpfad und Wortschneider. Yvonne wurde recht schnell fündig, als sie einen alten Aktenordner mit Bankbelegen aufschlug und durchblätterte. Dort war ein Angebot über den Erwerb von Wertpapieren im Wert von 3,8 Millionen Mark abgeheftet, ausgestellt von einem Christof Wortschneider, der für eine Hamburger Bank arbeitete: R&K-Bank. Der jährlich garantierte Wertzuwachs lag bei sieben Prozent. Das Angebot war etwa ein Jahr vor Gerhards Tod datiert. In den Bankbelegen waren allerdings keine Transaktionen, die dazu passten, vermerkt. Offenbar hatte Amalies Mann noch andere Konten besessen. Dieser Beleg war wohl nur aus Versehen in diesen Ordner gelangt, der eigentlich nur für Arztrechnungen gedacht war, die überwiegend den Namen „Dr. Treudelpfad" trugen. 3,8 Millionen Mark! Zum ersten Mal tauchte hier eine Summe auf, die bewies, dass Onkel Gerhard vor über zwanzig Jahren viel Geld gehabt haben musste.

Etwa zehn Jahre später wurde Amalie durch einen Rechtsanwalt namens Franz Wortschneider bei einer Rechtsstreitigkeit anlässlich eines Verkehrsunfalls vertreten. Vor fünf Jahren hatte er ihr dann eine Zusatzpflegeversicherung angeboten, die sie auch abgeschlossen hatte. Das fand er in einem Ordner mit Versicherungsdokumenten von Tante Amalie.

Franz und Christof Wortschneider, wahrscheinlich waren das Brüder. Einer Rechtsanwalt und der andere arbeitete für eine Bank. Langsam passte es zusammen. Aber immer noch fehlte der Beleg darüber, dass es dieses Geld wirklich gab.

Fast zwei Stunden stöberten sie in alten Ordnern und Papieren herum, doch sie fanden nur Indizien, die auf mögliche krumme Geschäfte des Herrn Wortschneider hinwiesen. Bei Doktor Treudelpfad war es noch weniger: eine Bescheinigung, die Amalie verminderte berufliche Leistungsfähigkeit bescheinigte. Sie war mit medizinischen Fachbegriffen gespickt, die Tobias gänzlich unbekannt waren.

Müde legte sich Tobias auf den Teppich und schaute an die Decke. Das Bücherregal über dem Aktenschrank geriet dadurch in sein Blickfeld. Einige sehr alte Bücher standen darauf, darunter sogar eine Bibel, die er bisher übersehen hatte. Sofort fiel ihm die Inschrift auf Amalies Grabstein ein. Er stand auf und holte das Buch herunter. Nach einigem Suchen fand er die Stelle mit dem Zitat von Tobias von Ninive. Nachdenklich wanderten seine Augen über die Seite. Da bemerkte er einen undeutlichen Bleistifteintrag. „Herzogsgrab" stand dort. Ob das etwas zu bedeuten hatte? In der Bibel gab es Könige, aber doch keine Herzöge? Heute fühlte er sich allerdings diesem neuen Rätsel nicht mehr gewachsen.

In Yvonne jedoch wurde der Jagdinstinkt geweckt. „Lass mal sehen", forderte sie und betrachte die Schrift genauer. Dann suchte sie die alten Bankbelege von Gerhard heraus.

„Das ist Gerhards Schrift. War er etwa doch gläubig?", fragte sie.

Tobias Neugier und Interesse erwachten wieder. Warum hatte Gerhard diese merkwürdige Anmerkung in Elfriedes Familienbibel geschrieben?

„Nein, nicht, dass ich wüsste", murmelte er. „Elfriede war diejenige, die regelmäßig in die Kirche ging. Er begleitete sie nur zu Weihnachten, am Heiligabend, und das auch nicht immer. So hat sie es mir zumindest erzählt."

„Vielleicht ist dieser Eintrag ein Hinweis auf das Versteck des Geldes. Den hat dein Onkel extra Amalie gegeben, damit sie ganz leicht die Millionen findet. Quasi der Beginn einer Schnitzeljagd", erwog Yvonne.

„Möglich wäre das", stimmte Tobias ihr zu. „Nur Amalie hätte dieser Bibelstelle eine besondere Bedeutung zugedacht. Aber wie sollen wir herausfinden, welche Bedeutung das Wort „Herzogsgrab" für sie hatte?"

Yvonne nickte. Was mochte sich hinter diesem Wort oder diesem Ort verbergen? Sie gaben die Suche auf.

Es war schon weit nach Mitternacht, als sie das Haus verließen, und eine halbe Stunde später bei den

Staudackers eintrafen. Leise schlichen sie die Treppe hinauf und fielen todmüde ins Bett.

~~~

Am nächsten Morgen erwachte Tobias allerdings schon kurz vor acht. Als er zum Frühstück nach unten kam, saß eine auffällig stille Helga am Tisch und blätterte in der Tageszeitung. Woher hatte sie diese verdammte Zeitung?, schoss es ihm durch den Kopf. Unruhig griff er nach der Kaffeetasse und murmelte nervös: „Morgen, Helga."

Zu hastig füllte er die Tasse, sodass der Kaffee überschwappte. Statt sich ein Stück Brot abzuschneiden, nahm er sich einige Seiten der Tageszeitung und blätterte sie eilig durch.

„Suchst du das hier?", fragte ihn Helga und hielt ihm ein etwas missglücktes, altes Passbild von ihm vor die Nase. Es war immerhin nicht das Titelblatt! „Zeuge und möglicher Tatverdächtiger in einem Mordfall an alter Frau dringend gesucht", las er aufgeregt. Er legte seine Zeitungsblätter zurück und blickte in Helgas prüfendes Gesicht. Entweder hatte die Polizei die Spuren noch nicht eindeutig ausgewertet oder es bestanden Zweifel daran, dass er der Täter war.

„Kein schönes Foto von mir", kommentierte Tobias und bemängelte dann: „Und der Text ist noch übler."

Er erzählte Helga alles, was wirklich geschehen war, was er herausgefunden hatte und was er jetzt vermutete. Diese dachte kurz nach. Dann faltete sie das Zeitungsblatt mit dem hässlichen Foto zusammen.

„Kannst du die Seite oben auf den Küchenschrank hinter die alte Kaffeekanne schieben? Ich will nicht, dass Yvonne davon erfährt und sich die Augen ausweint, weil sie so verliebt in dich ist. Hinter meiner schönen Kanne wird sie niemals nachschauen. Die mag sie nämlich nicht. Und du, junger Mann, sagst kein Wort!"

Tobias ahnte Böses, als er das Zeitungsblatt zusammenfaltete und sah, wie Helgas Gesicht sich langsam vor Wut verzerrte und rot anlief. Schnell tat er wie ihm geheißen, aber kaum war die Zeitung oben auf dem Küchenschrank verschwunden, da fauchte ihn die alte Frau energisch an:

„Und jetzt halte ich es für das beste, wenn du dein Fahrrad nimmst und von hier verschwindest."

Tobias schob sich ein wenig vom Tisch weg, denn die alte Dame hatte ihre Hände zu Fäusten geballt und unterstrich ihre Worte mit einigen drohenden Gesten in seine Richtung. Er hob ihr seine leeren Handflächen entgegen und versuchte zu beschwichtigen.

„Die Polizei hat keine Beweise gegen mich. Sie finden den wahren Täter nur nicht und glauben, sie könnten mir diesen Job schmackhaft machen."

„Das ist ja wohl der Gipfel! Du versuchst dich nur rauszureden", schrie Helga nun.

Da ging die Tür auf und Yvonne kam, nur mit dem Nachthemd bekleidet, in die Küche.

„Omi, gibt es einen Grund, am frühen Morgen so rumzuschreien?"

Sie setzte sich mit müden Augen an den Tisch, griff sich eine der starren Fäuste ihrer Großmutter und streichelte sie. Die Anspannung in Helgas Gesicht ließ nach, aber sie zeigte mit der freien Hand auf Tobias und flüsterte leise wie eine Verschwörerin: „Er ist ein Mörder. Die Polizei sucht ihn."

„Ich weiß, Omi", sagte Yvonne verschlafen und ließ die Hand ihrer Großmutter los. Stattdessen griff sie nach der Kaffeekanne und schüttete sich etwas von der heißen Flüssigkeit in einen Becher.

„Du weißt das?!", stöhnte Helga entsetzt. „Aber Kind ... "

„Ich hab gestern mit ihm geredet und glaube an seine Unschuld. Vertrau mir Omi."

Helga lehnte sich zurück und seufzte, aber ihre Körperhaltung drückte zunehmende Ruhe aus. Sie schaute zwischen Tobias und Yvonne unsicher hin und her. Yvonne schob inzwischen Tobias den Rest der Zeitung zu.

„Die tust du am besten oben auf den Küchenschrank. Wir haben die Zeitung nie durchgesehen. Und du hältst den Mund, Omi, falls die Polizei hier auftauchen sollte. Erzähl einfach nur die Geschichte, die Tobias uns aufgetischt hat."

Nach einer kurzen Bedenkzeit nickte Helga ergeben.

„So und ich glaube, dass Tobias nach dem Frühstück noch ein paar Auskünfte bei seinem Onkel und seiner Tante zu seiner Erbschaft einholen möchte. Wir beide, Omi, unterhalten uns währenddessen über Tobias Finanzprobleme und über einen Ort namens ‚Herzogsgrab'. Allerdings werde ich erst frühstücken und dann duschen. Ach, und heute lässt du das Auto am besten hier, Tobias."

Bevor Tobias aufbrach, schickte er noch eine SMS an Mats, seinen kleinen Privatdetektiv:

„Lieber Mats, ich habe gestern herausgefunden, dass ein Ort namens ‚Herzogsgrab' eine wichtige Rolle bei der Beantwortung der Frage, wo Gerhard das Geld versteckt haben könnte, spielt. Weißt du, wo dieser Ort liegen könnte?"

~~~

Eine halbe Stunde später saß Tobias im Wohnzimmer der Tante. Seine Schwester Brunhilde war ebenfalls zu Besuch gekommen und saß Elfriede gegenüber am Tisch. Beide hatten ihr Strickzeug in den Händen und strickten anscheinend um die Wette. Sie hatten sich in das wichtige und tiefsinnige Thema vertieft, ob es für Brunhilde Sinn machte, ihren langjährigen Freund Klaus zu heiraten.

„Schmeißt er immer noch mit Pantoffeln nach dir, wenn er wütend ist?", fragte Elfriede.

„Nicht mehr, seit ich einmal zurückgeworfen haben. Er hatte nämlich danach einen kurzen Blackout."

„Wie kam denn das?"

„Er hat über meine Kochkünste gelästert und einen Pantoffel nach mir geschleudert. Aus Versehen ist mir da sein Frühstücksei in den Pantoffel gefallen, bevor ich ihn zurückgeworfen habe. Das Eigelb lief ihm übers Gesicht – was für ein schöner und lustiger Anblick. Nur leider musste ich Klaus Kopf dann ganz schnell mit kaltem Wasser kühlen und den Pantoffel in einem Eimer einweichen."

„Warum willst du ihn denn unbedingt heiraten?"

Brunhilde seufzte.

„Manchmal ist er so richtig lieb zu mir. Na ja und mein Job nervt immer mehr. Früher wollte Klaus, dass ich aufhöre zu arbeiten, aber ich nicht."

„Und jetzt? Will er immer noch, dass du aufhörst?"

„Weiß ich nicht. Dabei wäre es so einfach. Er verdient das Doppelte von dem, was ich bekomme."

„Und was willst du mit der ganzen freien Zeit machen?"

„Es gibt so schöne Kurse an der Volkshochschule: ‚Ökotrophologie mit Meditation' oder ‚Rosenkulturen mit Beethoven'. Eben sowas."

Tobias, der bereits vor zehn Minuten das Wohnzimmer betreten hatte, fühlte sich wie das fünfte Rad am Wagen. Die Damen ließen sich einfach nicht stören. Deshalb beschloss er dazwischenzugehen.

„Oder ‚Golfspielen für Tauläufer'", schlug er nun vor, um das Gespräch in eine andere Richtung zu lenken. Obwohl es natürlich schrecklich sein musste, mit nackten Füßen über frisch gedüngtes Gras zu laufen, dachte er.

„Hat der olle Kommissar dich eigentlich mittlerweile gefunden?", fragte ihn Brunhilde.

„Er wollte nur wissen, ob Tante Amalie und Frau Greuter sich näher gekannt und ob sie deshalb ihre Haustürschlüssel für Notfälle ausgetauscht hatten", log Tobias.

„Komisch", bemerkte Brunhilde. „Ich habe geglaubt, dass der Kommissar dich festnehmen wollte, um dich zwanzig Jahre lang ins Gefängnis zu sperren. Das fand ich ziemlich gemein von ihm." Nach einer kurzen Pause erzählte sie weiter: „Amalie war mit Susanne Greuter auf der pädagogischen Hochschule in Flensburg. Sie waren damals enge Freundinnen. Deshalb tauschten sie auch später als Nachbarinnen ihre Wohnungsschlüssel aus. Aber vor fünf Jahren ist bei Amalie irgendetwas weggekommen. Ein Aktenordner, der wohl wichtig war."

Tobias hatte spitze Ohren bekommen.

„Woher weißt du das denn alles?"

„Das hab ich ihr mal erzählt", mischte sich nun Elfriede ein, ohne von ihrem Strickprojekt aufzuschauen. „Der Kommissar war übrigens auch hier und hat gefragt, wo du dich versteckt haben könntest? Was ich dir denn von der Obrigkeit ausrichten soll, hab ich ihn gefragt. Dass es besser für dich wäre, dich zu stellen, hat der arme Mann dann gesagt. Ob ich dir einen Mord zutrauen würde, wollte er außerdem noch wissen. Ich hab ihm gesagt, dass ich ihm eher Fehler bei seiner Ermittlungsarbeit zutrauen würde als dir einen Mord."

„So?" sagte Tobias und wusste nicht, ob er sich über diese unvermutete Unterstützung wirklich freuen sollte, besonders, als Elfriede ihn verschwörerisch anlächelte. Aber etwas Anderes interessierte ihn noch mehr.

„Ich erinnere mich an die Sache mit dem verschwundenen Aktenordner. Du hattest mir schon einmal davon erzählt, Tantchen. Trotzdem: Kannst Du mir bitte genau schildern, was damals passierte? Du weißt doch immer so gut Bescheid", schmeichelte er. Insgeheim hoffte er auf weitere hilfreiche Informationen.

Das Lächeln seiner Tante wurde noch breiter. Dann legte Elfriede den Kopf schief und überlegte.

„Es ging wohl um die Vermögenskonten von Gerhard und Amalie. Ein Aktenordner mit den Kontoauszügen und Abrechnungen war verschwunden. Und da niemand in das Strohdachhaus eingebrochen war, lag der Verdacht nahe, dass Susanne Greuter ihn entwendet hatte. Das glaubte zumindest Amalie. Susanne behauptete dagegen, diesen Aktenordner niemals gesehen zu haben. Als Folge dieses Vorfalls hat Amalie die Konten dann aufgelöst und ihr Geld bei einer anderen Bank angelegt. Das hat sie jedenfalls gesagt. Es ging immerhin um fünfzigtausend Euro. Naja, viel genützt hat es ja nicht, denn der neue Fond, in den sie es investiert hat, hat ja eine tolle Talfahrt hingelegt. Nur etwa fünftausend Euro sind ihr geblieben", meinte sie kopfschüttelnd.

Leider wiederholte sie damit nur Altbekanntes. Seltsam, dachte Tobias, nichts über die 3,8 Millionen

Mark, von deren Existenz er erst gestern erfahren hatte. Ob Elfriede nichts von dem Geld wusste?

„Und wie war das mit Susanne Greuter? Hatte die womöglich einen Erben, der ihr übel gesonnen war, oder Kinder, mit denen sie sich zerstritten hatte?", forschte Tobias weiter.

„Susanne hatte keine Kinder", sagte Elfriede bestimmt, „sie hat nur eine Schwester, Rebecca Ebenreuter. Aber die lebt in einem Pflegeheim, obwohl sie fünf Jahre jünger ist. Sie hatte einen wirklich tüchtigen Mann geheiratet, der aber viel zu früh an einem Herzinfarkt gestorben ist."

„Steckt Frau Ebenreuter etwa in finanziellen Schwierigkeiten?", erwog Tobias nun.

„Unsinn! Der Oberlandesgerichtsrat Ebenreuter hatte ein Riesenhaus. Deshalb bekommt Frau Ebenreuter eine fantastische Rente und kann ihre Pflege locker alleine bezahlen. Leider ist sie nicht mehr so ganz bei Trost und muss daher rund um die Uhr betreut werden. Doktor Treudelpfad hat sie überzeugt, dass es besser sei, wenn sie im Pflegeheim bliebe und Franz Wortschneider hat ein entsprechendes juristisches Dokument aufgesetzt. Ihr Vermögen ist bei der R&K Pflegestiftung angelegt und wird von Christof Wortschneider verwaltet. Damit ist sie bis zu ihrem Lebensende abgesichert. Nach ihrem Tod wird das restliche Geld dann dort verbleiben und anderen alten Menschen zugute kommt. Und natürlich auch den Verwaltern, die diese Institution betreiben."

Tobias hatte eine ungefähre Vorstellung, wer alles die Nutznießer der R&K Pflegestiftung waren.

Alle weiteren Fragen zu den beiden Schwestern, die Tobias noch stellte, konnte Elfriede nicht mehr beantworten. Dafür erfuhr er etwas Interessantes von Brunhilde:

„Wenn dich diese Konten so sehr interessieren, dann frag doch Louise, Hartmuts Halbschwester."

„Wieso?", fragte Tobias völlig überrascht. Ein schneller Blick zu Elfriede zeigte ihm, dass sie erschrocken mit dem Stricken innehielt. Doch Brunhilde fuhr fort:

„Weil sie Gerhard vor über zwanzig Jahren ein Anlageprojekt bei der R&K Bank vermitteln wollte. Sie hatte damals doch gerade eine Stelle bei dieser Bank bekommen. Ihr damaliger Freund Christof arbeitete auch dort."

„Christof Wortschneider vielleicht?", fragte Tobias neugierig.

„Ja, genau der", sagte Brunhilde, ohne vom Stricken aufzublicken. Tobias staunte sie mit offenem Mund an.

„Und außerdem: Mal ehrlich, Elfriede, Susanne und Amalie waren doch immer schon beste Freundinnen. Gemeinsamer Urlaub auf den Kanaren usw. Jedes Jahr habe ich von Amalie eine Karte bekommen, auf der stand: ‚Liege zusammen mit Susi auf unserem Balkon und brate in der Sonne.' Selbst im Jahr des großen Streits hat sie mir noch einen solchen Gruß geschrieben. Manchmal denke ich, dass dieser ganze Streit nur getürkt war. So wichtig war dieser dumme Aktenordner nun auch nicht."

Elfriede warf ihr Strickzeug auf den Tisch und sagte gereizt: „Ich mach einen neuen Tee, der alte ist zu kalt geworden."

11
Louise

Tobias wollte gerade wieder aufbrechen, als Elfriede noch etwas einfiel:

„Louise hat bei uns heute Morgen angerufen. Sie wollte sich mit Hartmut am Badeplatz treffen."

„Welcher Badeplatz denn?", fragte Tobias.

„Sie meinte wohl den Badeplatz am Wittensee, glaube ich. Aber vielleicht auch den am Bistensee. Aber egal. Jedenfalls ist Hartmut kurz darauf weggefahren, um sie zu treffen. Er hat allerdings noch gesagt, dass Louise nach dir gefragt habe, Tobias, und sie lässt dich schön grüßen. Ist das nicht nett von ihr? Wo du sie doch gar nicht kennst?"

Das fand Tobias auch. Er konnte sich nicht daran erinnern, Louise jemals begegnet zu sein. Ob ihr Interesse wohl von seinem heute veröffentlichten Fahndungsfoto herrührte? Eins war jedoch klar: Sie wusste mit Sicherheit erheblich mehr über Gerhards und Amalies frühere Beziehungen zur R&K Bank und zu Christof Wortschneider. Vielleicht war Louise ja immer noch mit diesem Finanzspezialisten zusammen?

Als er noch überlegte, ob er auf Hartmuts Rückkehr warten sollte, ging die Haustür auf. Kurz darauf trat sein Onkel ins Wohnzimmer, knallte die Zimmertür hinter sich zu und warf sich erschöpft in einen der Sessel. Als er Tobias sah, verfinsterte sich sein Gesicht.

„Du hast wohl kein Zuhause mehr? Louise lässt dich schön grüßen und will sich mit dir treffen, am Badeplatz vom Wittensee, heute Abend."

Tobias wollte gerade nach dem Grund fragen, als es an der Haustür klingelte.

„Wer mag das sein?", fragte Elfriede.

„Ich schau mal in der Küche aus dem Fenster", meinte Hartmut.

Elfriede legte ihr Strickzeug auf den Tisch, trat an das große Wohnzimmerfenster und sah hinaus. Dann schimpfte sie:

„Da steht einer neben unserem Holzschaukelstuhl im Garten und gähnt. Das ist doch unerhört! Niemand aus dem Dorf würde sich das trauen."

Nun klingelte es erneut mehrmals an der Haustür. Hartmut kam aufgeregt aus der Küche zurück und flüsterte:

„Der Kommissar steht mit einem Kollegen vor der Tür."

Dann wandte er sich zur Haustür um und knurrte laut:

„Ja doch, ich komm ja schon!" Und dann leise an Tobias gewandt:

„Los, runter mit dir in den Keller! Wenn sie dich finden, sagst du einfach, wir hätten dich vor zehn Minuten rausgeschmissen und du hättest vor Schreck und Panik den Ausgang nicht gefunden."

Er schob Tobias zu einer schmalen Tür und drückte die Klinke. Eine steile Treppe führte hinunter in die Dunkelheit. Tobias zog den Kopf ein und schlich leise nach unten. Die Tür ging hinter ihm zu und wurde dann abgeschlossen. Als er unten ankam, hörte er, wie ein erstaunter Hartmut freudig sagte:

„Ach Herr Kommissar, das ist aber nett, dass Sie uns auch mal wieder besuchen. Wie geht es denn Ihrer Frau?"

„Sparen Sie sich Ihre blöden Kommentare! Wir suchen ihren Neffen Tobias. Ist er hier?"

„Ach Herr Kommissar, wenn ich jetzt Nein sage, dann würden Sie mir ja wieder mal nicht glauben oder etwa doch?"

„Drochtersen, gehen Sie nach oben. Ich schaue ins Wohnzimmer."

Tobias tastete sich durch die Dunkelheit. Eine von drei Türen im Keller war offen. Dahinter befand sich ein großer Raum, der voller Gerümpel und Kartons war. Ein winziges Fenster spendete etwas Licht. In einer Ecke sah er drei alte Golfschläger, darunter unverkennbar ein Sand-Wedge. Der Schlägertyp, der als Mordwaffe benutzt worden war. Ein kalter Schauer fuhr durch seine Brust. Hartmut spielte also immer noch gelegentlich Golf. Eigentlich war er Rechtshänder, aber er hatte ihn auch schon mit links Nägel einschlagen sehen.

Es roch nach Verwesung. Eine Rattenfalle, in der sich eine Tierleiche verfangen hatte, war schemenhaft am Boden zu erkennen. Tobias wurde übel, er ging schnell daran vorbei zu dem kleinen Fenster in der Tür und schaute hinaus. Nur eine dunkle Mauer und das winzige Stückchen eines Geländers waren dort zu sehen. Die eigentliche Treppe nach oben war unsichtbar. Er drückte die Klinke herunter, doch es war abgeschlossen. Da bemerkte er, dass der Schlüssel steckte. Draußen wartete sicher der Polizist, den Elfriede vom Wohnzimmer aus gesehen hatte, überlegte er. Wenn er also den Schlüssel im Schloss bewegte, dann konnte der Mann das vielleicht hören. Plötzlich ging auf der Straße ein Anlasser an. Tobias nutzte die Gelegenheit, um die Tür aufzuschließen und den Schlüssel abzuziehen. Doch diese Tür ging nach außen auf, nicht nach innen. Eine Fehlkonstruktion, dachte er.

Da hörte er hinter sich Geräusche auf der Treppe. Jemand hatte die Kellertür geöffnet und kam die Stufen herunter. Tobias Herz fing an zu rasen. Im gleichen Moment gab das Auto draußen Gas. Blitzschnell öffnete er die Tür und trat hinaus. Dann schloss er sie vorsichtig wieder. Er lauschte ins Freie: ein wippendes Geräusch vom hölzernen Schaukelstuhl. Tobias fluchte leise: Hinter ihm der Mann, der den Keller durchsuchte; über ihm der Mann im Schaukelstuhl, der das Haus beobachtete. Er duckte sich und drückte sich eng an die Wand. Ängstlich schaute er nach oben zum Fenster in der Kellertür. Das Fenster lag zu weit oben. Sein Verfolger müsste schon zwei Meter groß sein und ganz nah ans Fenster herantreten, um ihn hier unten zu bemerken. Doch plötzlich öffnete sich die Tür tatsächlich einen Spalt. Die schiefen Treppenstufen waren kein schöner Anblick. Nichts für einen Mensch, der gesund bleiben wollte. Tobias presste sich draußen noch dichter an die Mauer. Ihm lief der Schweiß von der Stirn und das Herz raste.

„Bertram!", schnarrte die Stimme des Kommissars durch den Spalt. Das Quietschen des Schaukelstuhls verstummte.

„Hier ist niemand, Herr Kommissar!"

„Alles klar!", sagte der Kommissar und schloss die Tür wieder von innen. Tobias schaute ängstlich nach oben. Nun war auch noch der andere Mann, Bertram, aufgestanden und ging langsam auf die Kellertreppe zu. An der Wand über den Treppenstufen konnte er seinen Schatten erkennen. Er wurde immer größer. Gleich würde der Polizist ihn sehen können. Da fauchte eine Katze in der Nähe, gefolgt vom aufgeregten

Schimpfen einer Amsel. Tobias sah, wie sich der Schatten drehte und wegbewegte. Kurz darauf war erneut das Quietschen des Schaukelstuhls zu hören. Dann wurde die Terrassentür geöffnet und der Kommissar rief:

„Bertram! Ich brauche Sie hier drinnen!" Der Polizist stand auf und trat zur Terrassentür. Mit einem leisen Knarren drehte sich der Türgriff. Langsam beruhigte sich Tobias Herzschlag. Das war knapp, dachte er erleichtert.

~~~

Eine gute Stunde später wartete Tobias am Badeplatz auf Louise. Er hatte Elfriedes Rat befolgt und war mit dem Fahrrad auf einem entlegenen Waldweg dorthin gefahren. Nun hockte er am Ufer und tat so, als ob er angelte. Er hielt einen Stock in der Hand, an dem ein Zwirn ins Wasser hing, an dessen Ende ein kleiner Zweig befestigt war, der im Wasser vor sich hin dümpelte. Nur ein Holzfisch würde hier anbeißen, beruhigte er sein Gewissen.

Als die Sonne gerade den Horizont berührte, hörte er ein Auto auf den Parkplatz des Badeplatzes fahren. Es war halb sieben. Eine ältere Frau stieg aus und ging zum Sandstrand. Dort schaute sie sich um, entdeckte ihn und kam auf ihn zu.

„Tobias Leuchtner?" Sie lächelte.

Tobias nickte. Er hatte diese Frau schon einmal gesehen, er kam nur nicht drauf, wo.

„Ich bin Hartmuts Halbschwester Louise und war bei deiner Taufe dabei. Das ist schon lange her. Du kannst dich bestimmt nicht an mich erinnern." Sie machte eine Pause und sah sich um.

„Da hinten ist eine Bank. Vielleicht sollten wir einen kleinen Spaziergang dorthin machen?"

Tobias willigte ein und in dem Moment, als sie sich umdrehte, tauchte das Foto, das ihm Mats von Tante Amalies Beerdigung gezeigt hatte, vor seinem inneren Auge auf. In dem Auto auf dem Parkplatz hatte eine unbekannte Frau gesessen, die nicht an der Trauerfeier hatte teilnehmen wollen. Es war Louise gewesen. Seltsam, dachte er.

Sie schlenderten am Ufer entlang. Louise erzählte von der Familie, alten Erlebnissen mit Amalie und Gerhard und auch von Elfriede und Hartmut. Tobias verhielt sich schweigsam. Als sie schließlich an der Bank angekommen waren und nebeneinander saßen, hatte er die Nase voll von Louises Smalltalk. Er fragte sie rundheraus, warum sie sich denn nun mit ihm hatte treffen wollen. Doch wieder wich sie ihm aus und sagte:

„Ich habe dein Bild heute Morgen in der Zeitung gesehen und gedacht, dass du im Moment in einer misslichen Situation bist. Es könnte dir sicherlich helfen, wenn ich dir da einige wichtige Ereignisse aus der Vergangenheit schildere."

Tobias hörte geduldig zu und wartete ab. Ihm war nicht wirklich nach Jubel zumute.

Sie erzählte, wie sie vor über zwanzig Jahren Gerhard zunächst ein Wertpapier- und später ein Devisenanlagegeschäft mit Schweizer Franken vermittelt hatte. Dabei schien etwas nicht ganz so gelaufen zu sein, wie die Bank, die sie vertrat, es gerne gehabt hätte.

„Es war ein ziemlich großer Anlagebetrag. Gerhard schlug das Wertpapiergeschäft aus, an dem Devisengeschäft zeigte er jedoch Interesse. Wir wollten die Dokumente darüber eigentlich in einem Schließfach im Tresor unserer Bank unterbringen. Aber Gerhard bestand darauf, dass er sie bei einer Bank seiner Wahl verwahren wollte. Er hat uns nicht gesagt, bei welcher, doch wir gingen darauf ein. Bald darauf starb er und Amalie erbte alles. Der Verdacht lag nahe, dass sie sich weder für diese Anlage interessierte noch jemals davon erfahren hatte. Gerhard war ein verschwiegener Mensch und möglicherweise hat er ihr niemals wegen seiner damaligen Probleme mit der Steuerfahndung davon erzählt, um sie zu schützen."

Tobias dachte über Louises Worte nach. Er erinnerte sich an die Anlagenofferte über 3,8 Millionen Mark, die er gefunden hatte. Da berichtete sie weiter.

„Tatsächlich ging es um zwei Anlagen, beide im Größenbereich von knapp einer Millionen Euro, allerdings hier in Schweizer Franken. Gerhard hielt diese Währung für am sichersten und damit hatte er sicherlich recht. Es ist möglich, dass es in Amalies Unterlagen irgendwo einen Schlüssel für ein Schließfach gibt, vielleicht sogar einen Brief mit den Besitzdokumenten. Auf jeden Fall muss es irgendwelche Unterlagen darüber geben."

Erstaunt sah Tobias Louise an.

„Was hast du denn eigentlich für ein Interesse an dieser ganzen Geschichte? Das geht dich doch im Grunde genommen gar nichts an", sagte er.

„Da hast du recht, aber ich bin auch Anlageberaterin und in diesem Fall wurde festgelegt, dass bei der Einlösung der Anlagen durch den rechtmäßigen Eigentümer eine ansehnliche Provision für mich und meine Bank herausspringt."

Sie tätschelte seine Hand und nannte eine beachtliche Summe. Langsam kam Tobias die Galle hoch. Louise schien seinen Stimmungsumschwung zu spüren.

„Hast du im Moment eine Unterkunft? Nein? Wenn du willst, dann könnte ich dir eine kleine, sichere Bleibe in Hamburg vermitteln."

Tobias war in Gedanken noch bei dem Anlagegeschäft. Offenbar schätzte ihn Louise völlig falsch ein, denn sie wäre der letzte Mensch, dem er so viel Geld anvertrauen würde, wenn er es denn hätte. Er traute es ihr sogar zu, dass sie ihn glatt an die Polizei auslieferte, sobald sie wusste, wo das Geld war. Natürlich würde sie vorher noch schnell die Provision einstreichen. Doch er sagte:

„Vielen Dank für Deine Hilfe! Wenn ich einen Schließfachschlüssel oder entsprechende Papiere finden sollte, dann komme ich sofort auf dich zu, Louise. Nur eine Frage noch: Woher wusstest du eigentlich, dass ich bei Hartmut bin?"

Sie sah ihn mit einem wissenden Blick an und meinte gelassen:

„Elfriede und Hartmut wissen alles, was in der Familie vorgeht. Aber dieses Mal hat sich Tristan an mich gewandt und gefragt, ob ich wüsste, wohin Gerhards Erbschaft verschwunden sein könnte."

„Tristan ist zu dir gekommen? Er weiß auch von diesem Geld?"

„Ja, und nicht nur zu mir, sondern auch zu Christof Wortschneider, meinem Vorgesetzten bei der R&K Bank. Tristan weiß, wie schwer es ist, an viel Geld zu kommen. Und er ist gierig."

Tobias verzog das Gesicht. Eine Frage lag ihm auf der Zunge:

„Woher kannten sich denn Tristan und dieser Christof Wortschneider?"

„Nun, Tristan hatte auch mal Geldprobleme und ist auf die Idee gekommen, bei der R&K Bank nach dem Zinssatz zu fragen", sagte Louise.

„Das heißt, du hast die beiden nicht miteinander bekannt gemacht?"

Louise bekam einen roten Kopf mit dem typischen Gesichtsausdruck „Du kannst mir nichts beweisen". Fast hätte Tobias gelächelt. Geschickt überspielte sie die Situation:

„Tristan brauchte eben Geld und wir helfen dann natürlich gerne, aber es muss sich auch für uns lohnen."

Geldnöte – das könnte ein sehr gutes Motiv für einen Mord sein, dachte Tobias trocken. Die R&K Bank hatte Tristan also fest in den Händen. Doch zu Louise sagte er stattdessen:

„Also gut, habt ihr Amalie nach Gerhards Tod ein tolles Geschäft angeboten?"

Louise verdrehte die Augen:

„Nach Gerhards Tod hat Christof mit Amalie verhandelt, ihr ein lukratives Angebot gemacht. Aber sie hat damals nur die knapp fünfzigtausend Euro angelegt, die dann während der Finanzkrise ja leider den Bach runtergegangen sind. Von dem anderen Geld schien sie nichts zu wissen. Zumindest tat Amalie immer so, als ob es dieses Geld nicht geben würde."

Ein seltsamer Zufall! Tristan hatte ihm nie etwas davon erzählt. Aber wer hatte eigentlich Tristan darauf gebracht, dass es dieses verborgene Geld gab? Christof Wortschneider hatte sich auf die Suche nach Gerhards Millionen gemacht und Tristan hatte ihm geholfen, so musste es nach der Testamentseröffnung weitergegangen sein. Er sprach den Gedanken aus:

„Und weiß Tristan auch, um wie viel Geld es dabei ging?"

Louise wandte ihr Gesicht ab und sagte nach einer Pause:

„Es ist möglich, dass Christof ihm den Betrag angedeutet hat. Ob er es genau weiß, kann ich nicht sagen."

Tobias überlegte, was er nun tun sollte. Ihre Erklärungen waren etwas dürftig. Besonders ihre offensichtliche Gier nach der Provision war bedenklich. Womöglich waren sie oder Christof oder beide Herren Wortschneider nicht nur an der Provision, sondern an dem ganzen Betrag interessiert. Er hatte eine andere Idee.

„Ist Franz Wortschneider vielleicht mit Christof Wortschneider verwandt?"

Louise runzelte die Stirn:

„Sie sind Brüder."

Dann musste Christof Wortschneider es von seinem Bruder Franz persönlich erfahren haben, dass Gerhard Geld hatte, das er verstecken wollte. So musste es gewesen sein, es war also über die Skatrunde gelaufen. Ob von Runzelburg auch davon wusste? Ausgeschlossen, dachte Tobias. Niemand mit Verstand im Kopf würde einen Trinker ins Vertrauen ziehen.

„Es lohnt sich in jedem Fall, nach dem Schlüssel oder den Dokumenten zu suchen", sagte Hartmuts Halbschwester jetzt und stand auf. Sie wollte offensichtlich gehen. Doch zuvor öffnete sie noch ihre Handtasche und zog eine Visitenkarte hervor.

„Ruf mich an, wenn du etwas gefunden hast." Sie zwinkerte ihm mit dem linken Auge zu. Als sie ihm den Rücken zuwandte, fiel ihm noch etwas Wichtiges ein. Eine letzte Frage, die er ihr unbedingt noch stellen musste.

„Kennst du vielleicht eine Frau Greuter oder eine Frau Ebenreuter?"

Verblüfft drehte sie sich noch einmal um und runzelte die Stirn.

„Greuter? Ebenreuter?", murmelte sie und sagte nach einigem Nachdenken: „Ja, der Name Ebenreuter kommt mir bekannt vor, die hatte einmal Kontakt zu unserer Bank aufgenommen. Sie wollte sich um die Belange ihrer Schwester kümmern ... allerdings stellte sich heraus, dass unsere Berater bereits für deren Vermögen Sorge trugen. Christof besaß hierfür eine Vollmacht. Wieso fragst du?

„Nicht so wichtig", meinte Tobias ausweichend. Als Louise davonging, stand auch er auf und ging langsam hinter ihr her zu seinem Fahrrad. Er musste unbedingt mit Tristan über Louise sprechen. Und über die Brüder Wortschneider.

Eins war jetzt jedenfalls klar: Die beiden Brüder Wortschneider und Doktor Treudelpfad waren ein eingespieltes Team, wenn es darum ging, sich an alten Leuten zu bereichern. Und das auf gesetzlich ganz legalem Wege. Schräge Halunken, dachte Tobias bitter.

~~~

Tobias fuhr über verborgene Feldwege zurück zu den Staudackers. Als er das Fahrrad hinter dem Hühnerschuppen abgestellt hatte, sah er im matten Lichtschein der Türlaterne zwei kleine Gestalten vor dem Eingang herumlungern: den kleinen Mats Moorreiter und einen anderen, ihm unbekannten Jungen. Beide lächelten ihn schelmisch an.

„Was machst du denn um diese Zeit hier?", fragte er den kleinen Mats wie ein Lehrer, der einem ungezogenen Kind eine Strafpredigt halten will.

„Wir haben auf Sie gewartet. Es gibt nämlich eine neue Spur", entgegnete der Junge aufgeregt.

„Was denn für eine Spur?", meinte Tobias ablehnend.

„Mein Freund Tom lernt Golfspielen in Louisenlund. Wir waren heute beim nahe gelegenen Herzogsgrab. Am Grab selbst konnten wir nichts entdecken, aber es gibt eine Allee vom Grab zur nahe gelegenen Kapelle und in einem der Bäume sind zwei Namen eingekerbt: ‚Gerhard + Amalie'. In fast zweieinhalb Meter Höhe. Ist das nicht interessant?"

Wenn das wahr war, was Mats ihm erzählte, dann hatte Gerhard sicherlich diese Einkerbung vor langer Zeit gemacht. Vielleicht war das sogar so etwas wie ein geheimes Verlobungsritual gewesen.

„Wir haben überlegt, dass die Anmerkung ‚Herzogsgrab' in der Bibel Ihrer Tante und die Einkerbung der Namen dort beim Mausoleum sehr wichtig für die beiden gewesen sein müssen. Vielleicht taucht das Herzogsgrab ja noch in einem anderen Zusammenhang im Haus ihrer Tante auf. Gibt es zum Beispiel eine Fotografie von diesem Grab in Louisenlund? Hat da auch jemand etwas dazu geschrieben? Es könnte eine Art Schnitzeljagd sein."

Tobias verstand diesen Gedankengang zunächst nicht. Er erinnerte sich an die Seite in der Bibel mit der Anmerkung. Dann stellte er in Gedanken das Haus seiner Tante auf den Kopf. Gab es da noch einen anderen Hinweis auf das Herzogsgrab? In einem der anderen Bücher? Oder in einem Regal oder Fotoalbum? Oder in einem Brief? Gerhard hatte sicherlich von Amalies Bewunderung für die zehn Gebote gewusst. Vielleicht hatte sie ihm sogar gesagt, dass auf ihrem Grab der Leitsatz des Tobias von Ninive stehen sollte.

Deshalb hatte er ihr dann womöglich mit dem Eintrag in der Bibel einen Tipp geben wollen. Einen Tipp zu dem Versteck seines Schatzes. Vielleicht hatte der kleine Bursche recht. Andererseits musste diese Überlegung geheim bleiben. Was, wenn die Polizei oder sein verborgener Gegenspieler dahinter kamen?

„Bitte behaltet diese Idee für Euch. Das ist sehr wichtig! Und außerdem dürft ihr nicht auf eigene Faust das Haus durchsuchen. Das verbiete ich euch!"

„So etwas Gefährliches würden wir nie tun. Das müsste schon jemand machen, der nicht so zivilisiert ist wie wir", sagte der neunmalkluge kleine Wicht. Dann fuhr er fort:

„Wir haben nur gedacht, dass Sie uns vielleicht zur Bushaltestelle fahren könnten. Ich übernachte dann bei Tom, damit mein Schulweg morgen früh nicht so weit ist."

Tobias überlegte kurz, nickte nur, ging ins Haus und holte den Autoschlüssel aus dem Metallkasten. Dann liefen die drei zu Yvonnes Auto. Als sie die Bushaltestelle erreicht hatten und die Tür schon offen stand, fiel Mats noch etwas ein:

„Wir waren heute Nachmittag übrigens bei Ihrer Tante Elfriede und haben ein bisschen mit ihr geplaudert. Sie hat uns verraten, dass früher mal jemand in Amalies Haus mit einem Kuhfuß über die Terrassentür eingebrochen ist. Ein Kuhfuß ist übrigens ein Brecheisen."

Nun sah Tobias den kleinen Knirps wütend an.

„Wehe, wenn ihr da was kaputt macht. Besorgt euch die Informationen, wie und wo ihr wollt, aber nicht mit einem Kuhfuß. Ihr werdet das Haus nicht betreten!"

Die beiden Jungen huschten schnell hinaus, froh darüber, dass der Bus kam. Tobias kochte innerlich, aber insgeheim amüsierte er sich auch ein bisschen über die Bengel.

Erst auf der Rückfahrt wurde ihm die ganze Bedeutung der Informationen, die ihm Mats gegeben hatte, klar. Es war möglich, dass Gerhard schon vor vielen Jahren einen Schlüssel und möglicherweise auch die nötigen Papiere versteckt hatte. Vermutlich, um die damals drohenden Nachforschungen der Finanzbehörde zu seinen dubiosen Börsengeschäften zu vereiteln. Und Tante Amalie hatte womöglich Gerhards Hinweise nicht verstanden oder sie interessierten sie nicht. Kaum zu glauben, dass diese beiden Winzlinge das alles herausgefunden hatten, auch wenn ihnen die ganze Tragweite vielleicht nicht klar war.

Jetzt würde er diese Dinge weiter verfolgen. Er nahm Gerhards Herausforderung an, eine Schnitzeljagd zu seinem Geldversteck, angefangen mit seiner Eintragung „Herzogsgrab" in der Bibel.

Aber vorher hatte er noch eine Pflicht zu erfüllen. Ein letztes Mal noch musste er Elisabeth besuchen.

12
Die Lokomotive

Der Besuch bei Elisabeth Sommerdorf war Tobias wichtig, denn vielleicht hatte sie ein paar interessante, neue Informationen zu dem Mord an Susanne Greuter. Er hatte die gewünschten Schnuller dabei und hoffte auf die Vergesslichkeit des Kommissars. Das Auto parkte er in der Nähe des Krankenhauses und kam problemlos zur Entbindungsstation. Zu seinem Glück surfte die junge Nachtschwester gerade im Internet. Geduckt schlich er an der Schwesterntheke vorbei zu Elisabeths Zimmertür. Die Frau des Kommissars schlief tief und fest, genauso wie ihre Zimmernachbarin. Er setzte sich auf einen Stuhl neben ihr Bett und wartete. Welche wunderbare Ruhe umgab ihn. Doch da ging es plötzlich los. Erst quengelte das kleine Baby von Elisabeths Zimmernachbarin und schon fing auch der kleine Daniel an zu weinen. Ihr Kopf drehte sich hin und her. Tobias zog einen der beiden kleinen Schnuller aus seiner Jacke und hielt ihn Elisabeth vor die Nase. Sie gab einen stöhnenden Laut von sich und wandte ihm ihren Kopf zu. Die Stirn zog sich in Falten und die Augen öffneten sich mühsam. Erst sah sie den Schnuller, dann hörte sie das Gurgeln ihres Babys und schließlich nahm sie ihn wahr und stellte die Verbindung zwischen diesen Dingen her. Sie lächelte.

„Immer, wenn ich dich brauche, kommst du. Du bist ein Schatz, Tobias. Weißt du, dass ich gerade von dir geträumt habe?"

Sie griff nach dem Schnuller, lutschte einen kurzen Moment daran und deutete Tobias an, ihn zu Christine zu bringen. Er hielt ihn jedoch dem kleinen Daniel an die Lippen, der gierig daran zu saugen begann.

„Weißt du, was die Polizei mit mir vorhat?"

„Sie wollen mit einem Foto nach dir fahnden. Aber nur als Zeuge! Ich habe nämlich Heiner überzeugt, dass du ein wichtiger Zeuge bist und nicht der Mörder. Meine Intuition lässt mich nie im Stich! Die Ergebnisse der Spurenuntersuchung des Schlägers sind immer noch unvollständig. Das ist ein gutes Zeichen für dich", versuchte Elisabeth ihn aufzuheitern.

„Ist das alles?", fragte Tobias niedergeschlagen.

„Heiner hat gesagt, dass irgendwas mit deinem Fingerabdruck nicht in Ordnung sei. Als ob noch irgendjemand nach dir den Schläger mit Handschuhen angefasst habe. Er meinte, das könntest du aber auch selber gemacht haben. Ein schlechter Versuch, den Griff von Fingerabdrücken zu säubern." Ihre Stimme klang bedrückt, dann fuhr sie fort. „Hast du noch was Neues herausgefunden?"

Tobias berichtete von Gerhards ehemaligen Skatbrüdern und der seltsamen Beerdigungszeremonie in Hütten. Er erwähnte auch seinen Verdacht, dass Doktor Treudelpfad und der Rechtsanwalt Wortschneider von Gerhards Vermögen gewusst haben mussten.

Er fragte Elisabeth noch nach den drei Zeugen, die seinen Streit mit der alten Frau miterlebt hatten. Vielleicht hatte ja einer von denen eine alte Auseinandersetzung mit ihr gehabt, wegen der er sie nun endlich aus der Welt schaffen wollte. Doch Elisabeth schüttelte den Kopf und erklärte:

„Ich habe diese Möglichkeit auch schon mit Heiner besprochen, aber er hält sie alle für ehrbare, unbescholtene Bürger, kein Motiv. Außerdem haben alle ein handfestes Alibi. Da ist nichts zu machen."

Als Elisabeth seine Enttäuschung sah, tätschelte sie seine Hand und tröstete ihn.

„Ich werde Heiner noch mal von den Skatbrüdern erzählen, vielleicht hat ja einer von denen mehr Dreck am Stecken, als es den Anschein hat. Oder einer von ihnen kannte Susanne Greuter."

~~~

Zwei kleine Gestalten zwängten sich durch eine dichte Hecke und blieben in einem größeren Blumenbeet stehen. Eine Laterne von der Straße spendete ein wenig Licht, das auch diese weit entfernte hintere Seite des Strohdachhauses erreichte. Eine Jungenstimme flüsterte:

„Hier ist niemand zu sehen, Mats, aber vielleicht sollten wir auch vorne nachsehen?"

Die andere Gestalt flüsterte etwas, das nach Zustimmung klang. Kurz darauf hockten die beiden an der Hausecke und blickten zur Straße. Kein Auto war weit und breit zu sehen.

„Die Luft ist rein, Tom", sagte der kleinere der beiden.

Die Jungen gingen zurück zum Schuppen hinten an der Hecke. Dort blieben sie stehen. Mats zog eine LED-Taschenlampe aus der Tasche und machte sie an. Der Lichtkegel fiel auf ein Vorhängeschloss.

„Da ist ein Schloss dran", stellte er aufgeregt fest. Der größere Junge griff danach und zog am Bügel des Schlosses.

„Es ist nicht eingerastet, sah nur so aus, als ob es verschlossen wäre, Mats", meinte Tom gelassen.

Vorsichtig öffnete er die Tür und leuchtete mit der Lampe in den Raum. Zwei Harken, ein Spaten, ein Haufen Hacker und eine Schaufel lehnten an der Wand. Auf dem Boden standen Eimer, Gummistiefel und zwei alte Rasenmäher sowie ein verrosteter Handrasenmäher ohne Motor. In einem der Eimer war ein Wirrwarr von Werkzeug zu erkennen und ein großes Brecheisen ragte heraus, wie ein Raubvogel auf der Suche nach Beute. Der große Junge griff danach und ging dann an seinem Freund vorbei zum Haus zurück. Mats folgte ihm. Vor der Terrassentür blieben die beiden zögernd stehen. Unter der Tür befand sich ein schmaler, erhöhter Steinabsatz, der gefliest war.

„Da unter der Tür müssen wir das kurze Ende des Brecheisens ansetzten", flüsterte Mats nun leise und sah sich um. Vielleicht, um sich zu vergewissern, ob nicht doch einer ihn sähe, wie er etwas Verbotenes machte. Hilfe suchend sah er zu Tom, doch der schaute fasziniert auf das mächtige Werkzeug. Langsam schob er das Eisen unter das Holz der Tür. Sanft zog er den Hebel zu sich ran, bis er den Widerstand spürte. Schließlich zerrte er mit aller Kraft und die Tür hob sich ein Stückchen nach oben. Mats schaute ihm gebannt zur.

„Es geht nicht. Irgendwie ist der Widerstand zu groß", sagte Tom schließlich niedergeschlagen.

Da hörten sie ein Auto langsam vorbeifahren. Sie schauten sich an und erstarrten. Doch das Fahrzeug gab Gas und das Motorgeräusch verschwand in der Ferne. Mats schaute sich um und bemerkte ein kleines Stückchen Brett neben der Hintertür zur Garage, nur einen Meter entfernt. Er nahm es und legte es unter die Rundung des Brecheisens.

„Der Hebel ist dann günstiger", erklärte er wichtig.

Tom zog erneut den Hebel nach vorn und Mats half ihm. Diesmal klappte es. Plötzlich gab die Tür nach und rastete in der oberen Position ein. Mats grinste Tom an und versuchte, mit einem Finger die Tür nach innen zu drücken. Nach einem kurzen Widerstand gab sie nach und ging auf. Neugierig holte nun auch Tom seine Taschenlampe hervor. Sie traten ins Haus. Während Tom ängstlich in der Nähe der Tür blieb, schlich Mats langsam durch das Wohnzimmer und schaute sich um. Schließlich kam er zu seinem Freund zurück und flüsterte leise:

„Du kannst das Brecheisen hinlegen. Hier ist niemand."

Doch Tom behielt das schwere Eisenwerkzeug in der Hand. Seinem Gesicht war anzusehen, wie unwohl er sich fühlte.

„Wir sind Kinder, Tom. Da gibt es mildernde Umstände. Denk dran: Vor zweihundert Jahren war es üblich einzubrechen, Leute auszurauben und zu plündern. Dagegen sind wir mit unserem kleinen Einbruch total harmlos."

„Ich finde das überhaupt nicht harmlos. Wenn sie uns erwischen, sind wir echt dran", nörgelte Tom.

„Wir haben doch einen Auftrag: Wir müssen nach einem Hinweis auf das Herzogsgrab suchen. Wo sollen wir anfangen? Was meinst du?"

Tom zuckte mit den Achseln. Dann legte er das schwere Brecheisen nach draußen auf die Terrasse. Er seufzte und schloss die Tür hinter sich.

„Schränke gibt's hier jede Menge. Vielleicht finden wir was da drin. Da ist auch noch 'ne Tür."

Sie durchsuchten erst die Schränke im Wohnzimmer, in denen sie aber nur Porzellan und einen Nussknacker, umgeben von Unmengen von Nüssen, fanden.

„Ob die Alte bei den Affen groß geworden ist?", erwog Tom kichernd.

„Auf jeden Fall hätte sie mit dem Geschirr noch ein paar Polterabende feiern können. Kein Hinweis auf ein Herzogsgrab. Also nächster Raum, würde ich sagen", entgegnete Mats.

Im Arbeitszimmer hielten sie sich längere Zeit auf, denn sie fanden eine Unmenge alter Aktenordner in einem Schrank und dann auch noch vier uralte Kuverts mit unsortierten Bildern in einer Schublade. Sie beschlossen, die Bilder durchzuschauen.

Mats hielt gerade einen Stapel mit Fotos von Zügen und Waggons einer Modelleisenbahn in den Händen und blätterte sie interessiert durch.

„Nirgendwo ist das Herzogsgrab drauf, nur Lokomotiven und Waggons, jede Menge", sagte er.

„Und ich habe nur Bäume, überall Bäume", erwiderte Tom und deutete auf das dicke, braune Kuvert.

Trottel, dachte Mats und griff nach dem Kuvert. Während er nun den Fotostapel durchblätterte, betrachtete sein Freund fasziniert die Aufnahmen von der Modelleisenbahn. „Toll", murmelte er hin und wieder. Plötzlich stockte Mats neben ihm, sein Blick verharrte auf einem Bild.

„Ist das nicht der Weg zum Herzogsgrab in Louisenlund?", fragte er Tom. Das Bild zeigte eine Pforte, die gut einige Meter entfernt war. Daneben stand ein riesiger Baum. Tom griff nach dem Foto und warf einen Blick drauf.

„Du hast recht: Das ist der Eingang zu dem Herzogsgrab!"

Mats sah sich die anderen Aufnahmen nun noch einmal genauer an. Dann holte er ein Bild nach dem anderen aus dem Stapel. Als er auf die Rückseite schaute, erfuhr er, dass sie von einem stadtbekannten Fotogeschäft stammten und mehr als doppelt so alt waren wie er selbst. Auf einem Foto, das die Eingangspforte aus einer anderen Perspektive zeigte, war sogar ein kleiner undeutlicher Schriftzug.

„Kannst du das lesen, Tom?"

Mühsam entzifferte dieser einige Buchstaben.

„E200 steht da. Ja, das müsste es sein."

„E200? Was soll das denn sein? Ein unbekanntes Gift?", fragte Mats.

„Nein, das könnte ein Auto sein. Irgendein Mercedes." Und nach einer Pause ergänzte er sehnsüchtig: „Oder auch eine Eisenbahn."

„Eine Modelleisenbahn?", hakte Mats nach.

„Ja, eine Lokomotive. Da ist sogar ein Foto in dem Stapel, den du gerade durchgeschaut hast", erwiderte Tom.

„Was?", fragte Mats nun aufgeregt. „Warum sagst du das nicht gleich? Wo hast du diese Lokomotive gesehen?"

Aufgeregt reichte er seinem Freund den Stapel, den er gerade durchgesehen hatte. Hastig blätterte Tom das Album erneut durch und holte fünf Fotos heraus, die er Mats stolz hinüberreichte: „Da, das sind E200 Lokomotiven."

Drei Fotos zeigten eine einzelne E200 Modelllokomotive, während auf zwei weiteren jeweils vier Exemplare nebeneinander mit einem Weitwinkel-Objektiv aufgenommen worden waren.

„Vier Stück hat er davon. Donnerwetter!", sagte Mats ungläubig. Er fand kurz darauf noch zwei weitere Aufnahmen von der Modelleisenbahn und in einem Kuvert war außerdem eine lange Liste mit dem Titel „Kartons der Modelleisenbahn". Einer plötzlichen Eingebung folgend schaute sich Mats die Rückseiten der Eisenbahnbilder noch einmal an. Und wieder fand er einen undeutlichen Schriftzug, der „E200 – Herzogsgrab" lautete. Aufgeregt drehte Mats das Foto um. Es zeigte diesen Typ Modelllokomotive, doch eines der Seitenfenster hatte einen Riss. Er griff nach der Kartonliste der Modelleisenbahn und schaute sie durch. Dort waren die Nummern der Kartons und ihr Inhalt angegeben. Unmengen von Zügen, Waggons, Weichen und Schienen sowie Zubehör waren aufgelistet. Insgesamt vierzig Kartons.

„Hier in Karton 29 sind die Modelllokomotiven E200 und ein Haufen Waggons", sagte Mats atemlos. „Den müssen wir finden."

„Und wo sollen wir suchen?"

„Warte, hier steht's: in der Garage."

Die Jungen stürmten aus dem Arbeitszimmer in den Flur. Dort fanden sie einen Kasten, in dem Unmengen von Schlüsseln aufbewahrt wurden, jedoch nur drei für Sicherheitsschlösser. Einer davon trug ein Schild mit der Aufschrift „Garage". Sie öffneten die Terrassentür und liefen zur Garage. Dort fing Mats sofort an, mit der Taschenlampe nach dem Karton Nummer 29 zu suchen. Mühsam zwängte er sich an den Pappkartonreihen vorbei.

„Hier ist er", sagte er schließlich. Mühselig zerrten die beiden Jungen an der Pappe, schließlich hatten sie den Karton aus der Garage ins Wohnzimmer geschleppt und aufgemacht. Drinnen befanden sich insgesamt zwölf Lokomotiven, die alle sorgfältig eingepackt waren, darunter auch die vier gesuchten. Die beiden sahen sich triumphierend an, doch in dem Moment erklang die Standuhr.

„Wir müssen zurück", mahnte Tom. „Es ist schon zehn. Mama wird bestimmt sauer sein, dass wir so spät zurückkommen."

So beschlossen sie, die weitere Suche einzustellen und nur die vier Loks mitzunehmen. Sie hatten gerade den Karton in die Garage zurückgebracht und wollten nur noch die Tüte mit den Lokomotiven aus dem Wohnzimmer holen, als sie Motorenlärm vor dem Haus hörten. Ein Auto hatte draußen vor der Eingangstür geparkt.

Aufgeregt packten sie ihre Sachen und verließen schnell das Haus durch die Terrassentür.

13
Der Schlüssel zum Rätsel

Etwas rüttelte an Tobias Arm. Er spürte, wie er zitterte. Müde und unendlich langsam klappten seine Augenlider auf. Die Tür zum Flur stand offen. Er blickte kurz auf die Uhr. Halb sechs. Welcher Idiot machte um diese Uhrzeit eine Schlafzimmertür auf?

„Du musst aufstehen, Tobias. Die Polizei kommt gleich."

Yvonnes Stimme. Bestimmt war dies nur ein schlechter Albtraum. Gleich würde er aufwachen und alles wäre gut.

„Es ist alles in Ordnung, Yvonne", murmelte er.

„Eben nicht, Tobias. Die Polizei kommt gleich, um dich mitzunehmen. Sie sind schon beim Nachbarn und der hat mich gerade angerufen."

Er tastete nach dem Schalter der Nachttischlampe, das Licht ging an und er versuchte sich aufzurichten.

„Wieso sind sie beim Nachbarn, Yvonne", fragte Tobias verdattert.

„Du musst dich anziehen, Tobias, schnell. Ich habe schon vorgestern meine Omi gebeten, mit Bauer Clausen zu reden. Sie sollte ihm etwas über Probleme mit dem Finanzamt und eine drohende Pfändung erzählen. Wenn er uns helfen würde, könnte sie, Helga, außer Haus sein und die Sache so verzögern. Dazu sollte er seinen Heuwagen auf den Feldweg vor unserem Haus fahren, quasi als Barrikade. Jetzt ist die Polizei bei ihm und versucht verzweifelt, das schwere Gefährt wegzuschieben. Aber das Ding hat einen platten Reifen, ohne Trecker ist da nichts zu machen." Yvonne grinste.

Mit einem Mal war Tobias hellwach. Seine Beine flogen aus dem Bett, er riss seine Klamotten vom Stuhl und fing rasant an, sich anzuziehen.

„Wieso hast du mir nichts gesagt?", sagte er stinksauer. Als ob sie etwas dafür könnte.

„Vielleicht, weil du gestern Abend sonst überhaupt nicht eingeschlafen wärst, Tobias? Ich habe mir Sorgen gemacht."

„Also, die Polizei war hier und hat euch über mich befragt?"

„Ja, sie haben uns ein Bild von dir gezeigt und gefragt, ob wir dieses Gesicht kennen. Du wärst mit meinem Auto irgendwo in der Stadt gesehen worden. Da konnten wir ja schlecht nein sagen, oder?"

Sie hatte natürlich recht und sie wollte ihn schützen. Besonders dafür war er dankbar. Nun war Tobias mit dem Ankleiden fertig. Anerkennend lächelte er Yvonne an.

„Ich werde meiner Omi erzählen, dass du dich beizeiten gerne für diesen Gefallen revanchieren würdest. Du gehst am besten hinten durch die Küchentür raus. Ein Wildwechsel führt von der Terrasse in den Wald und von da zu der alten Eisenbahntrasse, die nicht mehr genutzt wird."

„Was wirst du den Polizisten sagen?", fragte Tobias.

„Dass du gestern Abend nicht nach Hause gekommen bist, sondern mit deinem Fahrrad abgehauen sein musst.", sagte Yvonne und blickte ihn ernst an. Dann fuhr sie fort. „Keine Sorge, Tobias. Ich habe das Rad in einem Gebüsch im Wald versteckt, wo sie es nicht so leicht finden können. Die Polizei wird ausrechnen, dass du etwa vierzig Kilometer weit weg sein kannst. Sie kämmen dann nicht die ganze Gegend durch."

Fahrzeuggeräusche, die näher kamen, waren in der Ferne zu hören.

„Tobias, wo kann ich dich erreichen? Wir müssen in Sachen „Herzogsgrab" weiterkommen."

Ein winziger Moment des Überlegens, dann war es heraus:

„Versuch es beim Hüttener Pastorat."

Tobias zögerte kurz, doch dann umfasste er sie umso inniger mit beiden Händen und drückte sie für einen Augenblick an sich. Tief atmete er noch ein letztes Mal den wundervollen Duft ihres Haares ein.

Dann hastete Tobias die Treppe hinunter zur Terrassentür. Er bekam nicht mehr mit, wie Yvonne seine Bettwäsche in einen Schrank räumte. Kaum fünfzig Meter lag das Haus hinter ihm, als er die Scheinwerfer zweier sich nähernder Autos sah. Zum Glück reichte das schummrige Morgenlicht gerade aus, um den Wildwechsel bis zum nächsten Waldweg zu erkennen. Dort war eine Lichtung. Was sollte er jetzt tun? Irgendwohin musste er sich verkriechen. Wo konnte er nun noch hin?

~~~

Tobias war noch vor der Morgendämmerung zur Hüttener Kirche gewandert und hatte sich dort durch die enge Luke von Mats Baumhütte gezwängt. Dann kroch er in den viel zu kleinen Schlafsack, denn es war kalt. Trotz der vielen Gedanken, die ihm ständig durch den Kopf gingen, schlief er wieder ein und erwachte erst spät am Vormittag. Die dichte Blätterkrone schirmte die Hütte jetzt vor dem Sonnenlicht ab. Auf dem nahe gelegenen Friedhofsgelände herrschte wunderbare Ruhe.

Was sollte er jetzt bloß tun? Eigentlich hatte Tobias vorgehabt, zu Tristan zu fahren und mit ihm zu reden. Aber nun hatte er weder Fahrrad noch Auto. Erst musste er sich ein Fahrrad besorgen und dann eine Zeit und einen Ort mit Tristan ausmachen, um mit ihm zu reden: über die Herren Franz und Christof Wortschneider und über Gerhards Finanzgeschäfte. Außerdem wollte er von seinem Bruder wissen, mit wem er über seine Absicht, das Haus zu verkaufen, nach der Testamentseröffnung gesprochen hatte.

Sein Blick wanderte durch den Raum des kleinen Mats und blieb an ein paar Micky-Maus-Heften hängen, die auf einem kleinen Regal lagen. Vielleicht sollte er sich erst mal etwas ablenken von all der Not, all den ungeklärten Fragen, die ihn umgaben. Tobias fing an, in den Heften zu lesen. Nach dem ersten Heft fragte er sich, wie er das Zeug als Jugendlicher hatte bloß ertragen können. Nach dem fünften Heft wurden seine Augen glasig und sein Hunger riesengroß. Sein Abendbrot hatte nur aus einem Glas Bier bestanden. Er musste unbedingt aus dem Baumhaus raus und etwas zum Essen bekommen. Sein Magen knurrte und wurde rebellisch. Vorsichtig kletterte er nach unten und schlich zum Haus des Pastors.

Aber dieses wirkte tot, obwohl ein Auto im Carport stand. Der heilige Mann schien den ganzen Tag zu schlafen. Oder lag er an einem idyllischen Fleckchen in der Sonne? Tobias beschloss, an der Haustür zu klingeln. Doch dann kam ihm wieder die Polizei in den Sinn, die jetzt intensiv nach ihm fahndete. Halt!, dachte er. Vielleicht war es besser, wenn er unbemerkt ins Haus einstieg, um sich etwas zum Essen zu besorgen. In seiner Situation konnte das keine Sünde sein, der Pastor würde ihn bestimmt verstehen. Also schlich er ums Haus und stellte fest, dass es tatsächlich verlassen zu sein schien. Gut! Ob Mats einen Schlüssel in seinem hölzernen Büro versteckt hatte?

Tobias kehrte zum Baumhaus zurück. Nach fünfzehn Minuten hatte er alle Verstecke durchsucht, die es gab – ohne Erfolg. So stieg er die Leiter wieder hinunter und ging erneut zum Haus des Pastors. Sein Klingeln weckte jedoch keinen Hausbewohner. Er umrundete das Haus. Alle Fenster waren verschlossen, doch die Kellertreppe weckte seine Aufmerksamkeit. Es gab nämlich eine Fußmatte, die wahrhaftig einen Schlüssel verbarg. Und siehe da, der Schlüssel passte in die Kellertür. Ein trockener und wunderbar aufgeräumter Kellerraum erwartete ihn. Umzugskartons standen aufeinander geschichtet an der Wand. Er öffnete den obersten in der Hoffnung, etwas zu essen darin zu finden. Doch er enthielt nur christliche Gesangsbücher. Die geistige Nahrung war schon mal gesichert, schmunzelte er. Aber er brauchte dringend etwas für seinen Bauch. In einem zweiten Raum fand er endlich etwas zu essen. Zunächst fiel sein Blick auf eine große Tiefkühltruhe, neben der sich zum Glück ein Regal voller Eintopfdosen befand: Tomatensuppe di Toscana und russische Kosakensuppe. Er nahm zwei Dosen mit und bewegte sich die Treppe hinauf ins Erdgeschoss. Doch am oberen Treppenabsatz war sein Weg zu Ende, denn die Tür war verschlossen und verhinderte jegliche vernünftige Ernährung. Wütend machte er kehrt und suchte nach einem Dosenöffner. Das brachte dann endlich den großen Durchbruch. Er fand ein Sechserpack dänische Bierdosen. Damit konnte er bis zum Abend durchhalten. Er setzte sich auf die Kellertreppe und öffnete eine Dose Bier. Nach fünf Minuten war sie leer. Trotzdem hörte das Knurren in seinem Magen nicht auf. Also suchte er weiter nach einem geeigneten Dosenöffner und fand schließlich ein Set mit Werkzeugen zum Reparieren von Fahrrädern, darunter auch einen mittelgroßen Schraubenzieher.

Da hörte er, wie über ihm im Erdgeschoss die Haustür geöffnet wurde. Nun wurde ihm klar, dass er gerade einen Einbruch begangen hatte. Deshalb hastete er mit den Dosen zurück zum Regal, aus dem er sie entwendet hatte. Er stellte sie zurück, versteckte die leere Bierdose und eilte aus dem Keller. Draußen schloss er die Tür wieder ab, schob den Schlüssel zurück unter die Fußmatte. Dann seufzte er, ging zur Vorderseite des Hauses und klingelte erneut an der Haustür.

Der kleine Mats öffnete die Tür und sah ihn freudig an. Offensichtlich hatte er Neuigkeiten, die er sofort loswerden wollte.

„Tom und ich waren gestern noch in Ihrem Haus und raten Sie mal, was wir dort gefunden haben?", sagte der kleine Kerl ganz aufgeregt.

Tobias lagen schon böse Worte auf den Lippen. Er hatte es doch den beiden Kindern ausdrücklich verboten. Angesichts seiner miesen Situation konnte er allerdings jede Information brauchen und Mats war offenbar gut in diesen Dingen. Außerdem hatte er einen Riesenhunger und spekulierte auf die Kosakensuppe im Keller. Die durfte er auf keinen Fall aus den Augen verlieren.

„Keine Ahnung! Erzähl's mir", antwortete er und fügte hinzu: „Darf ich reinkommen?"

Kurz darauf hatte er einen ausführlichen Bericht von der nächtlichen Ausflugstour der beiden Jungen erhalten. Während auf dem Herd die Suppe langsam heiß wurde, saß er zusammen mit Mats am Küchentisch und betrachtete die vier kleinen Lokomotiven und das Foto mit der Typenbezeichnung hinten drauf. E200, las er.

Nachdenklich ließ er sich noch einmal den Bericht des Jungen durch den Kopf gehen, den er gerade ungläubig verfolgt hatte. Was der kleine Kerl sagte, das klang eigentlich viel zu schön, um wahr zu sein. Dann musterte er gründlich die Modelle. Äußerlich sahen sie alle gleich aus und keine von ihnen trug irgendeinen sichtbaren Hinweis zur Lösung seiner umfangreichen Probleme. Mats meinte, dass eine der Lokomotiven leichter sei als die anderen. Es handelte sich um jene, deren Scheibe einen Riss hatte. Man solle doch mal in sie hineinschauen, hatte er vorgeschlagen. Er selber konnte keinen Gewichtsunterschied feststellen und versprach sich nichts davon. Aber der Junge kam trotzdem mit einer Ladung Schraubenzieher an. Eifrig versuchte er, eine Schraube auf der Unterseite zu lösen.

Währenddessen nahm Tobias den Topf mit der Kosakensuppe von der Platte. Sie hatte schon angefangen zu kochen und ein betörender Duft stieg in seine Nase. Kurz darauf zerbröselte er ein Brötchen in die Kosakensuppe. Gierig tunkte er schließlich den Löffel in die Suppe und schob ihn in den Mund. Seine Zunge berührte die köstliche Flüssigkeit und Seligkeit durchströmte ihn. Da hielt ihm der Junge die Lokomotive mit dem Schraubenzieher vor die Nase.

„Ich schaffe es nicht. Können Sie die nicht mal lösen?"

Tobias schnaubte unwillig und dachte wehmütig an die gute Suppe. Kopfschüttelnd nahm er den Schraubenzieher in die Hand und setzte ihn an eine der Schrauben. Er presste die Lokomotive mit einer Hand auf dem Tisch fest und brauchte tatsächlich ziemlich viel Kraft, um die Schrauben zu lockern. Doch kurz darauf war es geschafft. Er schob die Lokomotive wieder zum Jungen hinüber und zog erneut den Teller mit der Suppe zu sich. Genussvoll tunkte er ein Stückchen Brot ein, fischte es mit einem Löffel wieder heraus und ließ dann seine Zunge nach dem feuchten leckeren Brocken tasten. Er verschwand in seinem Mund, wo er nach und nach die wohlschmeckende Feuchtigkeit aus ihm herauspresste.

Inzwischen nahm der Junge die Haube der kleinen Lok ab. Auf den ersten Blick sah der Elektromotor ganz passabel aus. Mats bohrte seine Augen noch tiefer in das Modell und dann sah er es. Begeistert schrie er auf. Tobias schreckte von seiner Suppe auf und sah hinüber zur Lok. Der Junge deutete aufgeregt auf ein Glitzern unter dem Elektromotor. Tatsächlich gab es da etwas, was nicht nach Getriebe aussah. Das Brotstück in seinem Mund war für einen Moment vergessen. Die Neugier packte ihn und er schraubte die Befestigung des Motors los. Darunter verborgen kam ein kleiner Schlüssel zum Vorschein, der sich dort befand, wo normalerweise die Antriebsmechanik gewesen wäre.

Überraschung durchflutete Tobias Kopf. Es folgte eine Hustenattacke, die er nicht mehr unterdrücken konnte. Das Brotstück flog aus seinem Mund heraus und landete erneut in dem auf dem Herd stehenden Topf. Er keuchte zwei Mal und fühlte, wie Mats ihm sanft auf den Rücken schlug. Der Löffel fiel ihm aus der Hand, aber das war alles egal. Gierig griff er nach dem Schlüssel. „Swiss-AG-Bank", las er staunend. Darüber war ein kleines Logo eingeprägt. Der Junge war genauso neugierig wie er und nahm ihm nun das wertvolle Fundstück geschickt aus der Hand. Dann verschwand er mit dem kleinen Utensil.

„Ich werde das mal googeln", rief er über die Schulter Tobias zu.

Neugierig betrachtete Tobias erneut das Innere der Lokomotive. Doch es gab nichts Außergewöhnliches mehr zu entdecken. Er fragte sich, wie lange der Schlüssel dort wohl schon versteckt gewesen sein mochte. Wenn Gerhard ein anonymes Konto in der Schweiz gehabt hatte, dann benötigte er wahrscheinlich noch irgendeine Art der Legitimation, die die Bank davon überzeugte, dass er der Besitzer dieses Schließfaches war. Wenn es denn wirklich ein Schlüssel für ein Bankschließfach war.

Seine Gedanken wanderten weiter zu seinem Onkel: Wenn Hartmut die Eisenbahn wirklich ausprobiert hatte, wäre er da nicht auf dieses Versteck gestoßen? Aber ein Schließfach allein war eine unsichere Herberge für einen Haufen Geld.

In diesem Moment kam Mats zurück und verkündete seine Ergebnisse:

„Das Logo gehört zur Swiss Alpengranit Bank, einer mittelgroßen Bank in der Schweiz. Der Hauptsitz ist in Zürich. Vor fünf Jahren war die Bank in den Schlagzeilen wegen eines Skandals. Es ging um einige Steuersünder, die dort Asyl für größere Geldbeträge gefunden hatten."

Tobias nickte anerkennend, konnte aber nichts sagen. Ein kleiner Brotkrümel glitt durch seinen Mund und weigerte sich beharrlich, den Schlund hinunterzurutschen. Endlich gelang es ihm zu schlucken und er sagte lobend: „Alle Achtung, Mats!" Sinnend sah Tobias den Jungen an.

„Sag mal Mats, hast du nicht vielleicht irgendeinen Wunsch? Irgendwas, was du gerne hättest oder machen würdest?"

Der Adoptivsohn des Pastors schaute ihn einen Moment überrascht an. Dann wanderte sein Blick zum Fenster ins Licht. Verträumt blickte er nach draußen.

„Meine Eltern sind mit mir mal zum Skilaufen in die Berge gefahren. Das war wunderschön."

Die kleinen Augen strahlten, offensichtlich erinnerte er sich gerade an viele, schöne Erlebnisse in diesem Urlaub. Tobias mochte ihn kaum stören, vorsichtig meinte er deshalb:

„Vielleicht siehst du den Schnee ja bald wieder? Würde dir das gefallen?"

Ein Blick der Freude traf Tobias. Er zwinkerte dem Jungen zu. Dann fischte er mit dem Löffel das nächste Stückchen Brot aus dem Topf heraus.

14
Hoffnung

Eine Stunde später kam der Pastor nach Hause. Er war nicht sehr überrascht, Tobias in seinem Haus vorzufinden.

„Wir hatten eine Fortbildung in Plön. Dabei hatte ich die Gelegenheit, mit einem Bekannten zu sprechen, der sich besser mit Geldproblemen von Pflegebedürftigen auskennt als ich. Er kannte die Brüder Wortschneider und hatte auch schon einige unangenehme Dinge von der R&K Bank gehört. Es gebe das Gerücht, wonach das Brüderpaar und der Arzt Walter Treudelpfad darauf spezialisiert seien, das Optimum für sich aus den Vermögen von Pflegebedürftigen herauszuholen, die ihnen anvertraut sind. So hat er es mir berichtet und mir zwei Beispiele geschildert."

Er machte eine Pause.

„Mein Bekannter konnte mir auch etwas zu dem Fall mit der Frau Ebenreuter erzählen. In ihrem Testament existiert eine Klausel. Danach fällt das Erbe unter gewissen Bedingungen an eine wohltätige Stiftung, die sich vor allem um ältere Menschen kümmert. Der Aufsichtsratsvorsitzende dieser Stiftung ist zufällig ein Christof Wortschneider. Es gibt sogar schon ein Gutachten von Doktor Treudelpfad, dass die medizinischen Bedingungen dieser Vermögensverwahrung erfüllt sind. Formaljuristisch ist da nichts zu machen. Toll nicht! Und die alte Frau macht jetzt eine Chemotherapie und hat weiß Gott andere Sorgen, als sich mit ihrem Erben, einem jüngeren Cousin zu streiten."

Pastor Moorreiter sah Mats und Tobias traurig an. Nun erzählte ihm sein Sohn von dem Schlüssel in der Lokomotive und einem möglichen Bankschließfach in der Schweiz. Dass der kleine Mats die Lokomotive aus Tobias Strohdachhaus mitgenommen hatte, erfuhr er nicht. Dann mischte sich Tobias ins Gespräch ein. Er erklärte, dass er unbedingt mit seinem Bruder über die Herren Wortschneider reden müsse. Er könne nicht ausschließen, dass Tristan vielleicht von einem der beiden überredet worden sei, Druck auf Amalie aus-zuüben, um an diesen Schlüssel von der Schweizer Bank zu kommen. Der Pastor rieb sich über das Kinn und dachte nach.

Da klingelte es an der Haustür. Alle drei sahen sich bestürzt an. Der Pastor fasste sich am schnellsten.

„Ab in den Keller", raunte er Tobias zu und schob ihn mit den Händen zur Kellertür.

„Es ist eine Frau", flüsterte Mats, der ans kleine Flurfenster bei der Treppe getreten war und hinaus-schaute. Tobias hielt inne und fragte zurück:

„Ist sie allein? Wie sieht sie aus?"

„Ja, sie ist allein. Und ach! Sie hat einen Gipsfuß … ", erwiderte der Junge betroffen.

„Egal, wie sie aussieht. Sie müssen in den Keller", sagte sein Vater bestimmt und öffnete die Kellertür. Doch als er nach Tobias Armen griff, wich dieser ge-schickt aus und huschte ans Flurfenster neben Mats.

„Es ist Yvonne von Staudacker, eine Freundin von mir. Sie ist auf unserer Seite."

Nun stand auch der Pastor neben ihnen. Drei Köpfe pressten sich nebeneinander an die Scheibe und starr-ten die bildhübsche Frau draußen an, die nun erneut auf den Klingelknopf drückte.

Tobias huschte zum Spiegel und versuchte dort vergeblich, sein Aussehen zu verschönern, indem er mit den Fingern ein paar Strähnen aus der Stirn kämmte.

„Ich sehe schrecklich aus." Nun probierte er, die Haare oben auf dem Kopf zu glätten, doch störrisch reckten sich einige Büschel in Richtung Decke.

„Soll ich nun endlich aufmachen?", fragte Pastor Moorreiter, der Tobias beobachtet hatte, amüsiert.

„Ja doch", sagte Tobias mit einem schiefen Lächeln.

Da öffnete der Kirchenmann die Tür und fragte die Besucherin freundlich: „Ja bitte? Kann ich Ihnen helfen?"

„Ich suche jemanden ... " Dann sah sie Tobias und ihr Gesicht begann zu strahlen.

Fünf Minuten später saßen Tobias und Yvonne zusammen im Wohnzimmer und redeten, während der Pastor sich diskret in die Küche zurückgezogen hatte, um Tee zuzubereiten. Er ließ sich damit Zeit. Vielleicht, weil er nicht in alle Geheimnisse von Tobias und Yvonne eingeweiht werden wollte. Moorreiter hatte auch seinen Sohn in die Küche beordert, allerdings unter großen Mühen, denn es war schwer, den unternehmungslustigen kleinen Kerl an die kurze Leine zu legen. Immer wieder fand der Bursche einen Vorwand aus der Küche verschwinden zu wollen. Deshalb gab er ihm ständig neue kleine Aufgaben, die in der Küche sofort zu erledigen waren.

Tobias schilderte Yvonne die neuesten Entdeckungen von Mats Recherchen. Von dem Auffinden der Fotos, die entweder die Lokomotiven der Modelleisenbahn oder die Eingangspforte des Herzogsgrabes zeigten, berichtete er. Eine der Aufnahmen von der adligen Grablege habe die Beschriftung „E200" getragen – die Typenbezeichnung für eine der Loks. Es hatte sich dann herausgestellt, dass Gerhard in jenem Modell, das vorne abgebildet war, einen Schlüssel von einer Schweizer Bank versteckt hatte.

„Hat der Schlüssel eine Nummer?", fragte Yvonne.

Tobias schüttelte den Kopf.

„Dann fehlt noch ein Dokument mit einem Codewort oder etwas Gleichwertiges." Sie schaute Tobias nachdenklich an. „Und das bedeutet, die Schnitzeljagd geht weiter", meinte sie dann und folgerte:

„Und wenn du mich fragst, dann ist das nächste Puzzleteil wieder in deinem Strohdachhaus verborgen. Es gibt zwar noch die Möglichkeit, dass es im Haus von Susanne Greuter war, aber dann hätte entweder ihr Mörder herausbekommen, was sie damit gemacht hat, oder die Polizei hätte es gefunden."

In diesem Augenblick erschien Pastor Moorreiter mit einem Tablett voller Geschirr, Keksen und Kuchen für eine ausgiebige Runde Kaffeeklatsch. Tobias erzählte ihm von Yvonnes Überlegungen und ihren Plänen. Sie würden sich am Abend noch einmal im Strohdachhaus in Schleswig umschauen. Der Pastor dachte einen Moment nach, wandte sich schließlich an die junge Frau und fragte sie:

„Und haben Sie vielleicht schon eine Vorstellung davon, wo dieses Versteck der Dokumente sein könnte?"

Yvonne überlegte wieder kurz, sah den Kirchenmann dann lächelnd an und sagte:

„Ein Dokument wäre für die Ermittler von der Finanzbehörde im Strohdachhaus viel zu einfach zu entdecken. Doch einen Hinweis für das Versteck der Dokumente muss es geben. Und der wird ebenfalls im Strohdachhaus versteckt sein, weil Herbert bisher alle

Hinweise und sogar den Schlüssel im Strohdachhaus deiner Tante versteckt hat. Normalerweise wird derartiges Beweismaterial bei guten Bekannten oder Verwandten, mitunter sogar im Ausland in einem Depot untergebracht."

„Normalerweise?", fragte der Pastor nach.

„Yvonne arbeitet für die Kriminalpolizei als Ermittlerin für Wirtschaftsdelikte", warf Tobias schnell ein. Moorreiter verschluckte sich und fing an, ausgiebig zu husten.

„Ich hoffe, Sie arbeiten hier nicht Undercover? Es geht doch wohl nicht um zu viel Geld?" Der Pastor schaute unsicher von Tobias zu Yvonne, die jedoch den Kopf schüttelte und beruhigend seine Hand tätschelte.

„Mein Chef weiß nichts von meinen derzeitigen Aktivitäten. Ich schau Tobias eigentlich auch nur ein bisschen über die Schulter. Morgen weiß ich nicht mehr, was ich heute gemacht habe. Ganz sicher." Sie lehnte sich entspannt auf dem grünen Sofa zurück und überlegte laut:

„Ich habe da so eine Ahnung: Vielleicht hatte Gerhard die gleiche Idee wie Amalie – sie hatte seinerzeit unbequeme Unterlagen bei ihrer besten Freundin deponiert. Und er hat die fraglichen Dokumente möglicherweise im Haus von Hartmut und Elfriede Leuchtner versteckt. Hartmut war immerhin Amalies Bruder und er war gelegentliches Mitglied der Skatrunde."

Tobias begann, langsam zu nicken. Der Pastor seufzte und wandte sich an Mats:

„Es ist schon ziemlich spät, Mats. Zeit, ins Bett zu gehen und alles zu vergessen, was du gehört hast."

„Es ist erst Mittag", rief der kleine Bursche empört. „Ich geh noch nicht ins Bett. Ich denk gar nicht dran!"

„Gut", dann hilfst du mir, den Gemeindebasar fürs übernächste Wochenende vorzubereiten. Erntedankfest. Ich brauche dich im Gemeindebüro und zwar den ganzen Nachmittag."

„Aber wir haben doch vorgestern schon fast alles vorbereitet!"

„Wir sind aber noch nicht fertig, Mats, und wir müssen einige Dinge noch einmal ändern!"

Nach einer kleinen Pause und einem kurzen geheimen Gedankengang räusperte sich der Pastor.

„Mats, bitte lege den Schlüssel für mein Auto in den Kasten im Flur."

Dann fügte er mit lauterer Stimme hinzu: „Und wenn ihn dort jemand wegnimmt, der unbedingt nach Schleswig fahren muss, dann ist das in Ordnung. Und noch etwas: Wenn jemand heute Nacht in deinem Baumhaus übernachtet, dann habe ich nichts dagegen einzuwenden, aber du schläfst auf jeden Fall in deinem Bett. Verstanden!"

Und an Tobias und Yvonne gewandt: „Wir beide, Mats und ich, sind jetzt eine Zeitlang im Gemeindebüro tätig. So etwa um halb sieben fahre ich zu zwei alten Gemeindemitgliedern in Damendorf und werde mich etwas mit ihnen beschäftigen. Es ist möglich, dass ich die beiden überreden kann, danach mit mir hier im Pastorat noch etwas für den nächsten Gemeindebasar vorzubereiten. Und Mats wird dann nach Hause zurückkehren, sein Abendbrot essen und noch etwas fernsehen."

Dann grinste er Yvonne an:

„Heute ist so ein heißer Tag. Da wäre es doch besser, wenn Sie Ihr Auto vom Parkplatz der Kirche wegfahren und lieber im Schatten unter den Bäumen des Gasthofs „Zur alten Linde", gegenüber vom Pastorat, parken. Dann heizt er sich über Tag nicht so auf und wenn Sie damit heute Abend wieder wegfahren, hat er eine angenehme Temperatur. Außerdem fällt der Wagen unter den Bäumen viel weniger auf. Das ist sehr gut, weil ich morgen womöglich noch Fragen beantworten muss, wer hier im Pastorat oder auf dem Friedhof gewesen sein könnte."

Mats grinste breit und nickte intensiv. Der Pastor lächelte zurück und fuhr fort: „So, Mats, bevor wir mit dem Basar anfangen, musst du mir noch helfen, mein Fahrrad zu reparieren. Da gibt es ein Schleifgeräusch, das da nichts zu suchen hat."

Kurz darauf war er mit Mats verschwunden.

Dieser Pastor und sein Stiefsohn waren vielleicht nicht die vorbildlichsten Diener Gottes, dachte Tobias, aber doch wundervolle Samariter der Gerechtigkeit. Auch wenn einige gesetzliche Regelungen unter ihren Taten ächzten und stöhnten.

~~~

Kaum hatten sich Yvonne und Tobias am Abend auf den Weg zum Strohdachhaus in Schleswig gemacht, da klingelte das Handy, das Tristan ihm gegeben hatte. Erschrocken dachte er, dass er es doch eigentlich ausgeschaltet hatte. Er musste es vergessen haben. Auf dem Display leuchtete „Unbekannter Anrufer". Tobias fuhr mit dem Wagen rechts ran und drückte auf „Annehmen".

„Tobias, bist du das?" fragte eine ihm merkwürdig bekannte Stimme.

„Ja", sagte er zaghaft.

„Ich bin's, Elisabeth, die Frau des Kommissars. Wir sind endlich wieder zu Hause, Daniel und ich."

Tobias gratulierte ihr und wartete, doch sie war offenbar von ihrem Sohn abgelenkt. Was mochte sie so Dringendes haben?, überlegte er. Es schien wichtig zu sein. In dem Moment räusperte sie sich und berichtete ihm vom Brüderpaar Wortschneider und Doktor Treudelpad und deren Verbindung zu Susanne Greuter.

„Weiß ich schon alles", fiel ihr Tobias ins Wort.

„Aber das weißt du vielleicht noch nicht: Zwischen der Testamentseröffnung und dem Mord war dein Bruder sehr kommunikativ. Er hat dreimal mit Doktor Treudelpfad telefoniert, je zweimal mit dem Rechtsanwalt Franz Wortschneider und dem Finanzberater Christof Wortschneider und dreimal mit deinem Onkel Hartmut. Darauf angesprochen hat sich dein Bruder in die größten Widersprüche verstrickt, frag mich nicht, welche. Aber er verbirgt etwas und deshalb lässt Heiner deinen Bruder jetzt beschatten. In dieser Zeit hat er sich mit einem von diesen Wortschneider-Brüdern getroffen. Sie haben eine halbe Stunde in einer Kneipe zusammen gesessen und geredet."

Nun war es also unmöglich für Tobias, Tristan zur Rede zu stellen. Aber gut zu wissen, dass er beschattet wurde, sonst wäre ich glatt verhaftet worden, wenn ich zu ihm gefahren wäre, dachte er.

„Wird Tristan immer noch beschattet?", fragte er.

„Nein, Heiner will sich heute um diesen Rechtsanwalt Franz Wortschneider kümmern und ihn ausquetschen. Er glaubt, dass er der Mörder von Susanne Greuter ist. ‚Der lügt wie gedruckt', hat er gesagt. Aber ich halte ihn nicht für den Täter und hab mit Heiner gewettet. Es ist … "

Tobias hörte ein altbekanntes Gurgeln im Hintergrund.

„Tobias? Ich muss Schluss machen. Daniel braucht mich."

Elisabeth legte auf.

Kaum eine Minute später klingelte sein Handy erneut. Diesmal war es Brunhilde. Sie war ganz aufgeregt:

„Tobias, Tristan hatte einen Unfall und liegt jetzt im Krankenhaus. Die Polizei hat mich gerade angerufen. Er hat sich das Schlüsselbein gebrochen und ein Schleudertrauma."

Tobias war geschockt. Doch eine Frage musste er sofort stellen.

„Wie ist es passiert?"

Aber Brunhilde wusste es selbst noch nicht. Seine Schwester wollte ins Krankenhaus, um nach Tristan zu sehen und festzustellen, wie schlimm es wirklich war. Sie bat ihren Bruder, auch dorthin zu kommen. Tobias sagte zu und legte auf. Yvonne, die Teile des Gesprächs gehört hatte, bekräftigte nun:

„Wir müssen erst einmal ins Strohdachhaus und dort nach dem nächsten Puzzleteil suchen, Tobias. Dein Bruder ist im Krankenhaus sicherlich gut aufgehoben. Wir werden später herausfinden, wie es ihm geht."

Tobias stimmte ihr zu. Sie mussten zunächst nach den Dokumenten suchen oder nach einem Hinweis, der sie zu ihnen führte. Und die größten Erfolgsaussichten hierzu bot nun einmal das Strohdachhaus. Tobias fuhr entschlossen in die Stadt und immer weiter, bis er im Wohnviertel St. Jürgen angekommen war.

~~~

Kurze Zeit später standen Tobias und Yvonne wieder im Wohnzimmer des Strohdachhauses. Mit der Taschenlampe in der Hand tastete die junge Frau die

Wände ab, dann den Fußboden, bis er den Kopf schüttelte und ins Arbeitszimmer ging. Die Polizei hatte mittlerweile alle Aktenordner beschlagnahmt. Nur ein paar Fotoalben waren noch da und natürlich die ganzen Bücher. Der kleine Mats hatte die interessantesten Hinweise in den alten Fotos gefunden, die er selber übersehen hatte. Also ging er nun seinerseits die beim vorigen Besuch vergessenen Fotos in den Alben und Kuverts eins nach dem anderen durch. Yvonne setzte sich neben ihn. Gemeinsam kontrollierten sie dieses Mal auch alle Rückseiten der Bilder, vor allem der alten aus der Zeit, als Gerhard noch lebte. Er hatte auch auf einigen weiteren Fotos Wörter aufgeschrieben. Doch es waren meist nur Ortsnamen und Begebenheiten, die unwichtig erschienen.

Es war die Zeit, als die Skatrunde die fünf Männer noch zusammengeschweißt hatte. Tobias blätterte weiter. Dabei fiel ihm auf, dass Gerhards Gesichtsausdruck in den letzten beiden Jahren vor seinem Tod viel an Fröhlichkeit eingebüßt hatte. Besorgt wirkte er, fast ängstlich. Ob er angesichts seiner inneren Verfassung seine Schätze wirklich in diesem Haus aufbewahrt hatte? Tobias kamen Zweifel. Leider fand er keinerlei Hinweise, weder für die eine noch für die andere Theorie. Erschöpft blickte Tobias zu Yvonne. Diese hatte seine Müdigkeit natürlich bemerkt und sagte deshalb betont munter:

„Vielleicht sollten wir uns die anderen Bibeln mal anschauen. Gerhard könnte ja gehofft haben, dass Amalie bei der Suche nach dem Geld dort hineinschauen würde.

Ja, das war eine gute Idee, fand Tobias und bewunderte insgeheim ihre Energie. In einer der Bibeln waren sie immerhin auf die Notiz zum Herzogsgrab gestoßen, die ihn letztlich zum Schlüssel für das Bankschließfach geführt hatte. Ob es in den anderen Bibeln vielleicht auch Hinweise gab?

Nur einen kurzen Moment zögerte er, dann ging er die anderen Bibeln durch. Er nahm ein Exemplar aus dem Regal und schlug hoffnungsvoll die Stelle mit Tobias von Ninive auf, nichts. Die zweite Ausgabe war von vorne bis hinten vollgeschrieben. Überall Unterstreichungen und Anmerkungen und alle in der gleichen Handschrift, aber nicht in Gerhards. Ein anderer unruhiger Geist in der Familie hatte seine Gedanken hier hinterlassen. Als er die Innenseite des Buchdeckels begutachtete, stellte er fest, dass es jemand aus Gerhards Familie gewesen sein musste, denn sie enthielt die Familienchronik über drei Generationen. Auch die Szene über Tobias von Ninive war kommentiert worden, jedoch fand er zunächst nichts Interessantes. Doch dann entdeckte er ein einzelnes Wort, wieder direkt neben der Seitenzahl unten: „Meisterbrief".

Das Wort passt überhaupt nicht hierher, wunderte sich Tobias. Soviel er von Amalie über Gerhard erfahren hatte, kam der aus einer kaufmännischen Familie. Handwerker waren unter seinen Vorfahren unbekannt. In Tobias Familie dagegen gab es viele Menschen, die handwerklich tätig gewesen waren. Der Meisterbrief seines Großvaters, eines Bäckermeisters, war ein ehrfürchtig gehütetes Relikt, das er selbst jedoch nie gesehen hatte, außer vielleicht in seiner frühen Kindheit. Doch daran konnte er sich nicht erinnern. Sein Opa hatte mit seinem Beruf einigen Wohlstand in die Familie Leuchtner gebracht. Alle waren stolz auf ihn gewesen und so wurde der Meisterbrief auch nach seinem Tod in Ehren gehalten. Die Oberhüter des Relikts waren Hartmut und Elfriede, die dieses wichtige Familiendokument allerdings im Keller ihres Haus in irgendeiner alten Kiste vergraben hatten. Amalie und Elfriede hatten ihm irgendwann einmal davon erzählt, wie er sich nun dunkel erinnerte.

Yvonne hatte Tobias beobachtet. So war ihr seine wachsende innere Erregung nicht verborgen geblieben und nun fragte sie ihn nach dem Grund. Er zeigte auf das Wort, dass diesen Aufruhr erzeugte: „Meisterbrief".

Wie ein altes Gemälde gerahmt und mit Glasscheibe vor den Unbilden und dem Licht der Zeit abgeschirmt. Konnte es sein, dass Gerhard den Meisterbrief zur Verschleierung seiner finanziellen Transaktionen vor dem scharfen Blick der Gesetzeshüter missbraucht hatte? Eine sehr interessante Frage! Die Steuerfahndung wäre wohl kaum auf die Idee gekommen, belastende Dokumente im Haus des Schwagers des Verdächtigen zu suchen, sofern sie keine aussagekräftigen Hinweise dafür fand. Da es jedoch schon spät war, beschlossen Tobias und Yvonne, aufzubrechen und zum Pastorat zurückzukehren. Ein wichtiges Dokument musste in diesem Meisterbrief versteckt sein, der sich irgendwo im Haus von Onkel und Tante befand – davon war Tobias nun fest überzeugt.

~~~

Um kurz nach halb neun waren die beiden wieder zurück. Im Haus des Pastors brannte nur im Zimmer des kleinen Mats noch Licht, doch das Gemeindebüro war noch voller Leben. Hartmuts Auto stand davor auf einem der Stellplätze. Um den Jungen nicht zu stören, betraten Yvonne und Tobias leise das Pastorat. Doch Mats hatte sie offenbar gehört, weil er kurze Zeit später mit seinem Vater in der Küche erschien. Die beiden berichteten ihnen von der Entdeckung im Strohdachhaus.

„Der Meisterbrief befindet sich wahrscheinlich im Keller", erwog Tobias.

„Wie auch immer", sagte der Pastor. „Ich kann Ihre Verwandten noch eine knappe halbe Stunde mit Gemeindearbeit für das Erntedankfest beschäftigen. Zum Glück habe ich den Autoschlüssel aus Hartmuts Jacke stibitzt und versteckt." Wieder grinste der fromme Mann verschmitzt, dann nahm sein Gesicht jedoch eine traurige Miene an.

„Aber viel länger als anderthalb Stunden werde ich sie auch auf diese Weise nicht aufhalten können. Innerhalb dieser Zeit müssen Sie diesen alten Meisterbrief gefunden haben." Moorreiter sah die beiden ernst an, dann fiel ihm noch etwas ein: „Falls Sie Schwierigkeiten haben, bei Ihrem Onkel hereinzukommen, habe ich da etwas vorgesorgt."

Der Pastor holte aus einer der Küchenschubladen einen dicken Eisenring mit knapp zwei Dutzend alten primitiven Schlüsseln hervor.

„Einer von den Schlüsseln passt bestimmt. Es gibt in dieser Gegend so viele alte Häuser aus den fünfziger und sechziger Jahren mit alten Schlössern. Früher kam einmal im Jahr bei mir jemand aus der Gemeinde vorbei und bat mich um ein Refugium für eine Nacht, weil er den Haustürschlüssel verlegt oder verloren hatte und so habe ich mir einige Schlüssel zugelegt, um diesen armen Seelen Hilfe zu spenden. Die meisten Häuser haben die alten Kellerschlösser behalten."

„Also, einen Einbruch begehe ich auf keinen Fall", nörgelte Yvonne nun.

„So schlimm wird es nicht werden", versicherte Tobias lächelnd und beschwichtigte: „Hartmut lässt die Kellertür fast immer offen."

Als Antwort presste Yvonne die Lippen zusammen.

15
Nächtliche Überraschung

Tobias und Yvonne standen vor der Pforte, von der ein Plattenweg zur Haustür führte, hinter der Elfriede und Hartmut wohnten. Die Straße war menschenleer, denn es war spät und hatte zu nieseln begonnen. Es war eine kleine Siedlung am Rande eines kleinen Dorfes, mitten auf dem Land, und trotzdem war es an diesem Abend irgendwie unheimlich.

„Der Kellereingang ist an der Seite bei dem Geländer", murmelte Tobias leise.

Yvonne nickte nur. Kurz darauf standen sie unten an der Kellertreppe vor der Tür. Als Tobias die Klinke herunterdrückte und sie verschlossen war, flüsterte er:

„Zu dumm, jetzt hat er sie doch abgeschlossen. Und das gerade heute."

„Tobias, ich hab dir doch gesagt, dass ich bei einem Einbruch nicht mitmache."

Yvonne wandte sich schon um, um die Treppe wieder hinaufzugehen. In seiner Verzweiflung darüber, dass sie ihn jetzt womöglich im Stich lassen würde, erinnerte sich Tobias an das kleine Stoffkätzchen, das er im Einkaufszentrum Nord gekauft hatte, und immer noch in einer seiner Jackentaschen mit sich herum schleppte. Er zog es heimlich hervor und setzte es unbemerkt auf den Boden in die Dunkelheit neben der Tür. Dann betätigte er den Bettelton des kleinen Wesens.

„Das ist kein Einbruch. Hinter der Tür hat eine Katze miaut, ich habe es deutlich gehört."

Mit diesen Worten holte er eine Taschenlampe aus der Tasche mit den Schlüsseln. Yvonne drehte sich um und kam die Stufen wieder herunter. Inzwischen hatte sich Tobias gebückt und streichelte nun das kleine Kätzchen, während Yvonne neugierig mit der Lampe in die Ecke leuchtete. Erneut machte es „Miau".

„Du bist eine miserable Bettelkatze, Toby!", sagte sie, leuchtete nun jedoch mit einem Lächeln im Gesicht auf das Schloss.

Zum Glück hatte Hartmut den Schlüssel dieses Mal nicht stecken lassen und zwei Minuten später war der richtige im Schloss. Eine kurze Drehung und ein klickendes Geräusch: Die Tür war offen. Tobias drückte die Klinke herunter und trat ein. Vorsichtig machte er zwei kleine Schritte und wartete dann auf Yvonne. Diese versuchte, die Dunkelheit mit Licht zu füllen. Ihre Hand zitterte, denn der Kegel der Taschenlampe tastete unruhig das Innere des großen Kellerraums ab.

„Immer mit der Ruhe, Yvonne. Es ist ja für einen guten Zweck", beschwichtigte Tobias sie. „Für die Gerechtigkeit!"

„Halt die Klappe!", fauchte sie.

Die beiden erwogen für einen Moment, zuerst im Erdgeschoss nach dem Meisterbrief zu suchen, doch die Tür am oberen Ende der Kellertreppe war zugesperrt und der Schlüssel steckte im Schloss, jedoch leider auf der falschen Seite.

Nun mussten sie sich damit begnügen, im Keller nach dem Meisterbrief des Großvaters zu suchen. Eine halbe Stunde später hatten sie in einem echten Gewaltakt zwei Dutzend Kartons und mehrere Kisten durchsucht und nichts gefunden, was auch nur Ähnlichkeit mit einem Meisterbrief hatte.

„Was machen wir, wenn wir hier nichts finden? Das Haus hat schließlich mehrere Etagen und ein Dachgeschoss, wo der verdammte Brief auch stecken könnte", erwog Tobias, der mittlerweile seiner dunklen Erinnerung nicht mehr traute.

„Darüber können wir nachdenken, wenn wir hier fertig sind", erwiderte Yvonne schwitzend.

Sie stellten die vorletzte Kiste auf einige andere. Beide stöhnten und brauchten ihre ganze Kraft, weil sie so ungewöhnlich schwer war.

„Wozu um alles auf der Welt verschraubt jemand eine Kiste?", sagte Tobias kopfschüttelnd.

„Das ist ein gutes Zeichen", entgegnete Yvonne. „Erstens müssen Bücher oder Schreibwaren in der Kiste sein, sonst wäre sie nicht so schwer und zweitens hat das irgendjemand gemacht, damit es nicht so leicht ist, sie aufzubekommen."

Tobias holte ein kleines Werkzeugset aus seiner Jacke hervor. Kurz darauf stellte er frustriert fest, dass er einen großen Schraubendreher brauchte. Nun fingen sie beide an, im Keller nach dem passenden Gerät zu suchen. Hinter der Heizung fanden sie schließlich eine Werkzeugkiste, die zum Glück nicht abgeschlossen war. Da drinnen gab es den richtigen Schraubendreher. Doch dann stellte sich heraus, dass sich zwei der sechs Schrauben nicht bewegten, weil ihre Köpfe so verrottet waren, dass sie beinahe auch noch das Werkzeug ruiniert hätten. Tobias fing an zu fluchen, doch Yvonne gewann der Sache etwas Positives ab.

„Das ist auch ein gutes Zeichen, denn diese Kiste ist bestimmt zwanzig Jahre lang nicht geöffnet worden."

Schweigend holte Tobias den größten aller Schraubendreher aus Hartmuts Werkzeugkiste. Geschickt drückte er das Eisen unter einen schmalen Spalt am

Deckel der Kiste und erweiterte ihn dann mit einem energischen Stoß. Danach konnte er den Deckel langsam anheben. Die Schrauben gaben schließlich nach und die Kiste ließ sich nun ganz leicht öffnen.

Tobias machte das Kellerlicht an. Tatsächlich war sie voller Bücher und alter Schriftstücke, die alle aus den Lebzeiten von Großvater Leuchtner stammten. Das war ein gutes Zeichen, waren sich Tobias und Yvonne einig. Langsam wühlten sie sich durch die Papiere und stapelten sie neben der Kiste. Endlich, ganz am Grund, fanden sie einen mittelgroßen Bilderrahmen, der den „Meisterbrief" des Großvaters enthielt. Auf der Urkunde stand: „Die Meisterprüfung hat vor dem unterzeichnenden Prüfungsausschuß der Bäcker Christian Leuchtner bestanden … " Drumherum waren die Leitsätze der handwerklichen Hierarchie angeordnet: „Wer ist Lehrling? Jedermann. Wer ist Geselle? Wer was kann. Wer ist Meister? Wer was ersann."

Noch mehr interessierte die beiden nächtlichen Besucher jedoch die Rückseite dieses Meisterbriefes. Eine mit dem Rahmen verklebte Presspappe verbarg den Blick darauf. Das Papier war allerdings von jemandem vor langer Zeit an drei Seiten aufgeschnitten und nur notdürftig wieder repariert worden. Tobias führte seinen Schraubenzieher vorsichtig in einen Spalt und bog die Presspappe zurück. Dahinter verbargen sich tatsächlich zwei Papierblätter. Als er sie mühsam herausgezogen hatte, jubelten beide auf. Es handelte sich tatsächlich um die gesuchten Dokumente zu Gerhards dubiosen Finanzgeschäften. Sie dokumentierten den Besitz größerer Beträge in Schweizer Währung.

„Ich glaube, dass das etwa drei Millionen Euro sind", sagte Tobias freudestrahlend.

Yvonne hatte immer noch Zweifel, ob er das Geld wirklich bekommen würde. Außerdem gab sie zu bedenken, dass die Polizei ihn immer noch wegen Mordverdachts suchte. Er hatte ganz andere Probleme.

„Und wie komme ich mit heiler Haut davon?", fragte Tobias sie.

„Eins nach dem anderen", meinte sie nun lächelnd. „Erst einmal packen wir alles wieder zusammen, sodass niemand etwas merkt. Die Dokumente nehmen wir selbstverständlich mit!"

Doch kaum hatten sie den Deckel wieder auf die Kiste gesetzt, hörte Tobias draußen Motorenlärm. Er eilte zum Lichtschalter und knipste ihn aus. Scheinwerferlicht fiel durch das Kellerfenster an der Seitenwand. Onkel Hartmut und Tante Elfriede mussten auf die Auffahrt zum Carport gefahren sein.

„Verdammt!", murmelte Yvonne. „Hätten die beiden nicht noch eine Viertelstunde länger im Gemeindehaus bleiben können?"

„Die Kiste", flüsterte Tobias.

Sie schoben die Kiste an ihre ursprüngliche Position in einer Ecke des Raumes. Wenn sie es jetzt noch schafften, eine andere Kiste und einige Kartons umzustellen, dann würde niemand merken, dass jemand im Keller nach etwas gesucht hatte.

Als der Motor endlich schwieg, konnten sie draußen gedämpfte Stimmen hören. Das zeigte ihnen, dass sie sehr leise arbeiten mussten. Tobias hatte die kleine Taschenlampe auf einen Karton gelegt, sodass das Licht gegen die weiße Decke leuchtete. Sie hoben gerade eine zweite Kiste auf die, in der sie ihren Schatz gefunden hatten, als die Tür oben an der Kellertreppe knackte. Jemand schloss sie auf! Schnell setzten sie die Kiste ab und sahen, wie das Licht unten im Kellerflur anging. Schritte kamen die Treppe herunter. Yvonne erstarrte, während Tobias zur Taschenlampe hastete und sie ausknipste.

Es war Hartmut, der im Flur stehenblieb und fluchend an der Tür zum Heizungsraum mit den Vorräten rüttelte. Sie klemmte wahrscheinlich. Kurze Zeit später hörten sie dann, wie eine Dose von einem Regal auf den Boden fiel. Ein neuer Fluch von Hartmut, der offensichtlich schlechte Laune hatte. Auf der Treppe noch einmal das gleiche scheppernde Geräusch wie im Heizungsraum. Ob sein Onkel zu viele Bierdosen in den Händen hielt? Tobias war es egal. Hauptsache, er interessiert sich nicht für den großen Stauraum mit den vielen Kartons, dachte er. Und sie hatten Glück.

Kurz darauf hörten sie Gezeter im Erdgeschoss. Scheinbar stritten Hartmut und Elfriede. Leise und vorsichtig räumten Tobias und Yvonne die letzten Kisten zurück. Dann verließen sie auf Zehenspitzen schleichend den Keller. Den Meisterbrief mit den beiden Dokumenten, die schon so viel Unglück verursacht hatten, hatte sich Tobias unter den Arm geklemmt. Vielleicht hielt er noch weitere Überraschungen bereit.

~~~

Es war nach Mitternacht, als Tobias und Yvonne mit dem Pastor in dessen Haus zusammensaßen und mit ihm beratschlagten, was weiter zu tun wäre.

„Wir haben jetzt den Grund für all diese kriminellen Machenschaften gefunden", stellte Moorreiter fest. Er griff zu einer Dose Bier, die vor ihm auf dem Tisch stand, und nahm einen tiefen Schluck.

Tobias hatte seine Dose gar nicht erst abgestellt, sondern nahm hin und wieder einen kleinen Schluck.

„Ich könnte zu Hartmut gehen und ihm sagen, dass ich jetzt beides habe, Schlüssel und die Dokumente. Ich bräuchte nur noch in die Schweiz fahren, das Geld abholen und untertauchen", erwog er.

„Denken Sie an mein neues Dach, Herr Leuchtner!", mahnte der Pastor. Er griff zu dem Meisterbrief, der auf dem Tisch lag und sah ihn versonnen an. „Ein Mord ist geschehen und der Mörder weilt noch unter uns", sagte er dann nachdenklich. „Wer weiß, was er uns noch antun wird? Er wird versuchen, uns die Unterlagen abzujagen und uns danach zum Schweigen zu bringen, fürchte ich!"

Und nach einer Pause, in der er Tobias ernst ansah: „Glauben Sie, dass Hartmut einen Mord begehen könnte?"

Tobias schüttelte den Kopf. Der Pastor kratzte sich hinterm Ohr und trank sein Bier aus.

„Elfriede traue ich das auch nicht zu?", sagte er und Moorreiter nickte leise. „Aber vielleicht weiß sie etwas darüber?"

„Es gibt nur einen kleinen Kreis von Leuten, die als Mörder oder Mörderin in Frage kommen. Was haben Sie jetzt vor?"

„Im Moment bin ich zu müde, um klar denken zu können", murmelte er leise.

Der Kirchenmann nickte. „Eins müssen Sie bedenken, Herr Leuchtner. Wenn Sie irgendjemandem aus Ihrer Verwandtschaft erzählen, dass Sie den Schlüssel und die Dokumente haben, dann sind Sie in Lebensgefahr."

„Aber andererseits ist der Besitz wenigstens eines dieser Dinge so etwas wie eine Lebensversicherung", meinte Tobias.

Müde hatte Yvonne dem Gespräch gelauscht.

„Du musst mit Kommissar Sommerdorf reden, Tobias. Das ist der richtige Weg", sagte sie nun.

„Ich kann nicht. Erst muss ich Hartmut zur Rede stellen!" beharrte Tobias.

Kurz darauf verabschiedeten sich die beiden jungen Leute vom Pastor und Tobias kehrte zurück in Mats Baumhaus. Doch trotz aller Müdigkeit hatte er Schwierigkeiten einzuschlafen. Zu viele Gedanken schwirrten durch seinen Kopf.

Wenn er zur Polizei ging und vorher nicht einige wichtige Beweise fand, die ihn entlasten konnten, bestand die Gefahr, dass er der Hauptverdächtige blieb. Wenn er sich zum Totschlag bekannte, dann drohte ihm immer noch eine lange Gefängnisstrafe. Und das für etwas, was er nicht begangen hatte und nur gestehen würde, um von der Mordanklage wegzukommen. Dabei hatte er keine Ahnung, wie und warum der Mord passiert war. War sein Geständnis dementsprechend wenig überzeugend, musste jeder Richter schwere Kopfschmerzen bekommen und an seinem ehrenwerten Charakter zweifeln. Es half alles nichts. Der Pastor hatte recht. Die Wahrheit musste ans Licht gebracht werden. Aber wie?

Da klingelte plötzlich das verdammte Handy von Tristan. Er nahm den Anruf an. „Hallo, hier ist Elisabeth." Das hatte ihm noch gefehlt. Warum zum Teufel rief sie ihn mitten in der Nacht an?

„Ich weiß, ich sollte nicht so spät anrufen. Hab ich dich vielleicht geweckt?"

Tobias resignierte und verneinte das.

„Ich hab leider nur eine schlechte Nachricht. Heiner ist ziemlich wütend, weil er auf die Couch im kleinen Zimmer umziehen musste, während ich hier oben im

Schlafzimmer mit Daniel bin. Ansonsten kann Heiner nachts nämlich nicht mehr durchschlafen."

Tobias meinte einen Anflug von Traurigkeit in Elisabeths Stimme zu hören.

„Außerdem hat Heiner auch noch Druck von oben bekommen. Deine Schonfrist läuft morgen ab, denn übermorgen wird Heiner dich so oder so festnehmen. Bisher haben sie dabei nichts gefunden, was dich entlasten könnte. Heiner gibt zu, dass es auch andere Verdächtige gibt. Allerdings haben die alle ein brauchbares Alibi."

Sie machte eine Pause und Tobias wurde mit einem Mal mutlos.

„Du musst dir das nicht so zu Herzen nehmen, Tobias. Es gibt noch Hoffnung!"

Offensichtlich hatte sie wieder seine Gedanken gelesen, denn gerade hatte er daran gedacht, wie er bloß dem Richter den Tathergang schlüssig erklären sollte.

„Es gibt noch eine gute Nachricht", fuhr Elisabeth fort. „Heiner hat herausgefunden, dass der linke vordere Sicherheitsgurt im Unfallauto mit großer Wahrscheinlichkeit angeschnitten worden ist. Außerdem hat jemand eine Schraube in Verbindung mit der Bremsleitung gelöst. Augenscheinlich wollte dieser Jemand den Rechtsanwalt Franz Wortschneider um die Ecke bringen. Heiner ist sich übrigens sicher, dass es einen Zusammenhang zwischen dem Tod von Susanne Greuter und dem Autounfall von Herrn Wortschneider und deinem Bruder gibt. Tristan hat ausgesagt, dass Wortschneider auf der Suche nach einem alten Aktenorder von deiner Tante war, in dem etwas über zwei Bankkonten in der Schweiz stehen sollte. Susanne Greuter hatte den angeblich irgendwann aus dem Haus deiner Tante entwendet. Wortschneider hat einen Zeugen aufgetrieben, der diesen Ordner bei Frau Greuter gesehen hat. Ich habe bisher gedacht, dass Doktor Treudelpfad der Mörder ist, aber ein Arzt hat doch keine Ahnung von Autos, oder?"

Doch Elisabeths Worte konnten Tobias nicht so recht trösten. Er hatte genug gehört und wünschte ihr deshalb nur noch eine gute Nacht, bevor er auflegte. Dann dachte er über den Unfall nach. Er kannte nur einen Menschen, der sich mit Autos so gut auskannte, dass er solch einen Unfall inszenieren konnte. Tobias wusste nun genau, was er tun würde.

16
Die Falle

Am nächsten Morgen beschloss Tobias, eine längere Wanderung zu unternehmen. Zunächst setzte er sich seine Sonnenbrille auf, machte einen Ausflug ins Nachbardorf und kaufte sich dort in einem kleinen Supermarkt etwas zu essen. Brötchen, Käse und Wurst, eine Flasche Wasser und ein Bier. Und natürlich eine Zeitung, in der er zum Glück nichts Neues über seine Verbrechen fand. Vom Dorf ging es in Richtung Badeplatz, wo er eine längere Pause einplante. Er suchte sich eine abseits gelegene Bank, auf der er sich eine halbe Stunde ausstreckte, die Augen schloss und ausruhte. Dann machte er sich auf den Weg nach Damendorf. Zu Elfriede und Hartmut. Auf einem versteckten Baumstumpf an einem kleinen Bach wartete er die Kaffeezeit ab und klingelte schließlich an der Tür seiner Verwandten.

Es war sein Onkel Hartmut, der öffnete und ihn verkatert ansah. Die Fröhlichkeit in seinem Blick war verschwunden. Dann ließ er den Blick kurz über die Straße schweifen, bevor er Tobias winkte, ins Haus zu kommen. Kurz darauf saßen sie im Wohnzimmer. Während Elfriede in der Küche den Kaffee vorbereitete und mit Geschirr herumhantierte, belauerten sich beide misstrauisch. Ob Hartmut wirklich der Mörder von Susanne Greuter war und das Auto von Franz Wortschneider manipuliert hatte? Prüfend betrachtete Tobias seinen Onkel. Den schien der bohrende Blick seines Neffen zu irritieren, denn er räusperte sich und sagte gehässig:

„Was hast du jetzt vor, Tobias? Mich wundert, dass die Polizei dich noch nicht dingfest gemacht hat. Kannst ja nicht ewig im Wald übernachten. Außerdem soll ein großes Tiefdruckgebiet im Anmarsch sein."

Hartmut hatte Tobias herausfordernd in die Augen geschaut. Dieser beobachtete jedoch gelassen den Schrank mit dem Feiertagsgeschirr, während sein Gegenüber auf einen Blickkontakt wartete.

„Ich komme zurecht, Hartmut. Tristan hatte übrigens einen schweren Unfall. Weißt du Näheres darüber?"

Nun endlich schaute Tobias seinem Onkel in die Augen. Keine Bestürzung, keine Angst und keine Überraschung. Er hat damit gerechnet, dachte Tobias.

„Der Kommissar war mit seinem Assistenten gestern hier." Pause. Blick in den Garten. „Er hat mir erzählt, dass Tristan bei irgendjemand anderem im Auto saß." Pause. „Der Fahrer hat wohl beim Linksabbiegen zu spät gebremst und ist deshalb auf die Gegenfahrbahn geraten. Kann passieren." Schweigen. Ein kurzer Blick in Tobias Augen.

„Komisch", sagte Tobias. „Mir ist zu Ohren gekommen, dass eine Bremsleitung ein Leck hatte und ein Sicherheitsgurt beim Aufprall gerissen ist."

Überraschung zeichnete sich auf Hartmuts Gesicht ab. Dann ein Aufflackern von Wut. Er blickte wieder in den Garten. In dem Moment erklangen Schritte im Flur.

„Ich dachte, dass eine Schraube sich anscheinend selbst gelöst hatte – das hat zumindest der Kommissar behauptet", erklärte nun Elfriede, die mit einem Tablett voller Geschirr und Keksen eintrat und die letzten Worte offensichtlich gehört hatte. Hartmuts Gesicht verwandelte sich in Gleichgültigkeit, er zuckte mit den Schultern.

„Ist doch nicht wichtig, was der Trottel gesagt hat. Hauptsache, dass Tristan überlebt hat."

Er nahm Elfriede das Tablett ab und verteilte die Tassen, während diese ihr Strickzeug holte und sich zu ihnen setzte. Dann klapperten die dünnen Nadeln wieder leise und stetig, während sie die Wolle zu einem hübschen Muster verwebte.

„Habt ihr Tristan schon besucht?", fragte Tobias.

Hartmuts Gesicht verzog sich von gleichgültig zu genervt.

„Das haben wir leider noch nicht geschafft", antwortete Elfriede stattdessen in einem bedauernden Tonfall. Sie lächelte Tobias zu und stieß Hartmut mit dem Fuß an.

„Vielleicht fahren wir heute noch vorbei, vielleicht auch erst morgen", meinte Hartmut. „Das hängt davon ab, wie lange mein wichtiger Geschäftstermin dauert, den ich heute noch habe."

Ein genervter Blick traf Tobias. Dessen Gesicht war zu Eis erstarrt. Langsam fing er an, seinen Onkel zu hassen. Aber das Entscheidende kam noch.

„Na ja, meine Laune wäre auch wunderbar, wenn nicht diese Sache mit Tristan passiert wäre", log er mit einem künstlichen Lächeln im Gesicht. „Ich habe nämlich das Rätsel um Gerhards verschwundene Millionen fast gelöst."

Schweigen. Hartmuts Gesicht verwandelte sich von genervt zu interessiert, dann lag intensive Neugier mit einem kurzzeitigen Hauch von Ungläubigkeit, als ob er seinen Ohren nicht traute, darauf. Elfriedes Strickgeräusche verstummten. Beide starrten nun ihren Besucher an. Tobias zog langsam den Schlüssel der Swiss

AG Bank aus seiner Tasche und hielt ihn Hartmut hin. Der Oberkörper seines Onkels bewegte sich in Zeitlupe auf das Objekt zu, während Elfriedes Kinnlade herunterklappte. Als Hartmut den Schlüssel in seine Hand nehmen wollte, zog Tobias ihn zurück.

„War gar nicht so einfach, das Ding zu finden. Wahrscheinlich gehört er zu einem Bankschließfach. Die Nummer steht auf der Rückseite."

Gespanntes Abwarten seiner beiden Zuhörer.

„Und ich weiß auch schon, dass es um Schweizer Franken in Höhe von etwa zwei Millionen Euro geht."

Tobias blickte Hartmut und Elfriede nun lächelnd an und räusperte sich.

„Ach nein, ich habe mich geirrt. Es sind sogar drei Millionen, weil sich Schweizer Franken so rasant gegenüber dem Euro vermehren. Es fehlen noch zwei Dokumente, dann gehört das Geld mir. Aber ich weiß auch schon, wo ich sie finden werde. Ist das nicht schön?"

Er strahlte seine beiden Verwandten an, deren Gesichter zu Eis erstarrt waren. Es dauerte fast eine Minute, bis Elfriede wieder zu stricken anfing und leichthin sagte:

„Und was wirst du mit dem Geld machen, Tobias?"

Der räusperte sich und fuhr sich mit der Hand durch die Haare.

„Ich werde mich morgen in jedem Fall der Polizei stellen. Wenn ich die Dokumente heute Abend finde, womit ich stark rechne, dann nehme ich mir einen sehr guten Anwalt und setze den Betrag von einer Million Euro für die Entlarvung des wahren Mörders von Frau Greuter und für die Aufklärung des Unfalls, dem Tristan beinahe zum Opfer gefallen wäre, aus. Denn ich bin es nicht gewesen!"

Damit stand Tobias auf und ging in den Flur. Er hatte seinen Kaffee nicht angerührt. Einen Augenblick wartete er, doch keine Stimme rief ihn zurück. Deshalb öffnete er die Haustür, ließ sie hinter sich offen und verschwand auf einem Feldweg, der am Wald endete.

~~~

Es war fast schon Dämmerung, als Tobias das Strohdachhaus der Staudackers in den Silberbergen erreichte. Er umrundete es, um herauszufinden, ob ein unbekanntes Auto dort oder in der Nähe parkte. Doch er konnte nichts Beunruhigendes feststellen, nur das Zwitschern der Vögel schien die Ruhe zu stören. Deshalb stieg er die beiden Stufen zum Hauseingang hinauf und horchte an der Tür. Nichts. Er drückte den Klingelknopf, doch er war tot, so wie er es in Erinnerung hatte. Also klopfte er gegen die Tür, nichts geschah. Leise öffnete er sie. Sie war wie gewöhnlich nicht abgeschlossen. Im Flur hörte er schon die gedämpften Stimmen der beiden Frauen aus dem Wohnzimmer. Wieder klopfte er an die Tür und ein „Herein" erklang von drinnen. Als er sie öffnete, sah er in die strahlenden Gesichter der beiden Frauen. Yvonne kam schnell auf die Beine, humpelte auf ihn zu und drückte sich fest in seine Arme.

„Ich habe ein Handy", sagte er, „und damit werde ich morgen früh den Kommissar anrufen und ihm sagen, wo ich bin und dass ich ihm alles, was ich weiß, sagen werde."

„Oh", sagte Yvonne nur. Die Frage, was aus ihm werden würde, lag in der Luft. Doch weder Yvonne noch Helga wagten, sie zu stellen. Stattdessen ergriff die alte Dame seine Hand und sagte:

„Wir werden dich im Gefängnis besuchen, nicht wahr Yvonne. Ich backe ein Brot mit ein paar Feilen darin. Ein Handy kommt auch noch mit hinein. Und Yvonne hilft mir, nicht wahr."

Tobias tätschelte ihre Hand.

„Das ist lieb von dir, Helga, aber jetzt müssen wir erst einmal daran denken, wie wir die Nacht sicher überstehen. Kann man die Haustür abschließen?"

Nun mischte sich in die Neugierde der beiden Frauen auch Besorgnis. Und so fuhr er fort: Er berichtete von Hartmuts Gleichgültigkeit und dem Fehlen jeglicher Überraschung, sowohl was den Unfall Tristans anging als auch was seine Entdeckung der Dokumente betraf.

„Ich habe meinen Onkel Hartmut im Verdacht, dass er bei dem Unfall, der Tristan zugestoßen ist, seine Finger im Spiel hatte. Entweder steckt er selber hinter dem Mord oder er kennt den Mörder. Leider kann ich nicht ausschließen, dass er mittlerweile weiß, wo ich untergekrochen bin: Damendorf gehört zur Gemeinde Ascheffel. Da ich sehr oft bei den beiden aufgetaucht bin, ist es nicht schwer für Hartmut zu erraten, dass ich in der Nähe untergetaucht bin. Und meine Tante Elfriede ist das totale Tratschmaul. Da fällt es ihr leicht, herauszufinden, wo ich stecke."

Helga dachte kurz nach, dann sagte sie zuversichtlich:

„Es gibt keine richtigen Sicherheitsschlösser für die Haustür und die Küchentür, aber es sind noch zwei dicke Balken samt Befestigung da, die früher in der Wirtschaftskrise der Dreißigerjahre innen vor die Türen gehängt wurden. Da ist damals niemand reingekommen. Die Fenster sind allerdings schon ein Problem, da sie nur einfach verglast sind."

Tobias holte die Balken. Sie waren so schwer, dass jeder Einbrecher sich daran die Zähne ausbeißen würde. Das erfüllte ihn mit Zufriedenheit. Außerdem fand er in dem Schuppen sogar noch ein Beil, das er sich mit auf sein Zimmer nahm. Er inspizierte die Fenster im Erdgeschoss und fand heraus, dass man sie von außen nur öffnen konnte, wenn man die verrotteten Fensterrahmen aufhebelte oder die Scheiben einschlug. Das würde man hören, so hoffte er.

Als es dunkel wurde, hängte Tobias die Balken vor die Türen. Schließlich glaubte er, alles getan zu haben, und legte sich ins Bett. Als er müde wurde, nahm er ein Buch in die Hand und versuchte, darin zu lesen. Da tauchte Yvonne auf. Wieder mit einem Bierglas in der Hand, das sie ihm wortlos reichte. Das Shirt, das sie an diesem Abend trug, reichte nicht einmal bis über ihren Bauchnabel. Ihm wurde heiß und er nahm einen tiefen Schluck. Da kniete sie sich auf die Matratze, dicht neben seine Oberschenkel, legte die Hände auf das Fensterbrett und schaute in die Dunkelheit nach draußen. Tobias trank das Glas mit dem zweiten Zug aus. Er hatte längst jedes Interesse an dem Buch verloren. Seine Augen erkundeten vielmehr intensiv Yvonnes Oberschenkel. Die verdammte Bettdecke stört, war Tobias letzter Gedanke, bevor Yvonne das Gleichgewicht verlor und auf ihn fiel.

Als er am nächsten Morgen aufwachte, schummelten sich Sonnenstrahlen durch die Blätter draußen ins Zimmer. Ein intensives, beruhigendes Vogelkonzert lenkte von dem völlig zerknautschten Bett ab, in dem er und Yvonne die Nacht verbracht hatten. Das leere Bierglas neben dem Bett wirkte genauso überflüssig wie das Buch, das sich unter das Bett verirrt hatte. Yvonne brummte etwas, als er über sie hinweg stieg.

Als er die Tür zum Flur öffnete, verflog seine Hochstimmung. Was, wenn tatsächlich jemand in der

Nacht unbemerkt ins Haus eingedrungen war und irgendwo auf ihn lauerte? Er kehrte zurück ins Zimmer, griff sich seine Kleider und das Beil. Dann schlich er leise und vorsichtig die Treppe hinunter und weiter ins Wohnzimmer. Dort stellte er erleichtert fest, dass niemand auf ihn lauerte. Entspannt zog er sich an und horchte hin und wieder auf ungewöhnliche Geräusche. Doch selbst die Vögel draußen waren guter Laune. Eine Inspektion der Küche und des Badezimmers überzeugte ihn davon, dass auch dort alles in Ordnung war.

Er deckte den Frühstückstisch, füllte Kaffee in die Kaffeemaschine und stellte sie an. Dann holte er Käse, Wurst und Butter aus dem Kühlschrank und stellte alles auf den Tisch. Ebenso die Brötchen, die noch vom Vortag übrig waren. Diesen Morgen würde er genießen, nahm er sich vor, denn der Nachmittag würde schon weit weniger rosig aussehen. Davon war er überzeugt.

Tobias musterte den Frühstückstisch. Fehlte noch etwas? Ja, Frühstückseier und ein paar Blumen für Yvonne wären gut. Er holte den kleinen Korb und eine Schere aus der Küche und machte sich auf den Weg zum Hühnerstall. Nachdem er die beiden Stufen vom Hauseingang genommen hatte, hielt er kurz inne und horchte. Das lustige Zwitschern der Vögel und das leise „Bod, bod, bod" der Hühner überzeugten ihn, dass alles in Ordnung war.

Die Tür zum Schuppen war nur angelehnt. Hatte Helga gestern Abend vergessen, sie richtig zuzumachen? Als er aus der Helligkeit des Morgens ins Dunkel des Schuppens trat, musste er kurz warten, bis sich seine Augen an das fehlende Licht gewöhnt hatten. Vorsichtig tastete er sich zum ersten Nest vor. Eine

Henne flüchtete vor ihm, bevor er ein Ei fand und herausnahm. In diesem Moment fielen ihm die dunklen Schuhe im Stroh auf, darüber eine ebenfalls dunkle Hose. Die Person, die bisher an der dunklen Wand gestanden hatte, machte einen Schritt auf ihn zu. Tobias erschrak. Ein eisiges Gefühl zog sein Herz zusammen und seine Nackenhaare sträubten sich. Der Mann ihm gegenüber hielt eine Pistole in der Hand. Er hatte einen Bart. Tobias kannte dieses Gesicht und sein Anblick schnürte ihm die Kehle zu.

„Na, das hat ja ziemlich lange gedauert, bis Sie mich bemerken."

Tobias hatte dieses Gesicht auf einem der Fotos von Amalies Trauerfeier gesehen, die ihm der kleine Mats gezeigt hatte. Es war der Mann, der zusammen mit Louise im Auto auf dem Parkplatz des Friedhofs gewartet hatte.

„Treudelpfad", entfuhr es ihm.

„Richtig! Ich bin Doktor Treudelpfad und habe über zwanzig Jahre darauf gewartet, an Gerhards Vermögen zu kommen. Er hat nämlich mit unserem Geld spekuliert, uns jedoch den Gewinn verweigert. Man nennt so etwas Betrug. Leider hatten wir aber keinen Vertrag mit ihm gemacht. Der Geizhals!"

Seine Worte klangen bitter.

„Vielleicht interessiert es Sie, wie ich Sie gefunden habe. Ich habe einen sehr guten Draht zu Ihrem Onkel Hartmut und ihm eine kleine Beteiligung am Gewinn versprochen, sozusagen einen Finderlohn."

Er lachte Tobias hämisch ins Gesicht.

„Hartmut hat von Tristan erfahren, dass Sie auf Ihrer Flucht vor der Polizei mit dem Fahrrad nach Damendorf fahren wollten. Ich konnte mir ausrechnen, wie Sie gefahren sind und dass Sie hier in Ascheffel etwa zu der Zeit vorbeigekommen sein mussten, als es stark zu regnen begann. Elfriede hat nur einen Tag später beim Bäcker eine interessante Bemerkung aufgeschnappt: Oma Staudackers Enkelin sei an diesem Morgen plötzlich mit einem Mann aufgetaucht, um Brötchen zu holen. Hartmut hat Sie dann am nächsten Tag in einem roten Auto mit Hamburger Kennzeichen gesehen."

Tobias war eiskalt geworden bei diesen Ausführungen. Nur die Frauen im Haus konnten ihn noch retten. Er musste den Schurken hinhalten.

„Und warum haben Sie Frau Greuter umgebracht?"

„Es ergab sich so. Frau Greuter hatte den Aktenordner mit den Schweizer Bankgeschäften von Gerhard. Ich kam erst vor ein paar Monaten dahinter, dass Ihre Tante und Susanne Greuter in Wirklichkeit gute Freundinnen waren und Amalie ihr diesen Ordner zur Verwahrung gegeben hatte. Als ich Frau Greuter darauf ansprach, leugnete sie jedoch alles ab. Aber ich erkannte sofort, dass sie log. Deshalb brach ich bei ihr ein und fand den Ordner. Die wichtigsten Dokumente nahm ich mit. Leider blieb der Schlüssel unauffindbar, obwohl ich auch danach in dem Haus gesucht hatte. Trotzdem setzte ich mich mit der Schweizer Bank in Verbindung und dabei stellte sich heraus, dass die Dokumente Fälschungen waren. Da war mir klar, dass Frau Greuter die Originale anderswo versteckt haben musste. Ich stellte sie vor einigen Wochen zur Rede und bot ihr viel Geld für die Dokumente und den Schlüssel, doch sie stritt wieder alles ab. Kurz nach diesem Gespräch starb Amalie. Ich zögerte, Frau Greuter noch ein weiteres Mal zur Rede zu stellen, bis ich zufällig von Ihrem Streit mit ihr erfuhr. An dem Abend sollte sie mir endlich die Wahrheit sagen. Ich bot ihr erst Geld, dann drohte ich – ohne Erfolg. Schließlich wurde ich immer wütender, aber sie lachte mich nur aus. Einen Schlüssel hätte sie sowieso nicht und wenn die Dokumente Fälschungen seien, hätte ich eben Pech gehabt. Dann kam sie auf die Idee, mir auch noch mit einer Anzeige zu drohen. Ich sei ja bei ihr eingebrochen und habe Dinge entwendet, die ihr gehörten!" Finster und wütend schaute er Tobias mit kalten Augen an, dem das Blut in den Adern gefror.

„Und woher wussten Sie, dass die Dokumente für Gerhards Finanzgeschäfte nicht in Amalies Haus sein konnten?"

„Hartmut ist schon lange mein williger Helfer bei der Beschaffung der unrechtmäßig einbehaltenen Millionen. Nach Gerhards Tod hat er in meinem Auftrag Amalies Haus von oben bis unten nach den Dokumenten und dem Schlüssel durchsucht. Leider ohne Erfolg!"

Nun schwieg Doktor Treudelpfad. Die Muskeln seiner Finger schienen sich immer enger um den Pistolengriff zu spannen.

„Was wollen Sie?", fragte Tobias, um Zeit zu gewinnen.

„Den Schlüssel und die Dokumente, aber schnell."

Tobias holte den kleinen Schlüssel der Schweizer Bank aus seiner Hosentasche. Er wollte gerade erklären, dass er die Dokumente nicht habe. Da ging die Tür auf. Es war Yvonne, die Tobias anlächelte, bis sie sein entsetztes Gesicht sah.

„Wo bleibst du bloß? Der Kaffee" … ist schon fertig, hatte sie sagen wollen.

Er versuchte verzweifelt, ihr ein geheimes Zeichen zu geben, weil sie den in der Dunkelheit stehenden

Doktor Treudelpfad nicht sehen konnte. Umsonst. Der Arzt trat nun grinsend ins Licht und zischte:

„Hier rüber!"

Er deutete mit der Pistole vage ins Dunkel auf einen Platz neben Tobias. Zögernd ging Yvonne dort hinüber. Dann sah er sich kurz um und überlegte. Schließlich ging er zu der Stelze, die neben der Hühnerleiter stand, von wo aus es hinauf zu den Strohballen ging, die oben auf dem Boden des Schuppens lagerten.

„Was haben sie mit uns vor?", fragte Tobias mit halb erhobenen Händen in Richtung Pistolenmündung.

„Seien Sie still!", lautete die Antwort. „Ich lasse Sie laufen, wenn Sie mir sagen, wo die Dokumente sind", sagte der Schurke hämisch.

„Kommissar Sommerdorf weiß, wo ich bin. Er wird noch heute Morgen hier auftauchen. Sie haben keine Chance mehr, an das Geld heranzukommen."

„Ich will die Dokumente und den Schlüssel oder ich erschieße Ihre Freundin", schrie Treudelpfad. Er lud die Pistole durch und deutete damit auf Yvonnes Kopf.

„Das glaube ich kaum", sagte da eine Stimme vom Eingang des Schuppens. Es war Oma Helga, die eine Schrotflinte auf den Schurken gerichtet hatte. Der Arzt wandte ihr langsam den Kopf zu und erkannte erschrocken die Gefahr, in der er schwebte. Er machte einen Satz in die Dunkelheit des hinteren Teils des Schuppens. Mehrere Hennen flatterten von dort schimpfend auf.

WUMMMM!

Holz splitterte. Helgas Schrotflinte war losgegangen und die alte Frau lag auf der Erde, umgeworfen vom Rückstoß der Waffe. Aufgeregt gackernd flüchteten die letzten Hühner aus dem Schuppen. Die Stelze, die den Dachboden im hinteren Teil des Schuppens abgestützt hatte, war zusammengebrochen und Stroh und Bretter hatten den Pistolenschützen unter sich begraben.

Der ganze Schuppen war voller Staub. Tobias, Yvonne und ihre Oma husteten fürchterlich und krochen langsam zur Tür, der frischen Luft entgegen. Hinter ihnen kamen aus dem Stroh röchelnde Geräusche. Helga hockte sich auf die Knie und blickte hinter sich. Yvonne und Tobias kamen neben ihr langsam auf die Beine. Endlich ließ auch das Husten nach.

Dann sahen sie, wie sich ein Arm im Zeitlupentempo aus dem Stroh streckte. Der Zeigefinger suchte nach dem Abzugsmechanismus, doch die Waffe schaukelte bedenklich. Mühselig versuchte die Hand, das Mordwerkzeug wieder in den Griff zu bekommen. Yvonne riss ihrer Oma das Gewehr aus der Hand. Mit zwei Schritten war sie bei Doktor Treudelpfad und holte kurz aus. Sie traf das Handgelenk samt Pistole mit dem Kolben. Ein kurzes Knacken war zu hören, gefolgt von einem schmerzerfüllten Röcheln unter dem Stroh. Die Waffe flog gegen die Bretterwand des Schuppens. Dann lag auch die Hand mit dem nun verbogenen Unterarm schlaff am Boden. Yvonne hob die Pistole mit einem Papiertaschentuch auf und kehrte zu den beiden anderen zurück. Alle drei traten ins Freie, Tobias schloss die Tür hinter ihnen.

„… hätte nie gedacht, dass Stroh soviel Staub aufwirbeln kann", keuchte er gepresst und fing erneut an zu husten.

„… ist auch nicht so gesund", röchelte Helga, „… aber um den Doktor ist es bestimmt nicht schade."

Nach einer Weile klagte sie mühselig:

„Die schöne Spreize! Immer habe ich versucht, sie zu schützen, und nun habe ich sie zu guter Letzt selber kaputt gemacht."

„Na ja, war ja für eine gute Sache. Für die Gerechtigkeit, Oma", tröstete sie Yvonne.

„Und wie hast du gemerkt, dass etwas nicht stimmt?", wollte sie nun von Helga wissen.

„Die Hühner haben so laut gegackert und da wusste ich, dass etwas nicht in Ordnung ist. Nach unserem Gespräch von gestern Abend habe ich mir dann sicherheitshalber meine Schrotflinte geholt. Nur, wo ich die Patronen gelassen habe, das fiel mir nicht mehr ein."

Nach einer Pause stellte Helga Tobias die entscheidende Frage:

„Und wo sind nun die Dokumente?"

17
Die Kirche am Waldrand

„Und so taufe ich dich auf den Namen Daniel Sommerdorf," sprach Pastor Moorreiter feierlich und blickte dabei sehnsüchtig auf den Becher Pflaumenschnaps in seiner Hand. Der Täufling selbst schlief in Elisabeths Armen, ein Stückchen entfernt. Um einen großen Tisch saßen Kommissar Sommerdorf mit seiner Frau, zwei seiner Untergebenen, die fünf Mitglieder der Sippschaft Leuchtner, Yvonne und Helga Staudacker sowie der kleine Mats Moorreiter. Der Pastor hatte nach der Taufe zu einem Grillabend eingeladen.

Verträumt sah Tobias Yvonne an. Er überlegte, was sie wohl in diesem Moment dachte. Der schöne Schmollmund verriet ihm jedoch nichts über ihre Gedanken.

Ein halbes Jahr war vergangen und es war so viel passiert. Ein Blick über die Schulter zeigte Tobias, dass sein Bruder Tristan genervt zur Kirchturmuhr hinüberschaute, während Brunhilde ihm nickend zulächelte. Er hatte den beiden genügend Geld geben können, damit sie ihre finanziellen Probleme bewältigen konnten.

Auch Hartmut und Elfriede hatten am Schluss nicht mehr die dunklen Machenschaften, die Doktor Treudelpfad betrieben hatte, unterstützen wollen. Außerdem hatte sein Onkel Besserung vor einem angesehenen Richter gelobt. Allerdings wies er den Vorwurf der mutwilligen Manipulation von Wortschneiders Autos, in dem der Bankkaufmann und Tristan verunglückt waren, strikt zurück. Er hätte zwar die Bremsscheiben und Beläge gewechselt, jedoch schon vor mehr als einem Monat. Wenn das Fahrzeug Bremsflüssigkeit verlor, dann musste jemand anderes die Leitung manipuliert haben. Nicht er! Zumal er damals sogar geprüft habe, ob die Leitung dicht war. Auch mit dem angeschnittenen Sicherheitsgurt und der gelösten Befestigungsschraube habe er nichts zu tun.

Doktor Treudelpfad bestritt ebenfalls, den Unfall extra herbeigeführt zu haben. Sein Verteidiger fand Zeugen aus dem Golfclub, die aussagten, dass der Rechtsanwalt Franz Wortschneider Drohungen erhalten habe und sein Auto auch vorher schon einmal manipuliert worden sei. Er habe halt viele Feinde gehabt! So stand Aussage gegen Aussage.

Beim Prozess gegen Doktor Treudelpfad kam heraus, dass Gerhard vor über zwanzig Jahren aus Angst vor den Finanzbehörden das Geld in der Schweiz angelegt hatte. Es handelte sich um eine anonyme Anlagemöglichkeit mittels zweier Dokumente und eines Schließfaches, die nur diese Bank so anbot. Er hatte damals auch seine Skatbrüder zu dem Angebot überredet: Es sei zwar eine riskante Sache, aber er habe Insiderinformationen, die große Gewinne versprachen. Doktor Treudelpfad war mit der gleichen Summe wie Gerhard eingestiegen und die anderen mit kleineren Beträgen. Tatsächlich hatte sich ihr angelegtes Geld in nur drei Jahren mehr als verzwanzigfacht. Doch dann habe Gerhard die Aufteilung der Gewinne strikt abgelehnt – angeblich aus Angst vor der Finanzbehörde. Hartmut hatte von diesem Finanzgeschäft gewusst, wie sich herausstellte. Er rückte schließlich mit einigen Details heraus, die er allerdings nur vom Hörensagen kennen wollte. Am Ende konnte Tobias sogar ein bisschen die Wut von Doktor Treudelpfad verstehen und auch seinen Versuch, sich mit aller Macht in den Besitz der Spekulationsgewinne zu bringen.

Doch es war schließlich Elfriede, die etwas Licht ins Dunkel des Geschehens brachte. Sie erklärte, warum es sowohl den Aktenordner mit den gefälschten Papieren bei Susanne Greuter gab und als auch die von Gerhard sorgsam ausgedachte Schnitzeljagd, die zu den echten Dokumenten und dem Schlüssel führte.

Sie hatte Amalie kurz vor ihrem Tod besucht und von ihr einige Details aus der Vergangenheit erfahren. Danach hatte ihr Gerhard am Ende seines Lebens geraten, sich lieber mit dem zu begnügen, was in ihrem Besitz sei, und auf die Gewinne aus den Aktienspekulationen zu verzichten, weil das Finanzamt und die Skatbrüder hinter dem Geld her seien und ihr das Leben schwer machen könnten. Sie musste ihm versprechen, den Aktenordner mit den entsprechenden Unterlagen nach seinem Tod so gut wie möglich zu verstecken und nie wieder anzurühren. Die Skatbrüder sollten ruhig den Weg in den Abgrund gehen, denn etwas anderes würde sie nie von ihrer Gier nach dem Geld erlösen. Ihn selbst habe der Krebs kuriert. Deshalb, so die Forderung an seine Frau, dürfe das Geld nur von jemandem gefunden werden, der unschuldig sei.

Yvonne meinte, dass Gerhard vermutlich auf der Suche nach einer Möglichkeit gewesen sei, das Geld zu waschen. Inzwischen habe er versucht, seine Mitwisser aus der Skatrunde zu vertrösten. Franz Wortschneider hatte sein Manöver jedoch durchschaut und ihm gedroht, sich die Dokumente anzueignen, wenn er sein Geld plus Gewinn nicht bekam. Das war der Beginn der Eskalation.

Gerhard suchte nun nach einem sicheren Versteck für das Geld. Der Schlüssel kam in die Modelllokomotive und die Dokumente in den Meisterbrief von Großvater Leuchtner. Gleichzeitig nahmen nun die gesundheitlichen Probleme in Besorgnis erregendem Maße zu und er beschloss, die verdeckten Hinweise in den beiden Bibeln zu platzieren. So hatte Amalie die Möglichkeit, an das Geld zu kommen, falls sie es doch eines Tages benötigen sollte. Nach der nächsten Drohung eines Skatbruders beschloss Gerhard dann, die nun im Aktenordner fehlenden Dokumente zu fälschen, für den Fall, dass einer seiner ehemaligen Kumpels auf die Idee kam, in sein Haus einzubrechen und die Dokumente zu stehlen, um ihn damit zu erpressen.

Dann schwärzte ihn jemand beim Finanzamt an. Nun war Gerhard gezwungen, alle Akten zu seinen Finanzspekulationen verschwinden zu lassen. Vermutlich stellte er dabei fest, dass die Dokumentation lückenhaft war. Wo war das Angebot über die fast vier Millionen Mark geblieben, welches Tobias und Yvonne in dem Ordner mit den Arztrechnungen gefunden hatten? Spätestens da sah er keinen Ausweg mehr aus dieser verfahrenen Situation und so riet er Amalie davon ab, nach dem Geld zu suchen.

Amalie hatte all diese Dinge offensichtlich ihrer Freundin Susanne anvertraut. Und sie hatte wohl gemischte Gefühle dabei, wie Tobias sich erinnerte, der einige Bemerkungen seiner Tante nun in einem neuen Licht sah. Zu recht, wie sich herausstellen sollte.

Doktor Treudelpfad leugnete lange Zeit den Mord an Frau Greuter. Er habe sich nur deshalb als Mörder bezichtigt, um die Angst bei Frau Staudacker und Herrn Leuchtner zu erhöhen, damit sie die gewünschten Informationen herausrückten. Die Polizei konnte jedoch nachweisen, dass der Arzt von dem Streit zwischen Susanne Greuter und Tobias erfahren hatte und zwar noch am Abend des Mordes. Denn einer der Zeugen dieses Vorfalls, Herr von Tatten, ein Archäologe des Landesmuseums, hatte sich an diesem Abend mit Tristan getroffen und es ihm erzählt. Tobias Bruder hatte sofort Doktor Treudelpfad davon berichtet, denn er schuldete dem Arzt einen Geldbetrag von mehreren tausend Euro, die dieser zurückgefordert hatte.

Der Arzt hatte vor Gericht diese Tatsachen lange verschwiegen und alle Vorwürfe abgestritten. Doch dann durchblätterte eine Polizeibeamtin aus Neugier Frau Greuters Rezeptbuch und begann, darin zu lesen. Außer Kochanleitungen standen dort auch hin und wieder Tagebucheintragungen, in denen sie außergewöhnliche Ereignisse festhielt, die die alte Frau bedrückten. So kam nicht nur der Diebstahl der gefälschten Dokumente heraus, sondern sie hatte auch ausführlich den ersten Besuch von Doktor Treudelpfad dokumentiert: Dieser hatte nachdrücklich die Dokumente und den Schlüssel für das Schweizer Bankkonto eingefordert und ihr auch viel Geld dafür geboten.

Das allein brachte den Arzt zwar immer noch nicht zum Reden, doch Kommissar Sommerdorf suchte nun intensiv nach Spuren und Zeugen. Schnell fand er heraus, dass Doktor Treudelpfad ebenso wenig wie Tobias ein Alibi hatte. Eine Freundin hatte für ihn gelogen. Die Befragung des adligen Obdachlosen, Johann von Runzelburg, ergab nämlich, dass letzterer am Abend des Mordes vor dem Hauseingang des Doktors auf dessen Rückkehr gewartet hatte und sich auch nicht abwimmeln ließ. Damit war Treudelpfads Alibi für die fragliche Zeit zweifelhaft geworden. Doch das war noch nicht alles: Zu dem Gläschen Bier, das der

Arzt seinem Skatbruder und ehemaligem Patienten versprach, kam noch ein weiteres sowie zwei Korn hinzu, und es war kein Ende in Sicht. Und schließlich war es der Doktor, der einschlief. Von Runzelburg kam daraufhin auf die Idee, in der Garage des Arztes, wo dieser seinen Biervorrat aufbewahrte, noch eine Wegzehrung mitzunehmen. Dabei packte er die Dosen ausgerechnet in die Plastiktüte, in die der Arzt die Jacke und Hose gestopft hatte, die er am Tatort getragen hatte. Die Jacke wollte der adlige Obdachlose nicht mitnehmen, doch die Hose behielt er. Dieses Detail interessierte den Kommissar natürlich besonders. An der Hose fand die Polizei dann schnell Blutspuren von Frau Greuter sowie genetisches Material, das unter anderem der alten Dame und Doktor Treudelpfad zugeordnet werden konnte. Damit war Tobias entlastet. Die Frage von Kommissar Sommerdorf, ob er eine Erklärung für diese Tatsachen habe, entlockte Doktor Treudelpfad die Äußerung:

„Ich wünschte, ich hätte diesen Säufer nie kennengelernt."

Pastor Moorreiter freute sich dagegen über das neue Dach für seine Kirche. Gerade war ein Gerüst um das alte Gotteshaus hochgezogen worden. Insgeheim war Tobias davon überzeugt, dass alle Kirchen im Lande in neuem Glanz erstrahlen würden, wenn der Gottesmann das Finanzwesen der Diözese übernehmen würde.

In diesem Moment stellte der kleine Mats Moorreiter Tobias eine Frage, was dazu führte, dass letzterer aus seinen Gedanken gerissen wurde und in die Wirklichkeit zurückkehrte.

„Ich schlafe heute nicht im Baumhaus", war das erste, was Tobias einfiel. Er hatte nicht zugehört und antwortete deshalb auf gut Glück und das eindrucksvolle, hölzerne Büro, das ihm selbst einmal ein gutes Versteck geboten hatte, verband er immer mit dem cleveren Burschen.

„Das war nicht Mats Frage", sagte der Pastor und blickte Yvonne lächelnd an. „Mein Sohn hat Sie gefragt, ob Sie Yvonne heiraten wollen."

„Ach so", murmelte er und bemerkte dann das wütende Gesicht seiner Freundin. Er seufzte und atmete tief ein. Dann sprach er es aus.

„Ja, wenn ich denn mal heirate, dann sollte es schon Yvonne sein."

Yvonnes Miene hellte sich auf, doch ein kleiner Schatten blieb.

„So was will allerdings gut überlegt sein", rechtfertigte sich Tobias und äußerte dann einige allgemeine Bedenken und Beispiele zum Scheitern derartiger Abenteuer. Helga saß in der ersten Reihe und war eingeschlafen, bevor er seinen Monolog beendet hatte.

Flüsternd stellte nun der Kommissar eine Frage:

„Das Außenlicht für die Terrasse geht nicht. Wissen Sie vielleicht, ob das ein altes oder neues Kabel ist, das über den Carport läuft? Der Elektriker kann den Fehler nicht finden."

Heiner Sommerdorf hatte vor zwei Monaten Tante Amalies Haus gekauft, weil Tobias sich auf diese Weise bei Elisabeth für ihre Unterstützung bedanken wollte. Die beiden hatten das Anwesen deutlich unter dem Schätzpreis des Gutachters bekommen. Pastor Moorreiter kannte außerdem den Gemeindevorsteher, der mit dem Leiter des Bauausschusses einmal die Woche Skat spielte, sehr gut und so gab es mit der Baugenehmigung für diverse Umbaumaßnahmen am Dach keine Probleme.

„Herr Sommerdorf, das ist nun Ihr Problem", sagte Tobias. „Dabei kann ich Ihnen in der nächsten Zeit auch nicht helfen, denn wir fahren zwei Wochen auf die Kanaren. Mal schauen, wie lange wir es ohne Streit aushalten."

Nun trat Yvonne langsam näher an den Kommissar heran und versuchte, zweimal vergeblich ihm auf den Fuß zu treten.

„Kümmern Sie sich lieber um Ihre Mordfälle, als uns die Zeit zu stehlen."

Der Kommissar erinnerte sich an den Grundsatz der Verhältnismäßigkeit der Mittel, mit der der Gerechtigkeit genüge getan werden musste. Er ergriff die Flucht und versteckte sich hinter Elisabeth, die Daniel auf dem Arm trug und Tobias anstrahlte.

„Siehst du Heiner, Yvonne ist auch eine Frau, die ihrem Mann hilft. Ist das nicht schön?"

„Ja, das ist wirklich bezaubernd", sagte Heiner und grinste.

Personenregister:

Tobias Leuchtner, Mordverdächtiger

Tristan Leuchtner, Bruder von Tobias

Brunhilde Leuchtner, Schwester von Tobias

Amalie Jacobsen, geborene Leuchtner, Tante von Tobias, verstorben

Gerhard Jacobsen, erfolgreicher Bankkaufmann und Börsenspekulant, Amalies verstorbener Mann

Hartmut Leuchtner, Onkel von Tobias

Elfriede Leuchtner, Hartmuts Frau

Louise Strecker, Halbschwester von Hartmut

Yvonne Staudacker, Kommissarin aus Hamburg

Helga Staudacker, ihre Oma

Heiner Sommerdorf, ermittelnder Kommissar

Franz Drochtersen, sein Assistent

Elisabeth Sommerdorf, Heiners Frau

Susanne Greuter, Freundin von Amalie und Mordopfer

Rebecca Ebenreuter Schwester von Susanne Greuter

Thomas Moorreiter, Pastor in Hütten

Mats Moorreiter, sein Stiefsohn

Johannes Friedrich Alfred Hubertus von Runzelburg, ein adliger Obdachloser, der Zuflucht im Landeskrankenhaus gefunden hat

Walter Treudelpfad, Arzt

Franz Wortschneider, Rechtsanwalt

Christof Wortschneider, Finanzberater

Nachwort

Die Idee, diese Geschichte zu schreiben, kam mir, als ich eines Tages versuchte, meine Golffähigkeiten in Garten zu verbessern, was mir natürlich völlig misslang, weil es mit meinen Golffähigkeiten wirklich nicht sehr weit her ist. Ich schlug einen, oder vielleicht auch mehrere Bälle durch die Hecke in den Garten einer Nachbarin, die noch viel älter war als ich selbst.

Ich beschloss, die Bälle zurückzuholen. Die Terrassentür der Nachbarin stand offen und ich wollte ihr der Ordnung halber sagen, weshalb ich in ihrem Garten aktiv war. Ich rief sie mehrmals an, doch sie rührte sich nicht. Was, wenn sie tot ist, dachte ich einen Moment erschrocken. Was, wenn jemand sie ermordet hat? Zum Glück merkte ich, dass sich ihr Brustkorb leicht hob und senkte.

Was bleibt, ist, meiner Lektorin, Dr. Nicola Peczynsky für ihre vielen Vorschläge zu danken, ohne die aus dem ursprünglichen Manuskript niemals so eine spannende Handlung entstanden wäre. Natürlich wäre auch dieses Mal die heute gängige deutsche Rechtschreibung und Grammatik dem Leser in einem alten kränklichen Siechtum präsentiert worden, wenn sie nicht ständig und unermüdlich die nötigen Verbesserungen im Text durchgeführt hätte.

Auch Dr. Klaus Brandt möchte ich an dieser Stelle für die hilfreichen Hinweise zur Schleswiger Geschichte und Mythologie danken. Die Legende von König Abels Grab und vom Brudermord der Königssöhne existiert tatsächlich. Ob es König Abels Grab an der erwähnten Stelle wirklich gibt, ist umstritten.

Die Dörfer Damendorf, Ascheffel und Hütten, sowie die Hüttener Kirche gibt es genauso wie die Silberberge. Sie sind eine kleiner Teil der Hüttener Berge. Sie spielten in den Erzählungen meines Vaters eine Rolle, denn er verbrachte dort in der Nähe seine Kindheit.

Das Viertel St. Jürgen gehört zur Stadt Schleswig, wo auch der ‚Brautsee‘ liegt. An der alten Eisenbahntrasse, die von dort zur Stadt führt, wurde ein neues dänisches Gymnasium gebaut. Die dortigen Fahrradständer inspirierten mich dazu, eines der vorhandenen Fahrräder im Namen der Gerechtigkeit zu beschlagnahmen und meinem Protagonisten zur Verfügung zu stellen.

Das von mir geschilderte Duscherlebnis im zweiten Kapitel stieß mir einst in einem Hotel auf einer italienischen Insel zu und nicht in Deutschland. Die Wanzen im Wandschrank sind mir ebenfalls einmal begegnet, allerdings in einer skandinavischen Herberge vor fast vierzig Jahren.

Zeitfracht Medien GmbH
Ferdinand-Jühlke-Straße 7
99095 Erfurt, Deutschland
produktsicherheit@kolibri360.de